CETTE NUIT, JE L'AI VUE

DRAGO JANČAR

CETTE NUIT, JE L'AI VUE

roman

Traduit du slovène par
ANDRÉE LÜCK-GAYE

PHÉBUS

Titre original :
To noč sem jo videl

I.S.B.N. : 978-2-7529-0969-5

1

Cette nuit, je l'ai vue comme si elle était vivante. Après avoir traversé la baraque, elle s'est avancée entre les châlits où mes camarades respiraient calmement dans leur sommeil. Elle s'est arrêtée à ma hauteur, m'a regardé un moment l'air pensif, un peu absent, comme toujours lorsqu'elle ne pouvait pas dormir et qu'elle errait dans notre appartement à Maribor, elle s'est arrêtée devant la fenêtre, s'est assise sur le lit, puis elle est retournée vers la fenêtre. Qu'y a-t-il, Stevo? a-t-elle dit, toi non plus, tu ne peux pas dormir?

Sa voix était sourde, grave, presque masculine, légèrement voilée, absente comme son regard. J'ai été surpris quand j'ai reconnu sa voix, si distinctement sienne, qui s'était perdue avec les années quelque part dans le lointain. Sa silhouette, je pouvais la faire réapparaître à tout moment, ses yeux, ses cheveux, ses lèvres, oui, son corps aussi qui s'était tant de fois écroulé, essoufflé, à mes côtés, mais je ne parvenais plus à entendre sa voix; quand on ne voit pas quelqu'un pendant longtemps, c'est sa voix qui disparaît la première, son timbre, sa couleur et son intensité. Il y a très longtemps que je ne l'avais pas vue, combien de temps? au moins sept ans, me suis-je dit. J'ai frissonné. Pourtant, dehors, c'était la dernière nuit de mai et le printemps touchait presque à sa fin, le printemps de cette terrible année 1945, et alors que tout annonçait déjà l'été, qu'il faisait chaud dehors, et que la chaleur des corps des hommes respirant et suant rendait l'air du baraquement presque étouffant, j'ai frissonné à cette pensée. Sept ans. *Dans sept longues années*, chantait autrefois ma Veronika, *dans sept longues années, nous nous reverrons*, quand elle était triste, elle chantait cet air populaire slovène qu'elle aimait particulièrement et elle me regardait du même air absent que ce soir, *seul le Dieu du ciel sait quand sept années auront passé*. J'aurais voulu lui dire, c'est bien que tu sois venue, même si c'est au bout de sept ans, Vranac est toujours avec moi, si tu veux le voir, j'aurais voulu lui dire, il est là-bas, derrière l'enclos, avec les chevaux des autres officiers, il a la vie belle, il peut courir dans la prairie, il n'a pas besoin de rester à l'écurie, il est en bonne compagnie, même si ta main lui manque à lui aussi… comme elle me manque à moi, c'est ce que j'aurais voulu lui dire, mais ma voix est restée dans ma gorge, un son gargouillant et sourd est sorti de ma bouche à la place des mots que je voulais prononcer. J'aurais voulu lui dire, je pensais que tu vivais dans un manoir au milieu des montagnes slovènes, est-ce que tu montes un peu dans les environs ? J'ai tendu la main pour toucher ses cheveux, mais elle a reculé, je vais m'en aller maintenant, a-t-elle dit, tu sais bien, Stevo, que je ne peux pas rester.

Je savais bien qu'elle ne pouvait pas rester, tout comme elle n'avait pas pu rester il y a sept ans, quand elle avait quitté pour toujours notre appartement de Maribor ; si elle n'avait pas pu rester là-bas, comment aurait-elle pu rester ici, dans la baraque d'un camp de prisonniers, parmi les officiers de l'armée royale endormis sur qui veillait, accrochée au mur, près de la porte, la photographie d'un jeune roi en uniforme de lieutenant de la garde, la main posée sur son sabre, la photographie d'un roi dépossédé de son royaume au milieu de ses fidèles sujets dépossédés de leur patrie. À ce moment-là, un cheval a henni bruyamment, je suis presque sûr que c'était Vranac, peut-être était-elle passée le voir lui aussi, avant de partir pour toujours, peut-être était-ce de joie quand il l'avait sentie à proximité, quand elle avait probablement, comme elle le faisait toujours, posé sa main sur ses nasaux en disant, Vranac, maintenant je vais te seller.

C'était pendant la nuit, maintenant, c'est le matin et les soldats se rassemblent partout dans le vaste camp pour le salut au drapeau, nous, l'armée sans armes, on continue de lever les couleurs tous les matins ; à l'entrée, les soldats anglais font les cent pas, ils observent avec ennui le fourmillement matinal, les soldats désarmés de l'armée royale sortant des tentes, les officiers logés dans les baraques, toujours prêts à attaquer de l'autre côté des montagnes slovènes, dans les terres, dans les forêts bosniaques, là où, selon les rapports, la guérilla contre le pouvoir communiste s'amplifie. Moi, je regarde mon visage dans le miroir et je sais qu'il n'y a plus rien, plus de Veronika, plus de roi, plus de Yougoslavie, le monde a éclaté en morceaux comme ce miroir fêlé qui me renvoie des fragments de mon visage pas rasé. Je n'ai pas assez de volonté pour me laver, me raser et ajuster mon ceinturon, m'apprêter et me joindre au rassemblement, je regarde ce visage sur lequel Veronika s'est penchée cette nuit, et je me demande si elle a pu me reconnaître. Est-ce toujours moi, Stevan Radovanović, major, commandant d'un escadron de cavalerie de la première brigade, ancien capitaine de la division de la Drave que sa femme a quitté à Maribor et dont les soldats se moquaient dès qu'il avait le dos tourné ? À présent, personne ne se moque de lui, personne ne se moque plus de personne parce que personne n'a envie de rire, à présent, tout le monde mérite plus ou moins la compassion, comme cette armée battue, chassée de sa patrie par les armes et par des communistes sauvages ignorant la tactique, comme ces yeux, ce nez, ces joues coupées par les fêlures du miroir accroché au mur des douches du baraquement ; mais est-ce bien encore mon visage, ces cernes qui ressemblent à des ecchymoses, conséquences des nuits sans sommeil, ces mèches grises sur les tempes, ces lèvres gercées et ce trou noir au milieu d'une rangée de dents jaunes. Ce trou, une dent s'y trouvait avant, il y a un mois encore, lorsque, contre le mur d'une ferme, quelque part dans les montagnes au-dessus d'Idrija, un obus de mortier a explosé, alors un petit bout de pierre ou de métal a atterri droit dans ma bouche, et je me suis retrouvé immédiatement en sang, mais quand j'ai repris mes esprits et que je me suis lavé, il s'est avéré que, Dieu merci, il ne me manquait qu'une dent de devant, mes lèvres aussi avaient été bien déchiquetées, à présent elles ne sont plus qu'écorchées, j'ai juste perdu une dent quelque part près de la frontière italienne derrière laquelle on se retirait pour se réorganiser comme on disait, pour contre-attaquer comme on disait, mais devant Palmanova, on s'est tout simplement rendus. On s'est rendus, que pouvait-on faire d'autre, même si on racontait que les Anglais étaient nos alliés et qu'on attaquerait ensemble les communistes. Pendant quelques jours encore, on a continué de porter nos armes, puis on a reçu l'ordre de les déposer, c'est-à-dire qu'on a laissé les soldats anglais nous désarmer honteusement, ils ont laissé leurs revolvers sans munitions aux officiers, pour l'honneur, mais il y a quelques jours ils les ont aussi ramassés, c'était la dernière marque de notre dignité, on n'est plus une armée, c'est la fin, la *finis* du royaume de Yougoslavie, la fin du monde.

Il y a sept ans, quand Veronika a quitté Maribor, j'ai d'abord pensé que c'était la fin du monde pour moi. Mais à présent je vois que c'était une petite souffrance personnelle, la vie suivait son cours et l'armée à laquelle j'appartenais corps et âme était toujours là, avec son ordre et sa discipline, son artillerie et sa cavalerie illustres, son infanterie, toutes ses unités parées de la gloire des batailles de la Kolubara et du Cer, nous étions les successeurs et les héritiers de la victoire serbe, l'une des plus grandes de l'histoire de l'Europe, nous, les officiers, on était respectés et estimés, le monde était toujours entier et la vie, en dépit du départ de Veronika, avait un sens. La caserne, les manœuvres, l'accomplissement du devoir suffisaient à dissimuler la tristesse personnelle, le sens de l'honneur et la défense de la patrie donnent à l'homme le sentiment d'une noble mission, la détresse personnelle doit s'incliner devant elle. J'étais un officier modèle, je dois le dire, à l'Académie militaire, j'avais passé tous les examens, généraux et techniques, avec les félicitations, mon unité avait récolté des éloges à toutes les manœuvres qui, ces années-là, étaient devenues fréquentes.

Au printemps 1937, mon escadron, basé à Niš, fut muté à Ljubljana. Pour autant que j'aie pu comprendre, il s'agissait d'apporter un renfort tactique à la division de la Drave qui était devenue, en raison des événements politiques en Allemagne, la principale force de défense des frontières nord et ouest du royaume. Comme partout, je me débrouillais bien là-bas. La vie d'un soldat, ce ne sont pas les lieux où il doit résider temporairement, mais la caserne, le terrain d'entraînement, l'armée, ma vie, c'était l'armée, oui, et les chevaux. J'étais, je dois le dire, le meilleur cavalier de l'unité que je commandais. Ce n'est déjà pas la même chose si un commandant donne ses ordres d'un bureau ou d'un véhicule de terrain au cours de manœuvres, mais quand ce commandant chevauche à la tête de son unité, c'est encore différent. En fin de compte, j'exigeais de mes hommes ce que j'exigeais de moi-même, entraînement intensif en carrière, souplesse, habileté, soin des chevaux, propreté, eau fraîche, l'étrille dans la main était pour moi aussi importante que le sabre au clair avec lequel on se lançait à l'attaque ou la carabine sur l'épaule qu'il fallait savoir prendre et armer même à cheval. La cavalerie est la plus noble des unités militaires. La cavalerie crache sur la piétaille, disait le major Ilić quand il était de bonne humeur. Quand il était de bonne humeur et qu'il disait que la cavalerie crachait sur la piétaille, il se trouvait toujours quelqu'un pour ajouter, elle peut aussi pisser… Nous étions de bonne humeur, nous étions fiers comme des uhlans polonais, la cavalerie légère la plus courageuse du monde. J'aimais les chevaux, j'étais monté pour la première fois à l'âge de sept ans, mon père était marchand de chevaux, déjà enfant, je m'en occupais et je leur parlais, je ne m'étais pas retrouvé dans la cavalerie par hasard. Ni, à bien y penser aujourd'hui, à Ljubljana.

C'est là que j'avais rencontré Veronika.

Elle m'avait été présentée par… son mari. Et son mari par mon commandant, le major Ilić. Je me rappelle très bien cet après-midi d'été, il faisait chaud, dans la carrière, manches de chemise retroussées, je surveillais un exercice de voltes. Puis, je laissai les nouvelles recrues chevaucher en cercle et, durant les dernières minutes, rentrer à l'écurie les rênes longues. Et maintenant, dis-je, lavez à l'eau claire les parties humides du dos des chevaux, en particulier sous la selle. Et après, l'étrille, c'est clair ? Je n'oubliais jamais de donner cet ordre car je savais qu'ils étaient fainéants, tous les soldats nouvellement recrutés sont fainéants, ils auraient fichu les chevaux à l'écurie et se seraient vautrés dans le pré voisin, à l'ombre du bâtiment, ou même sur le fumier, n'importe où. J'allais leur expliquer pourquoi il était si important de prendre soin des chevaux quand une estafette arriva, me salua et dit que le major Ilić me convoquait à l'état-major.

Sur un ton sérieux, ce dernier me demanda si j'étais prêt à accepter une mission spéciale. Moi, j'étais toujours prêt à accepter n'importe quelle mission. Une jeune dame, la femme d'un de ses amis, un monsieur important dans la région et excellent homme, avait reçu en cadeau un hackney, maintenant elle aimerait apprendre à monter à cheval. Je vis que l'ordonnance et le secrétaire qui me regardaient attentivement avaient envie de rire. Au lieu de t'emmerder avec des recrues idiotes, dit le major Ilić, tu seras moniteur d'équitation pendant un moment. Je ne répugnais pas à travailler avec des recrues idiotes qui, à la fin, sous ma direction, devenaient presque tous d'excellents cavaliers, je résistais à l'idée d'avoir à apprendre l'équitation à une jeune dame riche et capricieuse, après tout, j'avais passé avec brio tous les examens généraux et techniques de l'Académie militaire pour servir mon roi et ma patrie. Tu serviras aussi le roi et la patrie de cette manière, a dit Ilić comme s'il lisait dans mes pensées, du reste, il ne s'agit que de deux mois, lors des manœuvres d'automne, tu dirigeras de nouveau un escadron. Je dis que j'étais à ses ordres, un soldat pouvait-il dire autre chose ? Ensuite, Ilić me regarda un moment droit dans les yeux. Stevan, mon fils, dit-il d'une voix paternelle, comme s'il m'envoyait à la bataille, je te recommande quelque chose.

L'honneur militaire, dit-il. Toi tu sais ce qu'est l'honneur militaire.

J'avais compris ce qu'il voulait dire. Il fallait traiter la dame avec tout le respect qui lui était dû.

Je sais, dis-je.

Alors, tout est en ordre, dit en riant le major Ilić.

Et l'ordonnance qui avait vu que la partie officielle de la conversation était terminée et que le major était de bonne humeur ajouta, prends garde de ne pas te faire mordre par son alligator. Maintenant, ils riaient tous les trois. Quel alligator ? Tu verras bien, dit Ilić. Repos, tu peux t'en aller.

Avant de commencer ma mission spéciale, c'est-à-dire servir le roi et la patrie d'une façon particulière, je devais rencontrer le mari de ma future élève. Nous nous retrouvâmes au café *Union*, il m'inviterait chez lui, dit-il, mais il voulait d'abord me connaître. Il était grand, sec, cheveux blonds plaqués, il était impeccablement habillé, comme s'il sortait d'une revue de mode pour dandys anglais. Moi, j'étais en uniforme d'officier et même si, à cette époque, les uniformes d'officiers déclenchaient partout l'approbation et l'admiration, comparé à lui, je me sentais un peu maladroit. L'élégant monsieur en costume et souliers blancs était visiblement un homme habitué à faire immédiatement impression sur les gens à qui il avait affaire. Il arriva dans une grosse automobile, nous bûmes deux cognacs, il dit que les cours seraient correctement payés, ce que je refusai. J'ai reçu un ordre, c'est une obligation de service. Il rit, ah, le major Ilić, pour lui tout est affaire de service. Il n'était pas très bavard et il dit ce qu'il avait à dire dans un même souffle : au début nous ferions les exercices dans le manège de Štepanja vas, mais ce serait bien que nous commencions au plus vite à chevaucher dans les environs, dans les prés et les bois, Veronika le désirait fort, dit-il, moi-même je me joindrai à vous quand l'affaire sera suffisamment avancée, quand Veronika saura monter. C'est tout, il me demanda de veiller à sa sécurité, elle est parfois si imprévisible, elle voudra probablement tout savoir tout de suite, dit-il. Je voulais vous connaître d'abord, conclut-il, selon mon ami Ilić, vous êtes son meilleur officier, je vois qu'il ne se trompe pas. Comment le voit-il, pensai-je, alors que c'est lui qui a toujours parlé et que, il l'a avoué, il ne sait rien de l'armée. Bien sûr, les gens de son espèce s'y connaissent en bourse, en vêtements élégants et en grosses voitures, oui, en avions aussi, il avait dit qu'en plus des chevaux et des automobiles, sa grande passion était les avions de sport, peut-être un jour m'emmènera-t-il au-dessus des monts environnants, je verrai quel beau pays est la Slovénie et aussi la Serbie, vous êtes de Valjevo, n'est-ce pas ? Oui je suis de Valjevo, mon père vendait des chevaux, dis-je en pensant qu'il connaissait des gens riches de ce genre, il savait que son fils ne serait jamais riche, c'est pourquoi il serait officier, ce qui en Serbie a autant, sinon plus, de valeur. Je ne suis jamais allé à Valjevo, dit-il, vous y produisez des prunes ? Et de la *slivovica*, n'est-ce pas ? Non, dis-je, seulement les meilleurs soldats, on a ri, j'étais content car tout ça s'était vite fait.

Le lendemain, il avait plu la nuit, le matin était transparent et frais, il amena en automobile une jeune dame en culotte de cheval. Il nous présenta, nous examinâmes le cheval, un hackney haut sur pattes, ensuite il dit quelque chose comme : je la mets sous votre protection. Il l'embrassa sur la joue et repartit en vitesse dans sa voiture à toit ouvert, au virage, il fit encore un signe de la main. Le cheval s'appelait Lord, ben voyons, ai-je pensé, quel autre nom aurait pu lui donner une riche jeune femme ? Mais c'était un beau cheval, il écarta un peu la tête quand je le caressai mais bientôt il devint confiant, il avait une grande foulée, un beau port de tête et de queue. Je dis que j'expliquais aux recrues qui veulent devenir cavaliers que l'école ne commence pas en montant, elle commence avec l'étrille, la brosse et le cure-pied pour nettoyer les sabots.

Elle dit qu'elle n'était pas ma recrue.

Je gardai le silence un petit moment, à l'instant même, je regrettai d'avoir accepté cette « mission spéciale ». Je dis, c'est possible, mais il faut toujours panser le cheval avant de le seller. Chaque jour, même si on ne monte pas, il faut donner des soins aux chevaux qui sont la plupart du temps à l'écurie où ils ont trop peu de lumière. Pourquoi sont-ils dans l'écurie, demanda-t-elle, pourquoi ne courent-ils pas en liberté ? Pourquoi sont-ils dans l'écurie ? Personne ne m'avait encore posé la question. Les chevaux sont des êtres libres, dit-elle, plus libres que les hommes, on devrait leur permettre de courir dans les prés et les bois. Mais on ne les monterait pas, dis-je, ils ne feraient que tirer des carrosses et des canons, et dans l'armée il n'y aurait pas cette vieille noble race qu'on appelle la cavalerie et à laquelle je suis fier d'appartenir. C'est cette fière race de militaires que, dans de nombreux combats, la cavalerie légère française et anglaise a glorifiée, et notamment les intrépides uhlans de Pologne. Les uhlans ne firent aucun effet sur elle. Le fait que vous traîniez les chevaux à la guerre est quelque chose d'insupportable, objecta-t-elle, quelque chose d'irresponsable en fait, car une bombe peut les blesser. Pas une bombe, dis-je, un obus. On lance les bombes des avions sur des fortifications, mais on frappe l'infanterie et aussi la cavalerie avec des obus.

Pourquoi donc, siffla-t-elle, quel non-sens !

Dès le début, nous nous empêtrâmes dans un débat sur les chevaux et la cavalerie. Je vis que cela ne conduirait nulle part. Je n'écoutai plus ses remarques, je lui montrai comment poser la bride sur Lord, comment brosser avec précaution la tête entre les oreilles et le long de la ligne de front, et ensuite comment nettoyer le poil avec l'étrille. Elle commençait à s'ennuyer. Quand vais-je monter ? dit-elle. Je me retins de lui dire que c'était justement la question que posaient toutes les recrues idiotes. Je dis que j'annulerais les leçons si elle n'avait pas l'intention de collaborer. Elle me regarda d'un air furieux et elle aussi se retint, bon, dit-elle, montrez-moi comment on cure les sabots. Mais ne croyez pas que je vais le faire ! Elle caressa le cheval, d'après elle, les chevaux étaient faits pour être caressés, comme des chats, Lord la regarda avec reconnaissance, moi je serrai les dents et continuai. Elle m'observait, les bras croisés. Je vois, dit-elle au bout d'un moment, que vous vous comportez bien avec les chevaux. J'expliquai l'alpha et l'oméga, le cheval sent et sait si on se comporte bien avec lui, si on ne le fait pas, il se révolte. Imaginez, madame, dis-je aussi gentiment que je le pouvais, imaginez que le cheval regimbe alors qu'il doit attaquer. Mais c'est ce que vous dites aux recrues ? dit-elle. Oui, c'est ce que je leur dis. C'est-à-dire que vous ne vous comportez bien avec lui que pour pouvoir le pousser sous ces bombes ou disons ces obus. Je dis avec colère que nous aussi nous donnons de nous-mêmes là-bas, il y a eu mille morts à la bataille de la Kolubara.

Mais pourquoi ? dit-elle d'une innocente voix venimeuse.

Pour le roi, dis-je, pour le roi et la patrie.

Elle renâcla comme un cheval et se mit à rire tout haut et méchamment.

Le lendemain, je me présentai au rapport devant le major Ilić. Je le priai de me libérer de cette obligation. Il me demanda ce qui me gênait. Je dis que la dame pensait que la cavalerie militaire était, excusez-moi, un non-sens. Ah, c'est ce qu'elle pense ? dit Ilić. Oui et en plus, elle dit qu'elle n'est pas ma recrue. Ilić se mit à rire. Mais elle n'est pas ta recrue, mon cher Radovanović, avec les dames, avec les femmes en général, il faut se comporter autrement qu'avec les recrues. Il regarda par la fenêtre. T'a-t-elle dit, demanda-t-il au bout d'un moment, qu'elle avait étudié à Berlin ? Elle ne me l'avait pas dit. Elle est cultivée, dit-il, tu peux apprendre d'elle. C'est vrai – il se tut un instant comme s'il se demandait s'il devait me parler – que la jeune dame est un peu... comment dire, étrange. Mon ami, Leo Zarnik, son mari, m'a dit qu'elle était partie en train à Sušak, il y a quelques jours. Personne ne savait où elle était, et en rentrant elle a dit qu'elle était allée se baigner. Tu te rends compte ? Je haussai les épaules, ça ne me semblait pas important, je m'occuperais de cette femme dans la mesure où ça m'était commandé. Mais ce n'était pas facile. Son grand-père, dit Ilić, a paraît-il construit la moitié de Rijeka, es-tu déjà allé à Rijeka ? Comment ça ? dis-je, là-bas c'est l'Italie. Oui, dit Ilić mais un jour nous y serons de nouveau. Quand tu arrives en bateau dans le port, ces grands bâtiments sur la côte, les cafés, tout est à lui. Ces gens-là, mon cher Radovanović, sont inconcevablement riches. Inconcevablement. Et l'armée veut avoir de bonnes relations avec eux, tu comprends ? Je dis que je comprenais, mais je crains, ajoutai-je que ça soit parfaitement égal à la dame. Elle ne va pas coopérer. Comment lui enseigner l'équitation si elle ne m'obéit pas. En plus de ça, elle n'a même pas idée de qui sont les uhlans. Les uhlans ? demanda Ilić, quel rapport les uhlans ont-ils avec l'équitation ? Il se tut un moment. Certes, elle ne s'intéresse pas à eux, dit-il au bout d'un moment, elle s'intéresse à d'autres choses. Elle est un peu, dit Ilić, pas seulement bizarre, je dirais, excentrique. J'ai entendu dire, ajouta-t-il, qu'elle avait eu un alligator pour animal de compagnie. Elle l'emmenait en promenade. Tu t'imagines ? Voilà, dit le major en me regardant dans les yeux, maintenant, tu sais tout. Merci, dis-je, mais cela ne me sert à rien. Je me mordis la langue, je commençai à bavarder avec le major, je n'aurais pas dû dire ça. Il devint sérieux. Que dois-je dire à mon ami Zarnik ? Que mon officier, mon meilleur officier, refuse parce que sa femme pense que la cavalerie militaire est un non-sens ?

Je ne sais pas, dis-je, vous pouvez dire que je ne suis pas fait pour ce travail et que je repars dans mon escadron.

Ilić devint sérieux. Écoutez lieutenant, dit-il du ton officiel qu'il employait dans le travail, vous, Radovanović, vous n'allez pas m'imposer ce que je dois dire à quelqu'un. Et je ne vous ai pas envoyé là-bas pour discuter de cavalerie militaire avec cette dame ni pour lui faire la leçon sur les uhlans et la bataille de la Kolubara, mais pour lui apprendre à monter à cheval. Vous comprenez ? Je dis que je comprenais. Et vous ne vous présenterez au prochain rapport que lorsque ce sera fait. Vous annoncerez que la mission est accomplie et que la dame monte à la perfection. Vous comprenez ? Je comprends, major. Je sortis un peu abattu, résigné à mon sort. En pensant à la jeune femme qui partait seule à Sušak et qui emmenait son alligator au bout d'une corde en promenade dans Ljubljana. Et surtout en pensant au major Ilić. Ma carrière dépendait de lui. Parfois il était très paternel, il m'appelait Stevo ou fils. L'affaire était devenue dangereuse quand il avait commencé à me vouvoyer. Je me dis que j'aurais pu m'en sortir plus mal. Je le connaissais, ce qui s'était passé un peu plus tôt était une colère de degré moyen, si elle avait été plus grande, il aurait dit d'une voix sourde, en route, en route pour le manège, putain !

Je partis au manège avec Vranac et m'arrangeai pour qu'il reste dans cette écurie tant que dureraient les leçons. Je résolus d'accélérer l'affaire au maximum, plus vite ce serait fini, mieux ce serait. Ce matin-là, je l'attendis en vain. Elle aussi s'était plainte. À son mari. De sa voiture, il me dit que sa femme exigeait un moniteur civil. Lui ne voulait pas vexer le major Ilić qui lui avait envoyé son meilleur officier et il attendait de moi que je me conduise en gentleman, que je m'excuse et qu'en gentleman, je mène les cours d'équitation à leur terme. Reprenez demain, dit-il en partant, la main sur la portière, ses cheveux blonds ébouriffés par le vent.

Ça avait commencé de telle façon que tous les deux nous voulions renoncer. Pourtant c'est peut-être pour cette raison que la suite a été plus simple. Je me suis excusé… si elle avait mal compris, parce que j'avais dit ce que je dis aux recrues, que… et la dame avait ensuite pensé que je la traitais comme une recrue… mais en réalité… Ah mais ce n'est rien, dit-elle en riant, donnez-moi cette étrille. Elle était comme ça, Veronika. Son humeur pouvait soudain changer complètement. Je lui donnai l'étrille. Elle sourit et se mit à frotter le poil du cheval.

Par la suite, nous évitâmes les discussions sur les recrues, les attaques de cavalerie, les bombes et les combats de la Kolubara, bientôt nous nous consacrâmes au sellage et au bout de quelques jours au maintien à cheval, à la mobilité de l'assiette, aux reins fermes et aux épaules détendues, aux rênes et bientôt aux premiers pas. La jeune dame progressait rapidement. Il me semblait qu'elle comprenait que l'équitation est un rapport complet entre le cheval et le cavalier et avant tout entre le moniteur et l'élève. Apprendre à se comporter avec un cheval n'est pas seulement une affaire technique, il faut aussi gagner sa confiance, et avant tout il faut faire confiance au moniteur si on veut que le cheval ait confiance en nous. Je ne lui dis pas ce que je disais aux recrues, qu'en effet, il faut respecter et exécuter inconditionnellement les ordres du moniteur si on veut que le cheval respecte et exécute les nôtres. Il semblait qu'elle saisissait petit à petit ce triple rapport de subordination. Par bonheur, elle ne souhaita pas en discuter, un tel débat aurait sans doute abouti à une nouvelle querelle. Pour moi, ça devint plus facile quand, un après-midi où nous étions assis dans l'herbe, elle me demanda de lui parler des chevaux. Que devais-je lui dire ? Tout ce que je savais. Mais ce sera une longue histoire, dis-je, je sais beaucoup de choses. Alors dites beaucoup, dit-elle, est-il vrai qu'autrefois, pendant la préhistoire, le cheval était aussi petit qu'un chien ? C'est vrai, c'était un petit animal qui vivait dans les forêts de Sibérie et d'Europe centrale, mais maintenant il est grand et beau comme le sont Vranac et Lord. Je lui parlai des arabes et des lipizzans, des haflingers et des hanovriens, je lui racontai comment j'avais vécu avec les chevaux depuis mon enfance, avec les chevaux de mon père qui arrivaient et qui partaient, j'ai élevé Vranac moi-même, j'ai réussi à le faire entrer dans l'armée et à l'emmener avec moi de Valjevo à Ljubljana… Je ne lui parlai pas des uhlans ni des batailles où on tue les chevaux et pas seulement les cavaliers.

Vous pensez qu'ils comprennent vraiment, demanda-t-elle, ils regardent comme s'ils comprenaient l'homme, ajouta-t-elle.

Si un alligator comprend l'homme… dis-je prudemment, alors un cheval le peut aussi.

Elle éclata de rire. Vous aussi vous en avez entendu parler ? Bien sûr, comme tout le monde. C'était vraiment un charmant alligator, dit-elle. Je ne pouvais pas le laisser seul à la maison et parfois je le promenais en ville. Elle riait sans doute en pensant à l'attraction qu'était la petite bête sauvage pour les promeneurs déconcertés. Mais il ne comprenait pas tout le monde, pas mon mari en tout cas. Vous savez aussi qu'il l'a mordu dans la baignoire pendant son bain? Alors, il a dû quitter la maison, je parle de l'alligator bien sûr. Elle rit. Leo l'a emmené chez le vétérinaire. Maintenant il est empaillé. Malheureusement il était impossible de faire autrement.

Je n'ai pas demandé où l'alligator avait mordu son mari. Je ressentais un dégoût profond en pensant à cet animal dans leur baignoire. Même si je pouvais me représenter une dame promenant un alligator au bout d'une corde et cet animal habitué à un autre environnement trottinant derrière elle… et regardant bouche bée les foules, l'idée d'un animal palustre dans une baignoire me semblait insupportable. Je ne comprends pas ce monde et ces gens-là. C'est du moins ce que je pensais alors. Elle parlait de cette petite bête comme d'un animal domestique. Elle semblait triste d'avoir dû le supprimer. En fait, ses élucubrations sur les chevaux, ces animaux libres, n'étaient pas en accord avec l'alligator qui devait vivre dans leur appartement luxueux. Je ne le lui dis pas, je ne voulais aucun nouveau conflit, je prenais mon parti de l'idée que la jeune femme, comme l'avait noté le major Ilić, était assez étrange et, comme souvent chez les gens riches, assez excentrique aussi. Il y avait des contradictions en elle, on le voyait aussi à son humeur qui variait comme un temps d'avril, une fois elle était sereine et souriante, une autre fois, triste et surtout absente, elle n'écoutait pas une de mes phrases. Mais je ne pouvais pas m'occuper de cela, du moins pas encore. Nous étions de deux mondes différents, deux personnes qui s'étaient rencontrées par hasard, dans un mois ou un peu moins, elle partirait avec son mari et moi je retournerai dans mon escadron à la caserne. Même si maintenant tout ça ressemblait à une école d'équitation et que nous nous entendions plutôt mieux, même si je me surprenais à me réjouir certains matins de la revoir, je souhaitais que ça finisse au plus tôt.

Mais elle aimait vraiment les chevaux. Peut-être plus que

les gens. Peu à peu, je commençai à comprendre pourquoi ça l'avait tellement énervée que nous les militaires, on envoie les chevaux sous les bombes, c'est-à-dire sous les obus. C'étaient les derniers jours d'août, qui s'acheminaient lentement vers l'automne... Le matin, je me présentais à la caserne où les officiers, par quelques remarques douteuses, raillaient ma double vie, l'après-midi, je le passais avec elle au manège et avec les deux chevaux, j'échangeais à peine quelques mots avec son mari quand il venait la chercher. C'était de plus en plus rare, le plus souvent, il l'amenait et son chauffeur venait la chercher. Leo Zarnik était probablement très occupé, non seulement par son travail mais aussi par la chasse aux sangliers et aux cerfs. Mon élève n'était visiblement pas gênée par cette mise à mort. Elle était gênée par le fait que nous entraînions les chevaux à la guerre car ils pouvaient être atteints par des bombes, c'est-à-dire des obus. Je voyais que son mari transportait des fusils de chasse sur le siège arrière, un jour, il dit qu'il m'inviterait au tir à la cible. Mais visiblement il oublia son invitation sur l'instant.

La première fois que nous fîmes ensemble quelques tours de manège, elle sur Lord et moi sur Vranac, et qu'elle descendit de cheval assez prestement, je l'applaudis. J'avoue, chère madame, que je ne m'attendais pas à des progrès si rapides. On pourrait dire que vous savez déjà monter. Et en plus, Lord vous accepte vraiment bien.

Mieux que vous, il me semble, dit-elle.

Excusez-moi, je voulais dire qu'il vous considère comme sa patronne. Patronne, dit-elle, quel mot idiot ! C'est ainsi, dis-je, quand il obéira à vos ordres, quand il comprendra vos mots, alors nous serons vers la fin de nos leçons. Comment y arrive-t-on ? demanda-t-elle. Il faut lui parler, et le toucher, et ensuite il comprend, un lien fort se tisse entre l'homme et le cheval... Elle me regarda un moment, ensuite, elle demanda, comme entre deux personnes ? Oui, répondis-je. Presque.

Le matin suivant, elle arriva curieusement disposée. Je me dis que la nuit du couple avait été difficile à cause d'une excursion à Sušak ou d'un nouvel alligator ou de Dieu sait quoi, mais c'était tout à fait autre chose. J'ai réfléchi, dit-elle, à ce que vous m'avez raconté hier à propos des chevaux et des hommes, à la manière dont il faut leur parler. Au fond, nous deux, nous parlons très peu, dit-elle. C'est vrai, chère madame. Sauf des chevaux dont nous avons beaucoup parlé.

Elle sourit. Cessez de m'appeler chère madame, Stevan, dit-elle. Ensuite, elle regarda, l'air absent, les pentes vertes des montagnes de l'autre côté de la Save. Vous n'avez pas de petite amie, Stevan ? J'en ai une, dis-je. Ensuite je pensai qu'au fond, je ne savais pas si je l'avais encore. Au fond, je ne sais pas, dis-je, j'en avais une, à Valjevo, parfois, elle m'écrit encore une lettre. Comment s'appelle-t-elle, demanda-t-elle. Jelica, répondis-je. Elle est belle ? Je haussai les épaules, moi je la trouvais belle. Elle a des cheveux châtains, dis-je embarrassé.

Et comment Jelica t'appelle-t-elle ?

Stevo.

Donc tu es Stevo. Je peux t'appeler comme ta Jelica ? J'étais un peu estomaqué. Moi je m'appelle Veronika, tu peux m'appeler comme ça. Je comprends, madame, dis-je, comme j'aurais pu répondre au major Ilić. Pas madame, seulement Veronika. Je comprends, Veronika. Encore heureux que tu comprennes, dit-elle.

Je n'avais pas vraiment compris, pas encore à ce moment-là. Peut-être qu'elle non plus n'avait pas compris. Pourtant il se passait quelque chose. Nous commençâmes à discuter aussi d'autres choses, plus seulement de chevaux. Moi, je lui parlais de la Šumadija, de ses larges versants verts et de ses villages aux maisons de bois, des superstitions et des mariages. Des paysans qui avaient vécu le siège de Salonique. De l'Académie militaire. Elle me parla de Berlin, elle y avait étudié deux ans, elle correspondait avec des amies qui, dans leurs lettres, lui décrivaient les théâtres et les cafés, les bateaux et les voiliers sur le lac. Elle aime beaucoup cette ville, vaste et aérée. La vie à Ljubljana l'ennuie. Tout le monde se connaît et personne ne s'aime. C'est pourquoi elle s'échappe parfois, elle prend le train pour la mer. Elle ne parlait pas de ce qu'en pensait son mari. Elle ne disait rien de sa famille, sauf de sa mère qui vivait seule dans un grand appartement depuis qu'elle avait déménagé chez Leo. Sa mère, elle s'appelle Josipina, est hantée par ses souvenirs de la vie à Rijeka, son mari, le père de Veronika, y était mort, il s'appelait Peter, comme notre jeune roi. Sa mère a les mêmes cheveux blonds qu'elle, Veronika, même s'ils sont déjà un peu gris. Elle aimait danser quand elle était encore à Rijeka. On l'appelait *bionda*. Un jour, elle me la présentera, elle pense que je lui plairai.

Deux personnes qui passent tant de temps ensemble se rapprochent, ils peuvent aussi se détester, du moins on l'aurait dit au début, mais il est plus probable qu'ils se rapprochent. Nous nous sommes rapprochés. Très fort.

Maintenant je suis à Palmanova. Je regarde mon visage dans le miroir recollé, une partie de mon visage. Pour mon âge, j'ai eu très tôt les tempes grises. Il me manque une dent devant, ça fait vraiment laid ce trou et mes lèvres coupées autour. C'est un vrai miracle, je n'ai été blessé qu'une fois, juste à la fin, quelque part au-dessus d'Idrija, avant qu'on se replie dans la plaine du Frioul. Avant qu'on se retrouve dans ce camp de prisonniers, nous les combattants d'hier, côte à côte, aujourd'hui seulement prisonniers, grande foule de vingt mille soldats et officiers qui hier encore guerroyaient, mais qui, aujourd'hui, battent le pavé autour des baraques et entre les tentes. Armée vaincue. Armée de débâcle. Armée sans État. Avec la photo de son jeune roi sur le mur de la baraque, du roi qui n'était nulle part quand on se battait pour son royaume et qui, maintenant que son armée est en captivité, se promène avec son chien dans un parc de Londres. Ou boit du thé. Ou écoute à la radio les nouvelles du dernier discours de cet espion russe qui porte le nom bizarre de Tito, de ce caporal autrichien, de ce moujik croate qui a emménagé dans la maison royale à Dedinje. Quand je passe devant la photo du roi, je regarde par terre. Si je le regardais dans les yeux, je devrais lui demander où il était quand, nous, ses soldats, on pataugeait dans la boue et le sang. Son grand-père, son père, tous les deux avaient accompagné leur armée quand il l'avait fallu, emmitouflés dans leur capote en plein hiver balkanique entre les canons et les chevaux. Lui, pendant toute la guerre, s'est baladé dans un parc londonien, encore maintenant il se balade. Je ne peux pas le regarder dans les yeux sans ressentir de la colère, du mépris même. Je préfère regarder par terre. J'ai parfois l'impression qu'on regarde tous par terre, nous les vingt mille hommes qui se sont retrouvés honteux et humiliés à Palmanova. Et la nuit, on regarde les étoiles. Et on ne comprend pas ce qui nous est arrivé à tous.

Quand, la nuit, je contemple le ciel étoilé de mai, je me demande souvent si elle aussi regarde les étoiles. Si elle vit toujours dans ce manoir acheté par son mari, alors elle voit le même ciel à moins de deux cents kilomètres d'ici. Pendant un instant, je suis comme saisi par une ombre noire, que signifiait sa visite si vivante cette nuit ? Chez moi, les gens croient que les âmes des morts rôdent autour de nous. Est-ce qu'il ne lui serait pas arrivé quelque chose ? C'était la guerre. Mais j'ai repoussé tout de suite cette idée, elle a su se débrouiller, ou sinon, son Leo a su. Celui-là se débrouille toujours. Peut-être ne sont-ils plus dans le manoir, car les communistes qui gouvernent désormais de l'autre côté de la frontière n'aiment sûrement pas trop les châtelains, mais ils aiment leurs biens. Il y a quelques jours, j'ai été dans un camp voisin où sont logés des domobrans slovènes. J'ai demandé si quelqu'un connaissait Leo Zarnik, lui bien sûr ne m'intéressait pas, je voulais savoir ce qu'il en était d'elle. Un officier m'a dit qu'il était certainement en Autriche ou en Carinthie. En mai, une foule de gens sont partis de Slovénie, Zarnik devait être l'un d'eux, il n'était pas assez stupide pour attendre les communistes. Si Zarnik, son mari, est en Autriche, elle y est certainement aussi. Ça m'a apaisé. Sa visite nocturne peut aussi avoir un autre sens, si les âmes des morts errent, pourquoi pas celles des vivants ? Les âmes de ceux qui étaient très proches, et qui ont été séparés. Peut-être que mon âme aussi va parfois errer vers son lit au moment où je regarde le fourmillement des étoiles au-dessus de la plaine du Frioul et que je pense à elle qui regarde les étoiles au-dessus des sommets alpins. Des fenêtres de son manoir en Haute-Carniole, et si elle n'y est plus, peut-être de l'autre côté des Karavanke.

Est-ce qu'elle pense parfois à ces jours d'août où elle chevauchait le long de la Save en compagnie de son moniteur d'équitation ?

En ce mois d'août trente-sept, nous nous rapprochâmes fortement. Le jour où elle me demanda comment s'appelait ma petite amie, nous étions déjà en fait si proches qu'il n'était pas possible d'aller plus loin dans un tel rapprochement. Au début, nous étions ensemble le matin, ensuite la journée entière. Mon élève était de plus en plus enthousiaste. Comme le sont, ça je ne voulais pas lui dire, toutes les recrues quand elles constatent qu'elles ne sont pas tombées de cheval lors de leur premier galop et surtout que le cheval obéit, s'arrête même, quand elles le lui ordonnent. Une bonne assiette, l'utilisation des rênes, les virages, les actions avec le poids, elle conquérait chaque nouvel élément en s'amusant. Comme l'enthousiasme s'était emparé d'elle, elle découvrit facilement qu'il était possible de s'entendre avec le cheval, « mar-cher », « trot-ter », « oooh-là ». Le plus difficile fut de la préparer à utiliser les éperons et la cravache, mais je lui expliquai que l'action des aides était en équitation aussi nécessaire que l'accord avec le corps et la voix. Son Lord avait déjà suivi une école de base, c'est pourquoi la chose fut facile. Quand elle vit qu'il lui obéissait et qu'après un exercice il frappait gentiment et d'un air joueur de la tête dans son épaule, elle fut franchement touchée. Est-ce possible, disait-elle, il me comprend vraiment ! Avec Vranac, je lui fis une démonstration d'attaque au sabre que, bien sûr, je n'avais pas en main pour ne pas lui rappeler qu'au fond il était destiné à tuer, et quand je descendis de cheval, elle applaudit. C'était quelque chose, s'écria-t-elle, vous êtes comme un seul être ! Toute la journée était à nous, nous déjeunions aussi tous les deux dans une auberge des environs sous les marronniers. Je voyais quelquefois son mari, le matin quand il l'amenait, tard dans l'après-midi, son chauffeur venait la chercher, regardant sans expression quelque part dans les montagnes, alors que nous nous tenions devant l'automobile et que nous ne pouvions nous séparer, occupés que nous étions à répéter les événements du jour, les exercices et les échanges à propos des chevaux.

C'est pourquoi le jour où elle me demanda comment s'appelait ma bonne amie, je ne fus pas étonné du tout. Jelica. Et comment t'appelle ta Jelica ? Stevo. Donc Stevo. Moi je suis Veronika, pas madame, seulement Veronika, tu comprends ? Encore heureux que tu comprennes. Je comprenais que quelque chose commençait, qui était dès le début inéluctable. Quand nous chevauchions le long de la Save et que nous menions par les rênes le cheval sur les pentes boisées. Quand nous nous asseyions dans l'herbe et que nous discutions des chevaux qui étaient autrefois aussi petits que des chiens, mais qui maintenant sont grands, intelligents et plus libres que l'homme.

Car l'homme n'est pas libre, dit-elle, même moi je ne le suis pas.

Elle se levait et marchait impatiemment de long en large

dans l'herbe. Et toi encore moins, dit-elle, toi, ici dans ta caserne, tu es encore moins libre.

C'était de nouveau quelque chose que je ne comprenais pas. Pourquoi l'homme ne serait-il pas libre ? Et pourquoi ne l'était-elle pas ? Elle parlait de la caserne comme d'une prison. Moi je n'ai jamais pris mon métier comme quelque chose qui apporte la contrainte. Je lui expliquai ce que je pensais sincèrement et ce que je pense encore à présent, à l'intérieur des règles qu'il faut respecter, il y a selon moi bien assez de liberté pour l'homme qui pense, lit, s'occupe d'histoire militaire et chevauche dans les prés. Elle réfléchit. Au fond, c'est probablement vrai, dit-elle, si tu te fixes une limite qui est la tienne et dans laquelle tu te sens bien. Mais à moi, on me met toujours des barrières, des traits invisibles, jusque-là et pas plus loin, là-bas, ce n'est pas ton monde. Je me dis que mon monde n'était pas là non plus où était le sien. Et j'entendis la voix du major Ilić parlant de l'honneur des officiers.

Un après-midi, elle entra dans un monde qui n'était pas le sien. Dans le mien. Je pourrais dire le nôtre, elle entra dans notre monde. L'instant où elle franchit la ligne qui séparait sa vie d'avec Leo Zarnik de sa vie avec l'officier de cavalerie signifiait que tout allait changer. Cela, nous ne pouvions pas le savoir, nous ne pouvions vraiment pas, car ni elle ni moi alors ne pensions à l'avenir. À la vie dans un logement militaire dans une caserne en Serbie du Sud.

Après le déjeuner, nous avions chevauché lentement sur une pente boisée.

Et si on allait un peu plus vite, dit-elle soudain en frappant de sa cravache l'arrière-train de Lord. Le cheval frissonna sous elle comme s'il se réveillait, et un instant plus tard il partait au galop. Elle se leva de sa selle et son mouvement l'encouragea comme il faut à galoper encore plus vite. Je m'élançai derrière elle et la rattrapai dans une large prairie. Je m'écriai, admiratif, mais tu montes comme un uhlan polonais. Elle se mit à rire, une uhlane, elle cria, une uhlane polonaise. Elle prit un chemin boisé ombragé à l'intérieur, j'eus un peu peur pour elle, une branche aurait pu la frapper et le cheval aussi, mais elle le maîtrisait, dans la clairière, elle le calma par des ordres et des caresses et sauta prestement à terre.

Si tu étais une de mes recrues, dis-je, je serais maintenant fier de toi. Et aussi de moi.

Quelques semaines plus tôt, elle se fâchait quand je mentionnais les recrues. À présent, elle en riait.

C'est-à-dire, dit-elle, que ta recrue a fini les cours.

On pourrait le dire, oui. Sauf si tu veux encore apprendre le tir.

Je lui expliquai qu'à ce point, les recrues peuvent commencer les exercices de combat, tir à cheval, usage du sabre, saut et repli. Mais en ce qui concerne nos cours, c'est fini.

Fini ? demanda-t-elle, presque étonnée.

Ensuite, nous nous assîmes dans l'herbe.

Je pensai qu'elle allait commencer une de ces conversations sur les chevaux et la liberté, mais cet après-midi-là, elle regardait au loin, l'air un peu absent, au-delà de la Save, vers la grande ombre qui tombait sur la douce pente herbeuse. Soudain, elle se coucha dans mes bras et me regarda dans les yeux. Avec ta permission, dit-elle en s'allongeant dans mes bras. Comme si moi, je pouvais lui donner une quelconque permission. Ou la lui refuser. Que dirait Jelica, maintenant ? demanda-t-elle. Elle ferait mieux, pensai-je, de se demander ce que dirait Leo, son mari. Jelica était loin, à Valjevo, sa dernière lettre datait d'un mois, elle ne contenait aucun « ah comme tu es loin, comme tu me manques », mais seulement « j'espère que tu es bien en Slovénie, j'espère aussi que tu prendras bientôt du grade et que tu obtiendras les étoiles de capitaine de deuxième classe, ton père sera très fier ». Jelica était loin, mais son mari était près, dès le soir, en costume blanc, il arriverait peut-être dans sa voiture de sport et, dès le soir, il demanderait, alors, comment progresse notre cavalière ? Caresse-moi les cheveux, ordonna-t-elle. Je sais que tu en as envie, ajouta-t-elle, alors que j'hésitais un moment. Le major Ilić apparut à mes yeux, l'honneur d'officier, dit-il, l'honneur d'officier. Mais le geste automatique et irrépressible de ma main fut plus fort que mon honneur d'officier qui ne devait pas à des fins personnelles abuser de la recrue la plus dévouée et la plus sotte, encore moins d'une femme mariée, de l'épouse de l'ami du major, un des piliers de notre société qui traçait ces frontières invisibles en vertu desquelles Veronika se sentait prisonnière et non libre.

Par bonheur, ce soir-là, il ne vint pas. Il n'aurait pas été possible de cacher ce qui s'était passé. Nous étions grisés par cet après-midi, et différents. Même pour le chauffeur, debout devant la portière ouverte, fixant un point inconnu dans la montagne, alors que tous les deux nous prenions longuement congé, ce qui s'était passé devait être clair. Quand finalement ils s'en allèrent, elle agita son foulard blanc qui s'échappa de sa main avant qu'ils ne disparaissent au virage. Je courus sur la route poussiéreuse et le ramassai. Nous prolongeâmes les cours sans accord particulier. Nous eûmes quinze jours pour faire de merveilleuses chevauchées d'automne – et pour nous deux. Quinze jours de septembre où, dans les environs de Ljubljana, les arbres aux feuilles jaunies s'élevaient au-dessus de la brume qui rampait tard le matin. Où Vranac et Lord soufflaient des nuages d'air dans les clairières, foulaient les feuilles tombées et tapaient du sabot dans les chemins détrempés. Ou alors, sous le soleil du matin qui, là-bas, dispersait complètement le brouillard blanc aux environs de onze heures, ils hochaient la tête avec satisfaction, attachés à un arbre pendant que nous deux étions allongés sur la mousse, dans les bois, elle aurait dit libres, libres comme si nous étions les seules personnes au monde. Du moins dans cette partie du monde.

Car à une distance à peine soupçonnable, les nuages de

l'orage proche s'amassaient, en Allemagne, on marchait au pas et on délibérait, en Italie, des tribunaux spéciaux jugeaient les patriotes slovènes, aux rapports du matin, j'entendis dire que l'armée royale préparait de grandes manœuvres d'automne qui montreraient qu'elle était prête à faire face à tout. S'il ne s'était pas produit ce qui venait de nous arriver, à Veronika et à moi, j'aurais été inquiet, mon escadron se serait entraîné de façon accélérée, à la nouvelle des manœuvres, mon cœur aurait cogné plus fort. Car c'était le moment, pour un officier de ma trempe, pour tout bon officier, de montrer ce qu'il savait. Qu'il était prêt à faire face à tout. L'éventualité d'un avancement est un effet subsidiaire, on en parle quand les manœuvres sont finies, personne n'y pense pendant la préparation de la campagne, l'affaire est excitante en soi. Soudain, je me désintéressai de tout ça. Mon cœur battait plus vite quand j'arrivais à Štepanja vas, il battait plus vite parce qu'il savait qu'il cognerait encore plus fort quand elle serait là et qu'il se calmerait quand nous échangerions nos premiers mots. Il se calmerait dans la certitude que nous étions de nouveau seuls, seuls à deux, libres avec notre secret. Je ne sais pas comment elle faisait, si c'était seulement un heureux hasard : ces deux semaines-là, je ne vis pas son mari le matin, c'était le chauffeur qui l'amenait; le soir, quelquefois il faisait déjà nuit, il attendait patiemment que nous apparaissions de quelque part. À présent, il me ramenait aussi chez moi; il me déposait d'abord, j'habitais à Poljane dans un petit appartement situé au premier étage d'une maison, et l'emmenait ensuite en centre-ville. Il supportait nos longs adieux. Je ne sais pas non plus comment elle avait obtenu que cet homme tienne sa langue.

Un soir tard – il faisait presque nuit –, elle dit en chemin qu'elle voulait voir où j'habitais. J'étais embarrassé. Mon appartement était modeste, une chambre et une petite cuisine, les toilettes étaient dans le couloir. Il y avait d'autres logements d'officiers, à chacune de mes entrées ou sorties, une tête d'enfant ou une femme d'officier regardait dehors. Ce couloir était un espace de sociabilité, un espace pour les salutations et les bavardages où nous aimions nous rassembler, personne n'avait de secret. Nous étions trois célibataires, deux sergents vivaient avec leur femme et une troupe d'enfants. Je n'étais pas chaud pour que Veronika vienne voir mon logement de célibataire et de militaire et que les portes du couloir ou les fenêtres sur cour s'ouvrent et que des regards curieux, en même temps attentifs et éloquents, nous accompagnent. Je savais que, dès le lendemain, on parlerait de la visite d'une femme à la caserne. Mais elle insista. Et ne partit que vers minuit. Plus tard, je lui demandai comment elle avait obtenu que Lojze, c'était le nom du chauffeur, n'ait pas rapporté ce qui se passait. Il aurait pu perdre son travail, elle l'avait peut-être soudoyé ? Moi, je ne fais pas ce genre de choses, répliqua-t-elle, offensée, ensuite elle rit, c'est mon charme.

C'était plus que du charme. Il y avait en elle quelque chose qui faisait qu'on l'aimait, le chauffeur, les chevaux, le jeune officier de cavalerie à qui sa présence, ses cheveux blonds, son rire, ses frôlements et ses baisers faisaient tourner la tête au point qu'il en oubliait la caserne, son escadron et les manœuvres, les officiers avec qui il logeait et l'honneur d'officier dont lui avait parlé le major Ilić.

Probablement que cet alligator et Leo, son mari, l'aimaient aussi.

Je ne le vis pas pendant ces deux semaines, mais ça ne voulait pas dire qu'il n'existait pas. Et si, en septembre trente-sept, il n'existait rien d'autre pour nous, s'il n'y avait que nous deux et nos chevaux, ça ne voulait pas dire que le monde autour de nous n'existait pas. Ni que nous étions invisibles. Dans cette belle auberge sous les marronniers où nous allions manger, nous étions déjà un couple assez connu. Bien sûr, il n'y aurait rien eu de mal à ce que le maître d'équitation et son élève aillent déjeuner ensemble après la chevauchée si Veronika n'avait franchi avec tant de joie la ligne invisible dont elle parlait parfois. Devant le serveur qui attendait la commande à notre table, elle dit à voix haute sans se soucier de lui, mon mari est terriblement jaloux et il emporte toujours ses fusils de chasse sur le siège arrière.

Du coin de l'œil, je remarquai que le garçon se figeait. Je voulus lui faire signe que nous n'étions pas seuls. Mais elle s'écria joyeusement, lieutenant, vous le tuerez avant que lui ne vous tue, n'est-ce pas ?

Le serveur partit vite pour ne pas assister à cette dangereuse conversation et éviter d'être appelé comme témoin au tribunal. Et Veronika rit avec exubérance. Quelle bonne blague, dit-elle, le pauvre garçon est complètement pétrifié. Et toi aussi lieutenant, quel soldat tu fais pour avoir peur d'un fusil de chasse !

Je n'avais pas peur d'un fusil de chasse, j'avais peur pour elle. Toute la terrasse ouvrit des yeux ronds quand elle dit qu'elle allait m'ébouriffer un peu les cheveux et qu'elle bondit vers moi en renversant le vin. Chère madame, dit le serveur qui accourut avec une serviette, ça peut arriver à tout le monde. N'est-ce pas qu'une coiffure ébouriffée lui va mieux, dit-elle au garçon qui, visiblement dans l'embarras, essuyait nerveusement la table pendant qu'elle fourrageait dans mes cheveux. Moi j'étais assis, raide comme une statue et je sentais les regards des bourgeois convenables dans mon dos, je voyais les lèvres des respectables petites dames et des messieurs de Ljubljana qui susurraient des remarques feutrées sur le scandale qui se déroulait sous leurs yeux. J'avais peur pour elle car je savais que ça ne pouvait pas bien finir. Et c'est ce qui s'est passé.

Ce soir-là, alors que nous allions chez moi, je lui dis que ça n'allait pas. Son mari, sa famille apprendraient bientôt ce qui se passait entre nous si elle se comportait ainsi.

Et je me comporte comment ? demanda-t-elle, fâchée.

Je me tus. Si elle ne comprenait pas toute seule, elle, la dame respectée de la haute société ljubljanaise, comment lui aurais-je expliqué moi, l'officier de Valjevo où, comme le pensait son distingué époux, on cultive les prunes et où on se soûle à la slivovica. Ah, tu penses que nous devrions nous cacher ? De qui ? Je me tus, nous n'étions pas seuls, Lojze, le chauffeur, avait sur le visage le masque de l'homme borné qui ne sait rien, n'entend rien, il regardait la route devant lui, klaxonnait un attelage de chevaux, mais il était là quand même. Il ne faut pas avoir peur, continua Veronika, il ne te tuera pas. Leo n'est absolument pas jaloux. J'étais de mauvaise humeur, je ne voulais rien savoir de son mari ni de leurs relations, je me fichais qu'il soit ou non jaloux. Quand l'automobile s'arrêta devant la maison où j'habitais, elle descendit avec moi. Elle donna un ordre au chauffeur, qui haussa les épaules et partit. Si tu veux te cacher, allons-y, dit-elle. Je passerai la nuit chez toi. Nous étions au bord de la route, mais moi j'avais l'impression d'être au bord du gouffre. Comme aujourd'hui quand je regarde mon visage pas rasé dans le miroir et que, dans cette plaine étouffante du Frioul, je suis réellement au fond du gouffre. On a tous dégringolé dans la défaite, avec drapeaux et chevaux, serments et canons, honneurs et mitrailleuses, comme le politicien Ljotić a dégringolé quand il est tombé il y a un mois avec son automobile dans un trou de bombe sur un pont. Uniquement parce que son chauffeur était très myope et qu'il n'avait pas vu le trou. Il a dégringolé et rendu l'âme dans un ravin, dans un ruisseau slovène, loin de Belgrade, loin du roi qui était en fait à Londres, il a rendu l'âme en pensant qu'il reviendrait sous peu, victorieux, dans sa patrie, avec les Anglais. Il ne reviendra pas, nous non plus, nous on ira au diable. Maintenant l'histoire touche à sa fin. L'histoire de ma vie aussi. La trompette appelle au rassemblement, mais moi je ne suis pas d'humeur à y aller. J'entends courir quelques soldats et je ne les comprends vraiment pas. Quel sens a donc encore tout ça, le lever des couleurs et ensuite la marche et le chant insensés pour conserver l'esprit de discipline militaire. *Elle marche, elle marche, la garde du roi Pierre.* Pour ne pas penser qu'on est vaincus, qu'on est prisonniers, qu'il n'y a aucune voie de retour. Le lieutenant Stevan Radovanović qui était l'un des officiers les plus disciplinés de l'unité du major Ilić n'est plus. Les exercices, les saluts militaires ou civils, tout ça m'est étranger. Un non-sens, ma chère Veronika, un non-sens, tu dirais. Après tout ce que j'ai vu en Bosnie, en Lika et dans les montagnes slovènes juste avant la fin de la guerre, ces exercices sont un non-sens. Le visage ensanglanté de mon ami qui dit, l'écume aux lèvres : «Je baise cette maudite guerre», avant d'expirer. Lui aussi, Čedo, était un officier qui se promenait autrefois dans Maribor, les bottes cirées. Lui aussi chantait, *elle marche, elle marche*, nous chantions tous les deux. Quand on voit son ami mourir l'écume à la bouche comme un cheval au bout d'une longue marche, on ne pense plus à chanter ni à saluer le drapeau. À saluer le drapeau dans un camp de prisonniers de guerre, défaits, vaincus. Au moins Čedo, lui, n'a pas eu à vivre cette humiliation.

Des officiers anglais se promènent dans le camp, il paraît qu'on devra passer devant une commission qui déterminera qui a collaboré avec les Allemands et qui a du sang sur les mains. *Elle marche, elle marche…* Quelle connerie, qui n'a pas de sang sur les mains après quatre ans de guerre ? … *la garde du roi Pierre.* Pourquoi n'interrogent-ils pas ce caporal, ce Josip Broz, s'il s'appelle bien comme ça, ce communard qui a commencé toute l'affaire et qui a frappé dans le dos des nôtres en Serbie, dans le dos du général Draža ? Hier encore ces chers Anglais considéraient Draža Mihajlović comme le plus grand guerrier européen, Draža, «notre Oncle», qui a fait l'école de guerre française, qui le premier s'est opposé aux Allemands et dont les Américains ont publié les photos en première page des journaux. Pourquoi ne demandent-ils pas à ce ridicule Tito qui s'est affublé du titre de maréchal – en réalité c'est un caporal autrichien – s'il a du sang sur les mains ? Il y a quelques jours, il a parlé devant une foule nombreuse à Ljubljana. Nos estafettes qui vivent en Yougoslavie nous informent que les gens ont été contraints de se rassembler car là-bas ils sont tous contre les communistes et ils organiseront bientôt une révolte. Alors notre heure viendra, disent les nôtres. C'est pourquoi nous devons être prêts à tout moment, si la trompette sonne, il faut aller sous les drapeaux.

Mais moi, au lieu d'aller au rassemblement et au lever des couleurs, je me demande si je dois vraiment me raser. Ces poils sur mon visage, ces cheveux gris précoces, le trou dans mes dents du haut, tout cela m'appartient et correspond précisément à mon comportement. Au lieu de discuter toute la journée avec mes compagnons de guerre de la possibilité de rentrer, je pense aux plus beaux jours de ma vie avec la femme qui, cette nuit, sept ans après, m'a une nouvelle fois rendu visite.

Dès cette nuit où elle a dormi – si on peut dire – dans mon appartement, et qu'ensuite, le matin, je l'ai emmenée à la première station de tram, j'ai su que c'en était fini de ces jours qui n'étaient qu'à nous deux. C'était un dimanche et il n'y avait pas d'équitation, le dimanche était consacré au repas du dimanche et à la société du dimanche après-midi, mais ni le lundi ni le mardi elle ne vint au manège. Et c'est alors qu'un trou s'ouvrit dans ma vie, un creux sombre si profond que je ne pouvais le combler par une longue chevauchée solitaire ni le remplir ou le noyer dans la slivovica ou le vin ou ce que j'avais sous la main. C'est seulement alors que je pris conscience de ce qui s'était passé, que je compris à quel point mes observations sur son comportement avaient été déraisonnables, cette femme m'aimait et moi je ne pouvais vivre sans elle. À ce moment-là, j'ai senti qu'il m'était tout à fait égal qu'on dise quelque chose, qu'on persifle, ça m'était égal qu'on me regarde et où tout ça allait, je me foutais de l'honneur d'officier, ça m'était égal, sans elle, un trou s'ouvrait dans ma vie, je la voulais encore, ses cheveux blonds, ses lèvres, son corps, je voulais entendre sa voix, rire de ses remarques narquoises et je me fichais bien des conséquences. Comme elle s'en fichait depuis longtemps, car elle avait compris bien avant moi ce qui nous arrivait. Moi je ne l'ai compris que quelques jours avant la fin.

C'est pourquoi ça me fut aussi égal quand le mercredi, son mari apparut à la carrière où je continuais à aller. J'ai téléphoné à la caserne, dit-il, et le major Ilić m'a dit que vous deviez être ici. Il me regarda pendant un moment comme s'il attendait de moi une explication. Visiblement, le major ne sait pas encore, dit-il au bout d'un moment et de nouveau il se tut, que vous avez fini les leçons d'équitation. Je ne comprenais pas s'il savait quelque chose ou non, ça m'était égal. Je mentis, dis qu'il manquait encore une semaine, je voulais la voir, au moins encore une fois, Mme Veronika est probablement souffrante ? Le dandy impassible me transperça de ses yeux clairs, mais pourquoi ne lui rendez-vous pas visite si vous pensez qu'elle est souffrante ? Je ne me le permettrai pas, dis-je, je ne suis que son maître d'équitation. Je me sentais misérable à l'idée qu'il me regardait maintenant comme un petit escroc et un menteur, mais que faire ? Vous pourriez lui téléphoner, dit-il, elle serait sans doute contente. Je le ferai, je l'appellerai du bureau de la caserne. Car maintenant j'allais repartir à la caserne annoncer que les leçons d'équitation avec madame son épouse étaient, si j'avais bien compris, terminées. Vous avez bien compris, dit-il. Elle monte probablement à la perfection, elle-même dit qu'elle monte comme un uhlan polonais, je regrette de ne pas l'avoir vue. Il sourit, impassible. Elle va encore se reposer quelques jours, ensuite elle ira à la mer. Depuis longtemps déjà, elle a envie de passer le mois de septembre en Dalmatie, il paraît que c'est la plus belle saison. J'espérais qu'il ne voyait pas mes mains trembler. Mon cœur qui battait la chamade dans ma poitrine, ça, il ne pouvait pas l'entendre. Donc, c'est fini, pensai-je, fini.

Si je ne me trompe, dit en souriant Leo Zarnik, le mari de Veronika, le seigneur de son esprit, le gardien de sa santé, le propriétaire de son corps, si je ne me trompe, dit-il, un jour, je vous ai invité au tir. C'est vrai qu'un jour il m'avait invité, je pensais qu'il l'avait oublié. Je me rends justement au tir, dit-il, vous joindriez-vous à moi ? J'eus immédiatement envie de refuser cette curieuse proposition, je me rappelai les plaisanteries de Veronika disant qu'il nous tuerait tous les deux. Je détestais son sourire, son auto, ses vêtements de chasse, ses cheveux coiffés en arrière, je souhaitais prendre ce fusil du siège arrière et là, près de la voiture, en tirer un coup sur son haut front sous ses cheveux blonds plaqués. Vous n'irez pas maintenant à la caserne, dit-il en souriant, il n'y a pas d'équitation, donc nous pouvons aller au tir.

Nous allâmes tirer. Au polygone, il y avait des gens en tenue de chasse, le mari de Veronika me présenta à tous à tour de rôle. La table sur laquelle les serveurs avaient apporté de la charcuterie et des bouteilles de vin n'était pas loin. Nous allons donc boire à la conclusion heureuse des cours, dit-il. Et maintenant au travail. Quand nous commençâmes, il m'apparut clairement qu'il jouait la comédie. Il continuait de sourire, mais ses mains tremblaient et il manqua cinq tirs de suite. Je ne fus pas meilleur. Mais je recouvrai mon calme, je savais maintenant dans quelle situation j'étais. Tout était clair pour le dandy, il allait essayer de se débarrasser de moi d'une belle manière. Visiblement Veronika aussi en avait fini avec moi. Quand nous levâmes nos verres, il dit, mais j'ai entendu dire que vous partiez en déplacement. Je posai mon verre, où avez-vous entendu ça ? Cochon, pensai-je et je me retins tout juste de lui dire ce que j'aurais dû lui dire, je baise ta vie de riche, voilà ce que je pensais. J'aurais dû le tuer là au polygone de Ljubljana. Mais des gens comme lui, personne ne les tue, il ne leur arrive rien, jamais, ils ont toujours le sourire aux lèvres. Le dandy sourit, le major Ilić est un de mes bons amis, il me l'a dit. Je tournai les talons et sortis. Lieutenant, cria-t-il derrière moi, n'oubliez pas de téléphoner.

Je n'oubliai pas. Je partis directement à la caserne, je me présentai au rapport et, dans le bureau où j'attendais qu'Ilić m'appelle, je téléphonai. Une voix féminine me dit que je ne pouvais pas parler à Veronika car elle était malade. Quand j'insistai, la voix me dit que je pourrais parler à sa mère, Mme Josipina, qui était en visite. Je raccrochai, allai de la fenêtre à la porte, de la porte à la fenêtre, ensuite je claquai la porte et partis dans le couloir devant le bureau du commandant Ilić. Il me fit attendre longtemps. Il était assis à son bureau et ne me regarda même pas quand je claquai du talon en disant que je venais au rapport. Il signa quelques papiers et en poussa un vers moi, sur la table. Si tu ne t'étais pas présenté, je t'aurais appelé, dit-il. Tu es muté. À Vranje. À la frontière bulgare. Il ne pouvait pas m'envoyer plus loin de Ljubljana. Je pris la feuille de papier. Je voulais justement vous demander, dis-je, où vous m'envoyiez. Donc, tu sais ? dit-il. Je sais, c'est pourquoi je suis venu au rapport. Voulais-tu me convaincre de te laisser à Ljubljana ? Je pensai que je le voulais peut-être et qu'au fond c'était minable. Un quémandage minable pour rester à proximité d'une femme à qui j'avais appris à monter à cheval. Je voulais... dis-je... je ne dis que ça. Quand je t'ai confié cette mission... dit-il à voix basse. Il ne continua pas. Peut-être avait-il envie de dire quelque chose sur l'honneur de l'officier. Et moi j'avais envie de dire ce que je n'ai pas dit, que je me foutais de l'honneur d'officier comme lui le comprenait, que l'honneur d'officier se manifeste sur le champ de bataille où on peut mourir, c'est là que se révèle l'honneur de l'officier. Cependant, je ne le dis pas. Lui voulait sans doute dire que je ne méritais rien d'autre que d'être dégradé et envoyé chez les fantassins où j'avalerais la poussière et où, trempé, je pataugerais dans la boue. La cavalerie crache sur l'infanterie. Mais lui non plus ne le dit pas. Présente-toi dans les trois jours à la poste militaire, tu auras ton numéro. J'avançai d'un pas. Je voudrais savoir ce que cela signifie, c'est tout ce que je dis. Je ne t'ai pas mis au repos, dit le major sans me jeter un regard. Je claquai du talon.

Tu peux aller, dit-il, je ne veux plus te voir.

Je partis. Nous ne nous revîmes qu'une seule fois. Au début de la guerre. Juste avant l'attaque d'avril sur la Yougoslavie. Plus tard, j'entendis dire qu'il avait livré son unité à un régiment blindé allemand à Dravograd. Il fut emmené en captivité où, débarrassé de son honneur d'officier, il a probablement vécu la guerre tranquillement. Moi, j'ai défendu son honneur d'officier et le mien dans la Bosnie ensanglantée et en Lika, et jusqu'aux derniers jours de guerre, dans les montagnes de Slovénie. Dès cette époque, j'aurais pu savoir qu'il était lâche, s'il ne l'avait pas été, il n'aurait pas écouté un monsieur de Ljubljana, il m'aurait demandé ce qui s'était passé. Ça ne l'intéressait pas, ce qui s'était passé, et ce que je pensais ne l'intéressait pas, tu peux aller, avait-il dit, il n'avait même pas levé les yeux, quand je l'avais salué avant de passer la porte.

Au moment où j'arrivais dans le couloir, une estafette accourut, vous avez un appel téléphonique dans le bureau de l'officier de service. C'était Veronika. Que se passe-t-il? Rien, dis-je, mais tu n'es pas à la mer? Quelle mer? Je suis au lit avec quarante de fièvre. Elle dit que ça arrivait aux femmes qui se roulaient dans la mousse en septembre. Elle essayait de rire, mais une grosse quinte de toux l'arrêta. Tout en toussant, elle dit, Leo dit qu'ils vont te muter. Oui, dis-je. À la frontière bulgare. J'entendis sa respiration. Ce n'est pas vrai, dit-elle au bout d'un certain temps. C'est vrai, dis-je. Je ne pouvais plus parler. Excuse-moi, dis-je, et je raccrochai. Tous ceux qui étaient dans le bureau me regardaient, de façon goguenarde, me semblait-il. Ça m'était égal. Je partis dans mon bureau ranger mes affaires, mais il y avait toujours quelqu'un qui entrait. Pour voir l'officier qu'on avait muté pour raison disciplinaire disons. Je décidai de continuer le soir quand il n'y aurait plus personne, pendant le service de nuit. Oui, Ilić n'avait pas oublié de m'assigner encore un service de nuit pour faire mes adieux à Ljubljana. J'allai chercher Vranac pour le ramener à la caserne. Il était avec Lord dans l'étable, tous deux me regardèrent avec étonnement. Depuis dimanche, personne ne les avait pansés ni sellés. J'eus la gorge qui se serra quand Lord resta seul en regardant vers la porte que ne franchiraient plus jamais son ami et son moniteur. C'est fini, salut Ljubljana, adieu Veronika, bonjour les monts des Balkans, Vranje et la Morava.

Mais qu'est-ce que je m'imaginais ? Que ça allait durer ? Sans que nous le sachions, l'innocente romance avait assurément suivi son cours et s'était transformée en affaire de famille. Assurément, ils veillaient attentivement à ce que ça ne s'ébruite pas trop ; le dandy se comportait comme si de rien n'était, alors que c'était tout le contraire. Même si, sans aucun doute, l'affaire de famille se transformait en affaire mondaine et secouait toute la famille de Leo et de Veronika, leurs amis et tous ceux qui étaient au courant : était-ce vraiment possible ? Ilić disait que ces gens-là étaient *fabuleusement* riches. C'est pourquoi c'était tout aussi *fabuleux* que Veronika se lie avec un officier de cavalerie de Valjevo, où, comme n'oubliait jamais de mentionner son mari, on produit des prunes. Une femme mariée. Dans un pays catholique. Instruite et des mieux éduquées. Même avec les quelques bizarreries qu'on lui pardonnait. Cet alligator, par exemple, qui avait par la suite mordu son mari dans la baignoire, mais où ? Avait-il aussi souri lorsque l'alligator lui avait mordu le cul ? Et qu'ensuite il avait fallu abattre l'animal et l'empailler ? Il resterait autant de souvenirs de moi que de cet alligator. Et Veronika aussi dirait un jour comme elle le disait pour l'alligator, il a dû quitter la maison. Ah, elle dira en riant, ce lieutenant ? Leo l'a envoyé à la frontière bulgare.

Je me trompais. Je la connaissais mal. Son mari et sa famille aussi la connaissaient mal. Tout le monde s'était déjà fait à l'idée de mon départ. Ilić avait signé le papier et me l'avait poussé sur la table, Leo s'était senti mieux, de nouveau il avait atteint son but, sa mère et toute la famille avaient respiré, moi je n'avais pas d'autre possibilité que de me résigner. Mais pas elle, pas Veronika. Le soir, alors que je rangeais mon barda à la caserne, le téléphone sonna, une femme m'attendait au portail. Elle était assise à la réception, à la porte était massé un groupe de soldats qui regardaient avidement la jeune femme, fixaient ses genoux, pas gênés par le fait qu'elle crachait dans le mouchoir qu'elle tenait devant sa bouche. À mon arrivée, ils se retirèrent, car je leur lançai un coup d'œil d'alligator. Je m'assis près d'elle. Je vis que ses cheveux étaient collés sur son front, elle brûlait de fièvre.

Mais tu ne vas pas partir, dit-elle.

On avait l'impression qu'elle allait éclater en sanglots. Je reviendrai, dis-je. Elle me regarda l'air étonné, pourquoi mens-tu ? Tu sais bien que tu ne reviendras jamais. Nous étions assis dans la réception près du portail, dans un effluve de transpiration, de cuir, d'uniformes pelucheux moites de sueur, et à chaque instant une recrue pointait sa tête rasée à l'intérieur. Je claquai la porte, mais ça ne servit à rien, quelqu'un frappait tout le temps sous un prétexte idiot et montrait sa tête à la fenêtre. Laisse-les, elle chuchotait presque, ce n'est pas important. Je vais devoir m'habituer aux militaires, dit-elle, et soudain, elle sourit curieusement. Je commençai à m'excuser que nous ne puissions discuter ailleurs car, cette nuit-là, j'étais de service… Tu n'as pas compris ? m'interrompit-elle. Je vais partir avec toi.

Une vague de bonheur inattendu m'envahit, mais aussi de crainte comme souvent plus tard, avant la bataille ou en attendant une colonne ennemie en embuscade. Comment ça ? Ils te surveillent. Elle me regarda et se mit à rire jusqu'à ce que la toux étouffe son rire.

Moi, dit-elle, tu t'imagines que quelqu'un peut me surveiller ?

Non, ce n'était pas possible. Et quand elle décidait quelque chose, il n'était pas possible de l'en détourner, si elle décidait d'aller en train à Sušak, elle y allait. Si au lieu d'un toutou ou d'un chat siamois, elle voulait un alligator, elle avait un alligator. Et si elle voulait un lieutenant de cavalerie, son maître d'équitation, elle l'avait.

Elle laissa une lettre chez elle et prit le train pour Zagreb où elle m'attendit à la gare. Je n'ai jamais su ce qu'il y avait dans cette lettre. Quoi qu'il en soit, son mari ne fit rien pour l'empêcher de partir. D'ailleurs, tout ce qu'il avait fait jusque-là s'était retourné contre lui. Il lui avait présenté son maître d'équitation, son futur amant. Quand il avait appris ce qui se passait, il avait essayé de l'écarter, mais ce faisant il l'avait poussée dans mes bras. Je pense qu'il ne me cherchera pas, dit-elle. De toute façon, elle prendrait le train du matin, elle m'attendrait à la gare de Zagreb, ensuite, nous continuerions ensemble vers Belgrade puis jusqu'au fin fond du Sud. Pour qu'il n'y ait pas de surprise à la gare de Ljubljana, dit-elle. Moi, à l'époque, je n'ai pas pensé à l'élégant monsieur qui aurait pourtant pu préparer une surprise à la gare, je me souciais aussi fort peu de sa peine de perdre sa femme à qui il voulait plaire en tout, tant et si bien qu'à la fin elle le quittait. À l'époque, je n'ai pensé à rien d'autre qu'au fait qu'une jeune femme, belle et intelligente, décide de partir avec moi. À Vranje. Elle ne savait pas où c'était. Au fin fond de la Serbie du Sud, quasiment en Turquie. Les femmes y portent encore des pantalons bouffants, les musulmanes, pas les Serbes. Mais même les orthodoxes ne peuvent pas sortir non accompagnées. Mais je ne sortirai pas, dit-elle, je serai toujours avec toi, elle rit, surtout au lit. Et quand tu seras au travail, je ferai la cuisine. J'apprendrai à préparer les haricots et à boire de la slivovica. Elle rit joyeusement en toussant. Vranje, dit-elle d'un air rêveur, comme ça sonne bien. Comme Vranac.

Quand j'arrivai à la gare de Zagreb par le train de l'après-midi, je la vis sur le quai. Elle était assise sur une grande malle les jambes croisées, et elle fumait. Même si j'étais étourdi par le bonheur ou par les événements qui s'étaient déroulés si vite ces jours-là, je ne pus m'empêcher de la mettre en garde. Tu ne peux pas te comporter ainsi, dis-je, que vont penser les gens de toi ? Elle me regarda, surprise. À la gare, essayai-je d'expliquer, se rassemblent des femmes d'un genre spécial. D'un genre spécial ? demanda-t-elle, surprise.

Mais, dit-elle, je suis une femme d'un genre spécial.

Elle ne comprenait pas pourquoi, à la gare de Zagreb, elle ne devait pas s'asseoir sur sa malle, les jambes croisées, la cigarette à la main. Le premier malentendu s'était produit avant même que nous nous asseyions dans le train. D'autres suivirent quelques jours après celui où je me présentai à la caserne de Vranje et que, fatigués et fripés par le long voyage en train qui n'était probablement pas en accord avec son idée du voyage romantique dans le Sud, nous aménageâmes dans un petit appartement à la lisière d'une cité tzigane. À Vranje, les bourgeois serbes vivent d'un côté de la ville, au-delà d'un ruisseau plutôt sale où se déversent les eaux usées et, juste au-dessus des anciens bains turcs, une grande cité tzigane qu'on appelle la « *mahala* tzigane » s'étend des deux côtés de la route qui grimpe en pente douce. Pour les bourgeois de Vranje, la petite rivière sous le bain turc est une frontière invisible que personne ne franchit à l'exception des gendarmes et des contrebandiers. Les Tziganes allaient du côté serbe chercher du travail, le plus souvent comme musiciens. À Veronika, à qui bien sûr il ne vint pas à l'idée de rester seule à la maison, il ne vint pas non plus à l'idée de ne pas franchir la ligne du territoire interdit même si elle connaissait cette démarcation. Dès le deuxième ou le troisième jour, en plein après-midi, elle se dirigea tout droit vers la cité tzigane. Elle n'alla pas loin. Autour d'elle se rassembla d'abord une ribambelle de mioches criards, puis des femmes commencèrent à tâter ses vêtements de dame, après quoi se présentèrent quelques hommes souriants qui lui proposèrent de l'accompagner dans la maison la plus proche. L'un d'entre eux la saisit par la main et tenta de l'attirer vers lui. Par bonheur, deux gendarmes apparurent et, au milieu de la cohue et des cris des gens de la mahala, la ramenèrent en sécurité dans notre appartement. Ils l'avertirent gravement que le pouvoir ne serait pas responsable s'il lui arrivait quelque chose. Et me recommandèrent de veiller à ce que pareil incident ne se reproduise plus.

Ce soir-là, nous nous querellâmes pour la première fois. Je dis que je lui interdisais strictement d'aller encore une fois au-delà des bains turcs. Ici, ce n'est pas Ljubljana, ni Belgrade. Même si elle était toujours choquée par la foule des visages et des mains au milieu desquels elle s'était retrouvée, elle me regarda, furieuse. Tu me le défends strictement ? Sur quel ton me parles-tu ? Je dis que je ne pouvais faire autrement, il était question de sa sécurité. Toi, elle siffla comme lors de notre première rencontre, toi, tu as toujours pensé que j'étais une recrue. Le matin suivant, elle fut plus calme. Elle avait l'air d'avoir compris. Elle arrivait dans un monde où prévalaient d'autres règles que celles en cours sur les promenades de Ljubljana.

Quelques semaines s'écoulèrent dans une harmonie complète. Bien sûr, ce n'était pas comme à Ljubljana, mais Veronika s'efforçait de s'adapter. Nous marchions dans les feuilles d'automne le long de la Morava qui coule, large et calme, au sud de la ville. Elle apprit le chant *Oh Morava* qu'elle fredonnait à mi-voix. C'est bien, disait-elle, ce serait encore mieux si je pouvais monter ici. Dès le premier jour, j'avais essayé de nous faire envoyer nos deux chevaux. Mais dans une caserne qui passait pour disciplinaire, ça n'était pas possible. On envoyait ici des officiers qui avaient derrière eux des infractions sérieuses à la discipline, certains même de courtes peines de prison. Après de nombreuses demandes, je réussis à me faire envoyer Vranac avec du matériel d'intendance. Il n'y avait aucun espoir pour Lord. On ne pouvait pas attendre du mari qu'il envoie à sa femme fugueuse le hackney anglais pur-sang. Mais il était tout aussi impossible de sortir des écuries militaires Vranac dont l'arrivée me réjouissait; l'utilisation de chevaux dans des buts civils étant, dans une colonie pénitentiaire, une terrible infraction.

Je présentai Veronika à la femme de mon ami Čedo, un capitaine d'artillerie, et tous ensemble, à un mariage, tard dans la nuit, nous chantâmes *Oh Morava*... Les trompettistes tziganes se rassemblèrent autour de notre table et nous jouèrent des airs de Vranje, l'un d'entre eux se grava particulièrement dans l'âme de Veronika : *Otvori mi belo Lenče, vratanca, vratanca*... une si belle chanson, disait-elle... *da te vidim, belo Lenče, ustanca, ustanca*[1], la tête appuyée sur mon épaule, les yeux fermés, elle écoutait la chanson triste, elle est si triste, me chuchota-t-elle à l'oreille, que j'ai envie de pleurer. Čedo et sa femme la prièrent de chanter un air slovène. Elle raconta qu'elle connaissait un vieux chant militaire du temps où les jeunes paysans allaient servir pendant sept ans dans l'armée de l'empereur d'Autriche. Et elle chanta tout bas, si bas et si bien que les tables voisines prêtèrent l'oreille, que le silence se fit dans toute la salle, et elle chanta, *ne pleure pas chérie, ne sois pas triste, dans sept longues années nous nous reverrons.*

1. «Blanche Lenče, ouvre-moi la porte, la porte... pour que, blanche Lenče, je vois tes lèvres, tes lèvres.»

Au bout d'un certain temps, Veronika eut l'air de s'adapter à sa nouvelle vie. Mais les longues nuits de novembre arrivèrent et les jours de pluie, dans les rues de Vranje, il fallait enjamber les ruisseaux de boue qui dévalaient des montagnes environnantes. Il était impossible de se promener le long de la Morava qui débordait. Veronika lisait beaucoup, sa mère lui envoyait des livres, elle fréquentait la bibliothèque et, avec plaisir et rapidité, elle apprit à lire en cyrillique. Elle restait de plus en plus à la maison. En novembre, alors que je revenais d'une marche boueuse de trois jours, elle me dit, je suis une sorte de Koštana. *Koštana* était alors en Serbie une pièce de théâtre très populaire, en fait un genre de comédie musicale qui parlait d'une femme dont le mari était mort. Suivant une vieille coutume, la veuve ne devait pas sortir de la maison et Koštana, enfermée, seule, rêvait au clair de lune de sa vie d'autrefois, qui n'existait plus, même si elle était encore pleine de vie – elle était à la fois morte et vivante. Son histoire se passait à Vranje et Veronika qui lisait tout ce qui lui tombait sous la main la connaissait bien sûr. Je suis enfermée dans cet appartement, disait-elle, quelle vie est-ce là ? J'étais fatigué et je n'avais pas la force de la plaindre, voilà, dis-je, c'est ce que tu as voulu.

Ah vraiment, dit-elle tout bas. Leo, mon mari dirait ça.

Il était toujours son mari. Quand elle était partie avec moi, ou plutôt quand elle s'était enfuie, elle avait dit qu'elle divorcerait pour m'épouser. Selon le rite orthodoxe. Et moi j'avais répondu que nous ferions un vrai mariage serbe avec des trompettes et deux cents convives, et des chants et des toasts, qui durerait trois jours. Ensuite, le temps passa et, soudain, nous n'en parlâmes plus. C'était la première fois qu'elle disait que Leo était toujours son mari. Et là-bas où était Leo Zarnik, son mari, là-bas, la vie était différente.

Elle passait ses journées à la maison, car, presque chaque fois qu'elle sortait en ville, si on pouvait appeler ville ce petit bourg avec ses maisons turques et sa mahala tzigane, elle revenait de mauvaise humeur. Un soir, elle explosa, est-ce qu'ici une femme peut sortir dans la rue sans que tous les hommes la dévisagent ? À Ljubljana ils la dévisageaient de la même façon, pensai-je, quand elle se promenait avec l'alligator en laisse, ça ne devait donc pas être si terrible qu'un homme la regarde. Je ne peux même pas entrer dans un café, dit-elle, sans qu'une remarque ne tombe. Je dis que si elle sortait avec une robe qui cachait ses genoux, ça irait peut-être mieux. Et ce serait vraiment mieux si elle allait dans la rue et au café uniquement en ma présence. Ça l'exaspéra complètement, mais les femmes ici sont-elles en taule ? J'étais énervé, je ne savais pas comment lui faciliter la vie. Je criais sur les recrues et leur infligeais des punitions.

C'est dans cette disposition d'esprit que je m'embarquai dans un dur conflit avec un sous-officier. Il était environ deux heures, un peu avant le déjeuner, et j'empruntai le couloir sombre de la caserne, dehors de lourds nuages apparaissaient, les lumières vacillaient dans les couloirs. Derrière la porte du bureau de l'intendance, j'entendis des voix, je savais qu'ils buvaient de la *mekana*, une eau-de-vie pure qui montait à la tête. J'entendis prononcer mon nom, j'entendis rire, et ensuite quelqu'un dire distinctement, tu sais ce que disent les Croates, il n'y a pas plus salopes que les filles de Carniole. J'ouvris la porte et demandai, qui a dit ça ? Ils me regardèrent, surpris. Le sous-officier qui s'était arrêté, la bouteille à la main, il venait juste de servir une nouvelle tournée, me regarda, le visage cramoisi. Moi, dit-il en riant. Ça n'avait rien de personnel, lieutenant.

J'avançai vers lui, fis tomber la bouteille de sa main, les officiers s'écartèrent d'un bond, je le saisis par le ceinturon et le collai contre le mur. Mais c'est personnel, m'écriai-je, c'est personnel, je perdis complètement mes nerfs, j'étais bizarrement excité, je débouclai mon étui pour extraire mon revolver, je ne voulais pas le tuer, peut-être voulais-je seulement l'effrayer, mais je manquai de passer devant le conseil de guerre pour avoir débouclé mon étui.

Je n'eus qu'une sanction disciplinaire pour avoir transgressé les règles de service, une semaine de prison. Le sous-officier aussi, parce qu'il avait introduit de l'alcool dans la caserne. Et quand quelques jours plus tard, ensemble nous déposâmes nos ceinturons et nos lacets avant le début de la peine, il dit qu'il était désolé. Il ne pensait à rien de mal. C'était moi qui étais désolé, j'étais désolé pour Veronika qui serait maintenant encore plus seule, coincée dans l'appartement, désolé pour moi qui, au lieu d'être à Ljubljana où ma carrière était juste en train de progresser, me retrouvais à Vranje dans ce nid turc, ses routes boueuses et sa mahala tzigane, au milieu d'officiers qu'on avait déportés ici de toute la Yougoslavie car ils étaient paresseux, ivrognes et incapables, à l'opposé de moi qui, disons jusqu'à hier, était le meilleur officier de l'unité du major Ilić. Le sous-officier me frappa dans le dos, finie la carrière maintenant, lieutenant. À moins qu'il y ait bientôt une petite guerre.

Et la guerre vint, pas une petite guerre, mais une grande, une très grande, et terrible.

Le jour où je finis ma peine, je la trouvai en larmes. Je pensai qu'elle était touchée par la «*dert*», la dert était ce sentiment triste qui se dégageait de cette comédie musicale, *Koštana*, l'aspiration à la vie de la femme enfermée. Mais ce n'était pas ça. Je suis allée à la mahala, dit-elle. Je ne lui demandai pas ce qui s'était passé. La colère s'empara de moi. La colère, à cause de la prison dont je venais juste de sortir, à cause du sous-officier qui là-bas aussi n'avait pas cessé de se moquer de moi, à cause de ma carrière ruinée, à cause de la malle sur laquelle elle était assise à la gare de Zagreb, comme une fille de Carniole qui attend le client, parce que, ici aussi à Vranje, elle se conduisait comme sur la promenade de Ljubljana, parce que les officiers se moquaient de moi; la colère, à cause de son désir intraitable de faire chaque fois exactement ce que je lui avais strictement interdit. Elle s'enfuit avec son maître d'équitation. Elle va dans le quartier tzigane. Avant que j'aie eu le temps d'y penser, je lui donnai une gifle. Je ne lui avais pas demandé pourquoi elle pleurait, je l'avais frappée, car de nouveau j'avais devant les yeux cette scène dans la foule des Tziganes qui la tiraient de tous les côtés, il fallait pourtant qu'elle comprenne un jour qu'elle ne pouvait pas faire tout ce qui lui passait par la tête. Qu'elle ne pouvait pas se mettre dans la situation où les hommes s'accrochent à elle, car ceux-ci ne pouvaient que comprendre qu'elle s'offrait.

Elle me regarda longuement. Elle sécha ses larmes.

J'aurais pu savoir que tu étais un homme violent, dit-elle calmement au bout d'un certain temps.

Une tristesse terrible m'envahit. Je sortis et, dans le premier café venu, je bus plusieurs verres d'eau-de-vie. Je ne comprenais pas ce qui se passait. Une semaine plus tôt, j'étais tombé sur ce sous-officier cramoisi et je l'avais collé contre le mur, maintenant je frappais Veronika, une femme qui pleurait, car il lui était certainement arrivé quelque chose de dur. Je ne lui avais même pas demandé ce qui lui était arrivé. Je ne savais pas d'où tout ça venait, être un soldat ne signifie pas être un homme violent. La violence est une partie du métier des armes, mais l'honneur d'officier ne permet pas de frapper un plus faible. Son mari n'aurait sans doute jamais fait ce genre de choses. Lui aurait résolu ça le sourire aux lèvres. Elle n'aimait pas les gens violents qui envoient les beaux chevaux dans les batailles sous les bombes, en fait sous les obus. Un homme qui pense qu'on peut faire ça frappe aussi sa femme. C'est un homme violent. Je savais qu'elle ne me pardonnerait pas cette gifle. Quand je revins la nuit, elle était allongée sur le lit, elle regardait le plafond. Je vais rentrer, dit-elle.

Je m'agenouillai près du lit et la suppliai de me pardonner. C'est fait, dit-elle. Je comprends que ce n'est pas facile pour toi. Je caressai ses cheveux, mais elle détourna la tête. J'ai peur de toi, dit-elle. Elle se redressa sur les coudes et me regarda dans les yeux. Tu as un regard sombre, dit-elle. J'ai peur des gens qui regardent aussi sombrement.

Cette nuit-là, je lui racontai ce que je n'avais encore jamais raconté à personne. Je parlai de mon âme d'enfant, de la première fois qu'elle avait rencontré la violence. J'avais six ans quand mon père avait attelé la carriole et nous avait emmenés ma mère et moi à une heure de route de Valjevo. Encore maintenant, je ne comprends pas pourquoi nous avions dû l'accompagner. Il pensait peut-être qu'il récupérerait plus facilement l'argent du paysan. Je ne sais pas non plus pourquoi on est arrivés là-bas le soir, peut-être qu'une roue s'était abîmée, peut-être qu'on était restés trop longtemps à l'auberge en chemin, je ne m'en souviens pas. Le père avait aussi bu du vin et peut-être était-il pour cela plus courageux, en réalité, c'était un homme doux et agréable, il voulait toujours tout régler à l'amiable. Sans doute nous avait-il pris avec lui justement parce qu'il voulait arranger ce recouvrement de façon calme, quasiment en famille. On arriva donc devant une maison, on s'arrêta devant la barrière. Aucune lumière n'était allumée. Maman dit, allons-nous-en, il n'y a personne. Il est chez lui, dit mon père. Ensuite il appela plusieurs fois l'homme par son nom. Rien, aucune lumière ne s'alluma. Topalović, cria-t-il d'une voix menaçante dont je ne sais absolument pas où il l'avait prise, mon bon père, peut-être venait-elle du vin qu'il avait bu en route. Topalović, cria-t-il en direction de la maison, je me souviens de ton nom, Topalović, je sais que tu es chez toi, je suis venu chercher l'argent que tu me dois. Ensuite j'entendis quelque chose bouger près de la barrière, une ombre remua, j'entendis un coup sourd et, quand je levai les yeux, je vis le visage de mon père baigné de sang. Cet homme, ce Topalović, était arrivé dans l'obscurité derrière son dos et, avec un morceau de bois, avait frappé de toutes ses forces sur la tête de mon père. Tu viens me réclamer, cria l'homme-ombre, tu viens me réclamer quelque chose, devant ma maison. Après les coups, une grêle d'insultes humiliantes s'abattit sur mon père. Maman se mit à pleurer, quelque chose se déchira dans ma poitrine, je n'avais encore rien vécu d'aussi terrible. Mon père, la tête en sang, les pleurs de ma mère, ses gémissements, oui, ses sanglots, peut-être ses pleurs, et sa question étonnée, que s'est-il passé, que s'est-il passé ? Apeurés, les chevaux s'emballèrent, entraînant la carriole sur un chemin quelque part dans la nuit. Et nous trois, on était là, absolument sans force en un lieu étranger, devant une maison sombre où l'ombre avait disparu. On erra ensuite dans le village pour retrouver les chevaux et la carriole. Pendant de nombreuses années, cet incident est revenu devant mes yeux, je me réveillais en voulant être costaud pour protéger mon père de cette terrible violence. Je ne sais pas non plus ce qu'il advint de l'argent des chevaux, à la maison, on n'en parla plus jamais, je sais seulement que, plus tard, c'était déjà presque le matin, le soleil s'est levé sur la colline, un paysan tenait des chevaux par la bride et nous regarda partir en voiture, la nuit sur le chemin du retour, on s'est arrêtés pour que maman bande la tête de mon père avec son corsage blanc.

Veronika regardait le plafond.

C'est terrible, dit-elle au bout d'un certain temps. Elle se remit à pleurer. Mon pauvre, mon pauvre, dit-elle, ce que tu as dû vivre. Et ensuite, tu pars à l'école d'officiers. Peut-être justement à cause de ça. Non pas à cause de ça, dis-je, moi je ne pourrais faire ça à personne. Chez nous, tous les jeunes gens veulent entrer à l'école d'officiers, ça n'a aucun rapport avec cet incident. C'est peut-être vraiment à cause de ça, répéta-t-elle, promets-moi, dit-elle, que tu ne feras jamais à personne quelque chose d'aussi terrible. Je n'avais pas besoin de promettre, j'ai déjà dit que je ne pourrais pas, je ne pouvais pas m'imaginer en train de faire quelque chose de ce genre. Sauf à cet homme, Topalović, dont je n'avais jamais vu le visage et dont je n'avais plus jamais entendu parler, à lui j'aurais pu le faire.

Mais je l'ai fait. Et pire même, avant de me retrouver à Palmanova. J'ai tué non seulement des gens, mais aussi mon cheval, Vranac, qu'elle aimait tant. Mais c'était la guerre, la guerre, la guerre, dont je suis sorti avec une seule blessure, une dent en moins, j'ai eu une chance inimaginable.

Encore avant, avant qu'on vienne ici, à Palmanova, tout l'hiver et le printemps quarante-cinq, le neuvième corps de Tito et nous, on s'est pourchassés sur les plateaux slovènes, une fois nous, une fois eux. J'ai eu de la chance toute cette année-là. Cette petite, cette insignifiante blessure, ce n'est rien. Mon Dieu, toutes ces blessures que j'ai vues. Des morts, des cadavres verts dans les villages de Bosnie, que personne n'avait le temps d'enterrer. Oui, des chevaux morts aussi, ma chère Veronika, qu'on avait envoyés à l'attaque sous les tirs de barrage des mortiers des partisans, pas sous les bombes, Veronika, sous les obus de mortier qui déchiraient le ventre des chevaux et arrachaient les jambes des cavaliers. À qui j'avais appris à monter, à prendre la carabine à cheval, à armer, à tirer, à frapper au sabre, quels fous on était, on fonçait tout droit sur les nids de mitrailleuses en chantant, *napred, braćo četnici, silna će borba da bude*[1]. Un «non-sens» est un mot très gentil, Veronika, «folie» est le vrai mot, on était tous devenus fous. Et abrutis. Eux et nous. Les blessés et les prisonniers n'avaient aucune possibilité de survivre. Ni les nôtres ni les leurs. *Ubićemo, zaklaćemo, ko sa nama neće*[2], nous chantions aussi ça. En slovène, on ne peut pas le dire, en slovène, on dit, je l'ai saigné comme un cochon. C'est ce qu'a dit un prisonnier partisan quand on lui a demandé ce qui était arrivé au capitaine Vukmirica

1. «En avant, frère tchetnik, terrible sera la bataille!»
2. «Tuons, abattons qui n'est pas avec nous.»

qui était tombé entre leurs mains quelques jours plus tôt. Vukmirica ? a-t-il demandé, ce tchetnik ? Il nous a regardés, effrayé, c'était un jeune paysan, il savait qu'il ne resterait pas en vie, personne ne sortait vivant de nos mains, *je l'ai saigné comme un cochon*, a-t-il dit, bien que la peur fût dans ses yeux, il a dit seulement ça avant que le tout aussi jeune Šumadinec de mon unité lui déchire le ventre d'une rafale de Schmeisser.

Tout ça et beaucoup d'autres choses, mes yeux l'ont vu, eux qui maintenant regardent dans le miroir ce visage barbu et ces cheveux gris. Ces cheveux gris sont arrivés sur mes tempes pendant la guerre. Peut-être le jour où j'ai dû tuer Vranac. Il avait la jambe avant cassée, il me regardait comme un homme, tu sais parfois, les chevaux regardent comme s'ils comprenaient tout. Je sais exactement où ça s'est passé. Pour nombre de mes camarades, je ne saurais pas dire où ils sont tombés et morts, pour Vranac, je saurais montrer la cour où il a fini son chemin militaire et ses années de vie avec moi. C'était dans le village d'Udbina dans la région de Lika, peut-être y retournera-t-on un jour et alors j'irai là-bas et encore une fois je me rappellerai ce qui s'est passé. Maintenant, j'essaie d'oublier même si, toutes les nuits, résonnent dans ma tête les tirs, les ordres, les rafales, les courses, les explosions, les cris, les dérobades, les sanglots des femmes et les gémissements des enfants, le bruit des sabots des chevaux, des poutres en feu qui tombaient dans les maisons en même temps que les toits. Mais je n'oublierai pas Vranac, je crois que toi, Veronika, tu y penses souvent. J'ai trouvé un autre cheval noir, lui aussi je l'ai appelé Vranac, il court librement là-bas derrière la clôture avec les chevaux des autres officiers. C'est ce que tu voulais, n'est-ce pas ? Que les chevaux ne soient pas dans les écuries, mais qu'ils puissent courir librement. Il est jeune et fougueux, farouche également, lui aussi en a vu plus que les autres chevaux dans toute leur vie, plus que ceux qui tirent le carrosse de l'empereur ou paradent au trot devant le public rassemblé autour du manège. Cette nuit, je l'ai entendu hennir, j'ai pensé qu'il t'avait reconnue, mais comment aurait-il pu ? Celui qui te reconnaîtrait a frissonné et s'est couché dans la cour d'un village de Lika. J'ai eu cette idée parce que moi je continue de penser si souvent à toi, Veronika. Depuis que tu es partie, pas un jour ne passe sans que je pense à toi, surtout quand la nuit tombe, que ce soit sur les montagnes de Bosnie ou dans les maisons des paysans de Lika, le long de la froide Soča ou ici dans le camp de prisonniers de Palmanova. Les chevaux connaissent les pensées de leurs cavaliers, je ne dis pas de leurs maîtres, de leurs cavaliers qui sont si souvent une partie de leur corps. Ou bien il s'est réveillé parce que moi je me suis réveillé quand je t'ai vue avancer vivante, si vivante, jusqu'à moi entre les châlits dans la baraque des officiers.

Nous ne sommes pas restés longtemps à Vranje même si elle a sans doute eu l'impression que ça avait duré une éternité. Au printemps trente-huit, j'ai été muté à Maribor. J'ai senti que les douces mains du dandy en costume blanc étaient mêlées à cet ordre. Des mains qui comptent l'argent et le poussent dans une enveloppe devant le major Ilić sur une table du café *Union* ou de l'auberge sous les marronniers. Peut-être aussi qu'après cette malheureuse gifle, Veronika avait noué des contacts avec son mari. Je ne sais pas ce qui s'est passé. Cette nouvelle mutation imprévue était de toute façon étrange. Même si la division de la Drave avait toujours besoin de plus de soldats, je n'étais plus l'officier digne de confiance qu'on transférait de la caserne disciplinaire de Vranje à la frontière autrichienne.

Quoi qu'il y eût à l'arrière-plan, à la fin de l'hiver trente-huit, nous nous retrouvâmes à Maribor, j'obtins un appartement en ville et un escadron à la caserne de cavalerie. La neige fondait, ça sentait le printemps et Veronika s'épanouissait de nouveau. Elle était au milieu des siens, se promenait dans le magnifique parc de la ville. Elle montait avec les dames de Maribor au club hippique de Kamnica. Elle parlait de Vranje et des chansons lentes, rêveuses, qu'elle avait apprises là-bas, de la Morava, de Vranjska Banja, des trompettistes tziganes et des mariages, en prenant le thé, elle amusait la société rassemblée en racontant les coutumes orthodoxes comme celle qui consiste à porter la meilleure nourriture sur la tombe des morts. Et la nuit, les Tziganes viennent et organisent là un festin. Pour elle, c'était une aventure heureuse et excitante, même ma bagarre avec le sous-officier prenait la forme d'une légende de chevalier, mon Stevo, disait-elle, c'est un cavalier et un chevalier. Elle passait la gifle sous silence. Elle faisait rire la société rassemblée avec cette expression : «La cavalerie crache sur l'infanterie.» Un jour, de la cuisine, je l'entendis raconter, dans le salon, à une dame venue en visite, qu'elle était allée dans le quartier des Tziganes et qu'elle y avait vu égorger des agneaux. J'écoutai. C'était lorsque nous nous étions querellés si durement. Au bord de la route, racontait-elle, le sang des gorges tranchées des bêtes agitées par des spasmes coulait en ruisseau le long des maisons. Encore aujourd'hui, disait-elle, si je ferme les yeux, je vois cette scène terrifiante. Jamais elle ne m'avait raconté, ni à Vranje ni plus tard, ce qui s'était passé le jour de ma sortie de prison, ce jour où je l'avais frappée parce qu'elle avait encore traîné dans la mahala. Visiblement, je n'en étais pas digne. J'étais digne de pitié pour un événement de mon enfance, j'étais un chevalier, car je m'étais battu pour son honneur, j'étais le cavalier au bal de Maribor qu'on appelle «la nuit de l'Adriatique», mais c'était tout, entre nous quelque chose s'était émoussé dans ce funeste Vranje. Là-bas, elle était en cage, je savais que c'était ce qu'elle ressentait, peut-être qu'elle l'avait raconté à une amie. Sans doute, ça se serait émoussé ailleurs. À Maribor, ça ne fit que se dégrader à une vitesse considérable. Nous passions toujours moins de temps ensemble. Les manœuvres de la division de la Drave étaient de plus en plus fréquentes, à quelques kilomètres de là se trouvait la frontière derrière laquelle les nazis locaux marchaient à découvert dans l'Autriche agitée, de grands événements approchaient, on le sentait partout. Notre escadron de cavalerie reçut des tankettes, de petits véhicules de combat de marque Škoda qui devaient progressivement remplacer la cavalerie. Ça me semblait une pure folie, mais il ne me restait rien d'autre à faire qu'à me laisser instruire et qu'à apprendre à conduire ce déplaisant véhicule, assourdissant et puant, au lieu de monter à cheval. Vranac qui, plus que jamais, était ma seule joie restait seul dans l'écurie.

Peu après notre arrivée, la mère de Veronika, Mme Josipina, vint lui rendre visite. En quelques jours, elles réaménagèrent complètement l'appartement qui devint semblable à celui dans lequel Veronika vivait autrefois. En prenant le thé et en mangeant des biscuits, Maman Josipina racontait sa jeunesse à Rijeka. À cause de ses cheveux, on l'appelait *bionda*. Son mari, le père de Veronika, s'appelait Peter, comme notre jeune roi, comme on l'avait déjà entendu raconter, ils avaient une belle maison avec vue sur la mer et, au loin, sur l'île de Cres, un jardin devant la maison, Peter avait acheté un bateau, ils dansaient dans le café. Ça aussi on l'avait souvent entendu raconter. Nous eûmes une bonne qui circulait toute la journée dans l'appartement et nettoyait la moindre poussière, sauf qu'elle ne touchait pas à mes bottes. Probablement qu'elles la dégoûtaient, surtout lorsqu'elles revenaient de dix jours de manœuvre et qu'elles étaient restées nuit et jour aux pieds de leur propriétaire même pendant qu'il dormait. Dans l'appartement rénové, il y avait toujours plus de monde, des femmes venaient, ses amies du club d'équitation et avec elles aussi leur mari. Moi, je me sentais de moins en moins bien avec eux, le soir en sortant de la caserne, je préférais me déporter vers l'auberge pour le dîner.

Un soir, j'ai mangé dans une auberge, route du Roi-Alexandre. À la table voisine était assemblée une bruyante société d'hommes, des commerçants qui séjournaient à l'hôtel et leurs partenaires de Maribor, un des étrangers était un Tchèque, il vendait des machines, un autre était un voyageur de commerce qui proposait de l'équipement de laboratoire. Celui-là devait, si mes souvenirs sont bons, aller à Trieste, il attendait son collaborateur de Prague, il s'appelait, je ne sais pourquoi je m'en souviens, il s'appelait Erdman. Le plus bruyant était un commerçant, un Croate, il portait une grosse chaîne en or, qui s'en prit à moi. Je savais qu'il parlait de moi, même s'il ne me regardait pas. Pour ces Serbes, dit-il, le monde est une caserne de cavalerie. Une caserne puante. Je ne m'occupai pas de lui, même si tout tremblait en moi. Dès lors, j'aurais pu savoir qu'à la fin, nous les Serbes, serions coupables de tout. Et parmi les Serbes, la cavalerie, remplacée par les tankettes de marque Škoda. Et dans la cavalerie, moi, qui soudain n'avais plus d'appartement d'officier, mais des rideaux de dentelle sur lesquels régnaient Maman Josipina et sa fille désœuvrée, leurs invités enjoués et la bonne que les bottes des officiers dégoûtaient.

Maintenant, ce n'était plus qu'une question de temps pour que, après la mère, se présente le dandy dont une grande dame avait déjà parlé devant moi avec amour et admiration. De ses affaires, de ses automobiles. En ma présence, madame mère raconta avec enthousiasme à madame sa fille que Leo avait acheté un château quelque part en Haute-Carniole, un manoir en réalité, une grande et vieille bâtisse avec un parc et un petit lac, un terrain de chasse et des écuries. Il s'appelle le manoir Podgorsko, on dit « la propriété Podgorsko », car un vaste domaine, des bois, des champs, appartient aussi au manoir, il est situé au pied de Strmi vrh, le « sommet escarpé », qui d'ailleurs ne l'est pas du tout, une pente verte s'élève derrière la bâtisse, les fenêtres donnent sur la plaine, sur Gorenja vas et les autres villages d'où viennent les gens qui entretiennent tout ça. C'est bien, madame mère Josipina était là-bas, elle se promenait dans le parc vert, ça sentait bon la fraîcheur des matins de printemps. Leo, le mari de Veronika, disait-elle souvent sans me regarder, Leo, ton mari, est plus souvent là-bas qu'à Ljubljana, il est toujours seul, mais des artistes de Ljubljana lui rendent souvent visite, il achète leurs tableaux, les soutient, le pianiste Vito, Veronika s'en souvient, donne même parfois un concert le soir. Veronika était extraordinairement curieuse, elle posait même toute une série de questions sur cette acquisition familiale, comment étaient les chambres, où était la cuisine, et quelle était la vue depuis la chambre. Était-il possible de monter à cheval aux alentours ? Le puissant Leo Zarnik surgissait brusquement, sans se montrer. Toujours plus présent. Comme au fond, il avait toujours été présent, chaque jour, à Vranje aussi, où finalement il était revenu dans notre vie quand cette malheureuse gifle était tombée. Maintenant il arrivait dans les histoires de sa mère, Mme Josipina. Mme Josipina partit, mais lui resta, invisible, entre nous. Sa mère aussi revint au bout de quelques jours et resta plus longtemps.

Moi, je conduisais les tankettes et je pataugeais dans la boue des manœuvres du printemps.

Elle partit par un matin ensoleillé d'hiver, je m'en souviens précisément, à l'époque, la ville était secouée par la nouvelle du terrible crime qui s'était produit dans le Pohorje. Tout le monde parlait du malheureux couple qui, sac au dos, était probablement parti en excursion par un chemin forestier encore enneigé, là des inconnus les avaient interceptés et les avaient tués sauvagement et probablement aussi volés. Même dans la caserne Voïvode-Mišić, on en parlait. Qui aurait pensé, dit quelqu'un, que ces pacifiques Slovènes soient capables de ce genre de choses ! Moi, ça ne me frappait pas particulièrement, il y a des gens violents et des criminels partout, pourquoi n'y en aurait-il pas à Maribor? Quand, tard dans l'après-midi, j'arrivai à la maison, c'est la bonne qui m'ouvrit la porte. Elle était pâle et je pensai d'abord qu'elle aussi était effrayée par l'histoire du crime du Pohorje. Mais elle expliqua que madame était partie, qu'elle avait laissé une lettre pour moi. J'ai tout de suite compris ce qui s'était passé, j'attendais peut-être ça depuis longtemps. La bonne me regarda ouvrir la lettre et dit qu'elle pouvait rester si j'avais besoin d'elle. Je répondis que je n'en avais pas besoin. Elle pouvait partir tout de suite, je nettoierais mes bottes moi-même. Comme je le faisais jusqu'alors. Je n'avais plus besoin de personne.

Veronika m'annonçait qu'elle retournait chez Leo. Elle m'aimait toujours, elle ne regrettait pas ce que nous avions vécu et fait ensemble. Mais maintenant, je vois, Stevo, comme nous nous sommes éloignés l'un de l'autre ces derniers temps. J'avais l'impression d'être cet alligator qu'ils avaient empaillé. Et je n'avais même pas mordu son mari.

Je reçus sa dernière lettre au printemps trente-huit. Il s'est à peine écoulé sept ans depuis qu'elle est partie. Pour moi, c'est comme si c'était hier. Je me souviens de l'appartement vide de Maribor, jamais je ne l'oublierai. Le mobilier était là, elle n'avait rien emporté, excepté ses vêtements et quelques bibelots, mais c'était vide car elle n'y était plus, elle n'était pas là, son rire, sa démarche silencieuse, rien, dans la salle de bains, l'eau gouttait de la douche, elle s'était douchée le matin et elle était partie. Même ces gouttes, je ne les oublierai jamais, encore maintenant je les entends, ploc, ploc, elles frappaient le bac en porcelaine, comme les secondes, comme les minutes, comme le temps qui s'écoulait dans le silence. Comme si quelque chose s'était arrêté et avait commencé à courir autrement, je m'en souviens précisément même si, pendant ces sept années, il s'en est passé plus que dans toute ma vie antérieure. Elle n'est plus là. La Yougoslavie non plus. L'armée du roi n'est plus nulle part, car il n'est pas possible d'appeler « armée royale » ces prisonniers désœuvrés dans les baraques de Palmanova. Mais moi, je suis toujours ici, si c'est toujours bien moi.

Le temps que j'ai passé entre son départ et le début de la guerre bée dans ma mémoire comme un gouffre sans fond. Je voulais redevenir ce que j'étais avant de la rencontrer, un bon officier. Mais je n'avais plus aucun enthousiasme. Je faisais mon travail, criais sur les recrues, bâillais les nuits de service, parfois avec les autres officiers au bureau, je buvais de petits verres de slivovica et rentrais le matin dans l'appartement vide. Je reçus de nouveau des lettres de Valjevo. Jelica m'annonçait qu'elle m'attendait toujours. Je me mis en route, je traînassai là-bas trois jours, couchai avec Jelica, en pleine nuit, elle pleura et dit qu'elle ne me reconnaissait plus, que m'était-il arrivé ? Je revins dans l'appartement encore plus vide, je lui écrivis de venir s'installer chez moi, elle ne put se décider. Ainsi courut ce temps vide. Ensuite, ce ne fut pas Jelica qui s'établit chez moi, mais Čedo qui était transféré de Vranje à la frontière du Nord, nous dînions et déjeunions ensemble, il brossait et cirait ses bottes, les miennes aussi, il débarrassait les verres vides, nous évitions de parler de Veronika. Les premières semaines après son départ, elle m'appela quelques fois pour demander comment je vivais. Bien, que dire d'autre ? Finalement elle m'informa qu'elle s'était installée à la campagne, dans ce manoir dont parlait sa mère. Bien aussi. Ensuite s'instaura un long silence. Je ne tins pas le coup, je lui envoyai quelques lettres, il n'y eut pas de réponse. Par la suite, ce mutisme se prolongea, il disparut dans un gouffre sans fond, dans un silence qui fut interrompu par le grondement des mortiers sur le terrain d'exercices de Slunj où on était partis pour des manœuvres, par les ricanements des petites amies de Čedo qui revenaient de la ville avec lui la nuit, par les chants et les marches dans la cour de la caserne, *elle marche, elle marche.*

Quelques jours avant l'attaque d'avril de la Yougoslavie,

je rencontrai le major Ilić. Il était assis dans une automobile devant le magasin de l'intendance. Il était en route pour Dravograd avec son unité. Ils se ravitaillaient en munitions et en nourriture à Maribor. Il dit qu'il était content de me voir. Et qu'il n'avait pas été content de m'envoyer à Vranje, mais je devais comprendre, il ne lui avait pas été possible de faire autrement. Je répondis que je comprenais, mais qu'en réalité ça m'était tout à fait égal qu'il le regrette ou non, maintenant que tout était en fait comme autrefois. Plus de Veronika, plus de Vranje, rien que la caserne et le major Ilić qui se rendait quelque part pour remporter la victoire et devenir colonel. La nouveauté était seulement que la guerre qu'on attendait depuis longtemps commençait. Tu étais un bon officier, dit Ilić, tu auras bientôt l'occasion de le montrer. Il allait partir quand il se rappela quelque chose.

Ah oui, dit-il, mon ami Zarnik m'a invité au manoir. Là-bas, lui et sa femme se sont remariés. Il rit de bon cœur. On les a attachés avec une chaîne, dit-il, pour que plus jamais ils ne puissent être séparés. Une bonne blague, non?

Et il s'en alla en direction de Dravograd où, quelques jours plus tard, il livra, dans les règles de l'art militaire, son unité au capitaine de la division motorisée allemande.

Et moi avec mes tankettes, je fus coincé où j'étais. En pensant à Veronika qui vivait maintenant dans un manoir, mariée une deuxième fois avec le même homme. Je maudissais l'idiot qui avait inventé les tankettes qui devaient remplacer la cavalerie, ces machines ridicules pour lesquelles on n'avait pas de carburant. Il n'y eut pas de carburant pour partir contre-attaquer à Šentilj, c'est justement à ce moment-là que ça manqua. Par bonheur, ici, il y avait encore des chevaux. Avec les restes de l'escadron, avec cette partie de la troupe qui au milieu de la trahison et de la lâcheté générales n'avait pas fui, Čedo et moi avons chevauché à travers la Slavonie où les paysans croates se tenaient au bord de la route pour nous cracher dessus. La cavalerie ne crachait pas sur l'infanterie. Les paysans crachaient sur nous et brandissaient leur fourche dans notre direction si bien que nos chevaux s'emballaient souvent. Et quand arrivait le soir, nous, les cavaliers de l'illustre armée du roi, on devait demander aux paysans de Slavonie de l'avoine pour les chevaux et de la nourriture pour nous. Quand les demandes ne suffisaient pas, les armes dans nos mains faisaient l'affaire.

Quand on apprit qu'une résistance s'était mise en place en Bosnie, il me sembla soudain que la vie avait à nouveau un sens. Čedo et moi jurâmes que nous irions jusqu'au bout, contre les Allemands, contre les Italiens, les Hongrois, contre tous, pour le roi et la patrie. Dans une maison de paysans, nous jetâmes les verres contre le mur, de désespoir parce que l'illustre armée s'était désagrégée, et de joie parce que quelque chose de nouveau commençait. Nous chantâmes et tirâmes en l'air dans la cour, ça puait la slivovica et la mort. C'était un non-sens, ce serment, un non-sens, aurait dit Veronika qui avait ri lors de notre première rencontre lorsque je lui avais raconté pourquoi on allait à cheval à la bataille, un non-sens de se battre contre tous ceux qui s'étaient jetés sur nous et même contre ceux qui nous avaient trahis. Mais alors nous nous battions vraiment, nous tuions, ça sentait la peur et la mort, nous nous battions d'abord contre les Allemands, avec les communistes. Ensuite, les communistes nous frappèrent dans le dos et soudain on devint les alliés des Allemands. C'était quelque chose d'inconcevable pour nous, les héritiers des glorieux soldats de Salonique, nos ennemis, leurs officiers, se promenaient dans notre état-major et nous, du leur, on coordonnait les attaques contre les communistes dont le nombre ne cessait d'augmenter. En Bosnie, malgré ça, on se battit aussi contre les oustachis, même si eux étaient de vrais valets des Allemands, nous on ne l'était pas, nous on organisait seulement des actions avec eux. Čedo et moi, nous nous battîmes tout le temps ensemble, d'abord contre les Allemands, ensuite contre les oustachis. Finalement et jusqu'à la fin de la guerre, contre les communistes. En Bosnie, en Lika, dans les montagnes slovènes.

Quand juste avant la fin de la guerre, il fut touché au ventre et qu'en tombant il se cogna la tête contre une pierre, je le tins dans mes bras, de l'écume s'échappait de ses lèvres gargouillantes tel un cheval après une longue marche. Je me rappelai comment à Vranje nous chantions *Oh Morava*, Veronika posait la tête sur mon épaule et écoutait les yeux fermés. Ensuite, elle aussi, exhortée par Čedo, chantait : *Dans sept longues années nous nous reverrons.*

Et nous nous sommes revus. Cette nuit, quand elle est venue, bien vivante, entre les châlits de la baraque des officiers et qu'elle s'est arrêtée près de moi. Qu'y a-t-il, Stevo, a-t-elle dit, tu ne peux pas dormir ? Je voulais dire, je pensais que tu vivais en Haute-Carniole, au pied des pentes vertes, au-dessus d'une vaste plaine fertile, voilà ce que je voulais dire, est-ce que tu montes un peu là-bas ? Mais elle était déjà partie, elle n'était déjà plus là. Bien sûr, je voulais lui dire ça, car je savais qu'elle vivait dans un manoir, dans sa cage dorée, est-ce qu'elle ne m'avait pas dit un jour, moi, je ne suis pas libre. Mais maintenant elle est enchaînée de son plein gré à l'homme que peut-être elle ne préfère pas à moi, mais avec qui elle préfère vivre. En tout cas, cette nuit, elle est venue me voir, cette nuit, je l'ai vue, elle est venue comme ça toute seule, Veronika.

Il y a quelques jours, les estafettes nous ont appris que ce caporal autrichien qui passe maintenant pour un maréchal a parlé à Ljubljana. À la foule rassemblée, il a hurlé que les traîtres ne verraient plus nos belles montagnes. Ça devait être nous, les soldats du roi qui étaient restés fidèles. Et pas eux qui, à l'automne quarante et un, nous avaient pointé les fusils dans le dos. Le monde est sens dessus dessous. Il est cassé, comme ce miroir dans lequel je vois des morceaux de mon visage, les morceaux déchiquetés de ma vie. Qu'importe, je vais me raser. Je fixerai mon ceinturon, j'arrangerai mon uniforme et j'irai au rassemblement, la trompette appelle et ils sont tous rassemblés. Et vivants. L'après-midi, je monterai Vranac pour qu'il ne se laisse pas aller à la paresse. J'écrirai peut-être à Jelica.

2

Si elle était restée avec Stevo, ai-je dit à Peter, aujourd'hui notre fille serait toujours dans cet appartement à Maribor. Dans l'appartement de cet officier serbe qui laissait ses bottes crottées dans l'antichambre. Elle serait peut-être là-bas, dans le sud de la Serbie, à élever des poules. Mais au moins je saurais où elle est. Et je ne me réveillerais pas toutes les nuits à la pensée que c'est moi qui l'ai poussée à revenir chez Leo. À s'installer dans le manoir dont il s'était presque autant entiché que de ma Veronika. Et moi, je me suis installée avec elle. Et c'est de là que notre Veronika a disparu, en quarante-quatre, quelques jours après le nouvel an, depuis, nous n'avons plus aucune nouvelle d'elle. Tu n'as rien à te reprocher, a dit Peter. Comme toujours il a réfléchi, il s'est tu quelques instants et il a répété, tu n'as rien à te reprocher. Bien sûr que je n'ai rien à me reprocher, rien du tout, pourquoi devrais-je me reprocher de ne pas avoir supporté de la voir vivre dans un logement militaire et d'y élever des poules ? Elle qui était amateur de perroquets, de chevaux, et d'alligators ; elle qui avait étudié à Berlin et qui écoutait Beethoven. J'étais désolée de la voir vivre ainsi, et si elle pouvait supporter une telle vie, moi je ne le pouvais pas. Mais cette nuit, dans mon appartement vide de banlieue, une pensée sournoise m'est revenue : et si elle était restée avec cet officier… J'ai allumé la lumière et cherché la photo de Peter. Maintenant, je lui parle toutes les nuits, il est le seul à savoir me calmer.

Aujourd'hui, j'ai reçu la visite de Filip, le frère de Leo. Il voulait savoir si j'avais tout ce dont j'avais besoin. Bien sûr que je n'ai pas tout ce dont j'ai besoin, ce deux-pièces dans la banlieue de Ljubljana n'est pas un manoir, lui ai-je dit. En réalité, je plaisantais, il sait bien que ce n'est pas le manoir qui me manque. Ça ira comme ça, a-t-il dit, jusqu'à ce que tout ça passe. J'étais assise près de la fenêtre ouverte, comme toujours, lui se tenait debout derrière moi et nous regardions dans la rue les gens qui marchaient derrière une fanfare en brandissant des banderoles et des portraits de leurs dirigeants. La foule était de bonne humeur, joyeuse, les gens, aux fenêtres et aux balcons, la saluaient de la main. Soudain, j'ai vu un homme qui s'est arrêté et a levé les yeux, il m'a semblé qu'il regardait ma fenêtre, qu'il me regardait. C'était un homme trapu, aux épaules larges et aux cernes noirs sous les yeux, comme en ont les gens qui font la noce ou qui souffrent d'insomnie. Il m'a semblé que je connaissais son visage, c'était peut-être l'un de ces ouvriers qui travaillaient à la propriété Podgorsko. Son regard m'a fait sursauter, quelque chose de connu et de trouble à la fois pénétrait en moi. Puis l'homme s'est détourné et a repris sa marche avant de se perdre dans la foule joyeuse.

Ça ira comme ça, bien sûr que ça ira, ai-je répondu à Filip, même si l'appartement n'a pas de salle de bains, si les toilettes sont sur le palier et que le matin, les locataires y font la queue, les femmes en robe de chambre et les hommes en pantalon négligemment déboutonné, laissant traîner leurs ceintures, oui, ça ira comme ça. Je n'ai besoin de rien, je reste assise à la fenêtre toute la journée et j'attends d'apercevoir son visage, le visage de ma Veronika, ou au moins celui de Leo qui viendra un jour en voiture, peut-être avec elle, peut-être arriveront-ils tous les deux sur le trottoir, elle lui donnera le bras, elle lèvera les yeux, sourira, elle est la seule à avoir un aussi joli sourire, et moi, je lui ferai signe de la main. Tout à l'heure, j'ai vu arriver Filip, c'est lui qui m'a trouvé cet appartement, tous les deux jours, il m'apporte à manger, du pain et du lait, de la farine, parfois de la viande. Vous n'avez pas mangé, me reproche-t-il, il en reste. Je réponds, je n'ai pas faim, alors lui rétorque chaque fois, que dirait Veronika ? Veronika dirait, mange, maman, voilà ce qu'elle dirait, on ne peut pas vivre sans manger. Maman d'abord, disait-elle toujours dans la salle à manger du manoir quand on servait le déjeuner, même s'il y avait des invités et qu'il aurait fallu les servir en premier, Veronika disait cela, parfois elle faisait un signe des yeux, et tout le monde comprenait : maman d'abord. Quand elle était particulièrement de bonne humeur, elle allait à la cuisine, se mêlait aux cuisinières et aux servantes, retroussait ses manches et préparait mon plat préféré, des cèpes frais, cueillis du matin.

J'étais assise à la fenêtre, le défilé a disparu au coin de la rue, les sons de la fanfare se sont progressivement éloignés, seuls quelques retardataires couraient encore dans la rue. Ils rejoignent la place du Congrès, a dit Filip, il y a un grand rassemblement là-bas, le maréchal va parler. Qu'il parle, qu'on joue de la musique, que les gens gesticulent et clament leur joie, la guerre est finie, qu'ils se réjouissent. Moi, je ne peux pas. Filip m'a dit de faire attention à ce que je raconte aux gens, c'est une drôle d'époque, parfois on vient chercher quelqu'un pendant la nuit et il ne revient plus. J'ai dit, comme Veronika ? comme on a emmené Veronika ? me suis-je écriée alors qu'il ne répondait pas. Vous savez bien, a-t-il dit au bout de quelques instants, qu'elle est partie avec Leo, ils sont partis en voyage, ils sont certainement en sécurité quelque part. Et pourquoi ne donnent-ils pas de leurs nouvelles ? ai-je dit. Ils pourraient au moins m'envoyer une lettre. Et de quoi ne dois-je pas parler, puisque je ne parle à personne.

Je suis assise à la fenêtre, comme j'étais assise là-haut, dans le manoir situé au pied de Strmi vrh, durant tout l'hiver dernier, après que Veronika et Leo sont partis avec des gens, une nuit de janvier, et qu'on n'a plus entendu parler d'eux. Ils se sont mis en route de nuit et au pire de l'hiver, la neige était haute. On ne m'a raconté qu'au matin de ce début janvier quarante-quatre qu'ils étaient partis avec les visiteurs. La nuit, ces visiteurs avaient ouvert les armoires et claqué les portes. Moi, à l'époque, j'avais déjà du mal à marcher, je restais la plupart du temps à l'étage, dans ma chambre. Joži, notre gouvernante, est venue me voir et m'a dit que les visiteurs refusaient d'aller se coucher après la fête. J'ai demandé, mais pourquoi claquent-ils les portes ainsi ? Pour la bonne raison, a dit Joži, qu'ils sont un peu soûls et qu'ils ne veulent ni rentrer chez eux ni dormir dans les chambres des invités. Le lendemain, j'ai appris qu'ils avaient emmené Veronika et Leo. Ensuite, j'ai attendu qu'ils reviennent.

Aujourd'hui encore, j'attends. J'étais assise à la fenêtre de ma chambre quand les visiteurs nocturnes sont partis, je suis restée assise le lendemain et tous les jours de ce long hiver, et durant le long printemps qui a suivi, en bas, dans la cour, des gens portant des uniformes allemands se sont mêlés à nos gens, puis d'autres encore, revêtus d'uniformes différents. Moi, je regardais par la fenêtre et j'attendais que Veronika m'appelle de la cour, maman, je suis là ! À présent, je suis assise à la fenêtre de cet appartement de banlieue et je regarde tous les visages qui passent dans la rue en cette matinée ensoleillée de mai, je regarde toutes les silhouettes dans la pénombre du soir, je cherche à reconnaître sa démarche, la sienne ou celle de Leo. J'ai dit à Filip, elle est peut-être à Zagreb ? Quand elle s'est enfuie avec Stevo, elle est allée à Zagreb, c'est peut-être lui qui l'a emmenée à

Vranje ? Peut-être est-elle allée en secret en Italie avec Leo ? Ou bien en France, il connaissait des gens en France. Filip a dit, je ne crois pas, c'était difficile de gagner la France pendant la guerre. Alors, peut-être à Berlin, elle a une amie là-bas. Filip a dit, à Berlin, tout est détruit. Et en Suisse ? Beaucoup de gens sont partis en Suisse. Ce serait plus vraisemblable, a dit Filip en regardant la rue en bas de ma fenêtre, à présent déserte. Donc, ils sont en Suisse, j'ai dit. Ils ont emporté un peu d'argent et maintenant ils sont en Suisse. Filip, j'ai dit, toi, tu sais qu'ils sont en Suisse. Filip n'a rien répondu. J'ai dit, tu dois avoir confiance en moi, je sais que tu as peur que je le dise à quelqu'un, mais moi je ne parle à personne, personne n'apprendra par moi qu'ils sont en Suisse.

Il a regardé par la fenêtre.

Filip, tu as entendu ?

Oui, j'ai entendu.

Il a gardé le silence un moment. Ensuite, il m'a demandé brusquement si je me souvenais de ce médecin allemand qui venait à Podgorsko pendant la guerre. Bien sûr que je m'en souviens, il s'appelait Horst. Il portait un uniforme militaire, il n'y avait pourtant rien de militaire en lui. C'était un homme poli, Veronika et Leo l'invitaient souvent à venir nous rendre visite, il aimait la musique ; lorsque Vito donnait un concert de piano, il était toujours là. Il avait l'air d'un homme qui s'était retrouvé par hasard dans nos contrées, de quelqu'un qui attendait que tout soit fini. Je peux vous confier, a dit Filip, que j'ai trouvé son adresse ; il vit à Munich, s'il est encore en vie, naturellement. En tout cas, il y vivait avant la guerre. Je lui ai écrit, et maintenant je vais tenter de lui faire parvenir la lettre. Je lui ai pris la main. J'ai demandé, il sait, lui ? Est-ce qu'il sait où ils sont ? Peut-être, a dit Filip, peut-être le sait-il, lui. Nous verrons bien. Attendons. J'ai voulu savoir combien de temps il faudrait attendre avant qu'il réponde. L'affaire est un peu compliquée, nous enverrons la lettre à Graz par un intermédiaire. J'y inscrirai aussi l'adresse postale où il pourra me répondre. Pourquoi à Graz? pourquoi l'affaire serait-elle compliquée? Pourquoi ne lui écrit-il pas de Ljubljana ou ne cherche-t-il pas son numéro de téléphone pour l'appeler? Je ne comprenais rien. Je l'ai pressé de nouvelles questions, mais Filip n'a plus rien voulu m'expliquer. Attendez, a-t-il dit, attendons.

Ensuite il s'est mis à raconter que dans le pays on manquait sévèrement de nourriture et qu'il avait acheté de la farine au marché noir, le vendeur semblait sûr, mais on ne sait jamais à qui on a affaire. Comme si ça m'intéressait de savoir où il trouve de la nourriture, comme si la nourriture m'intéressait. Il a dit qu'il reviendrait après-demain, tu m'écoutes, Filip, ils sont en Suisse, n'est-ce pas? Ce médecin allemand, Horst, lui le sait. Quand répondra-t-il à ta lettre? Il ne m'a pas écouté, il est parti, d'un pas lourd, il a descendu l'escalier de bois. Moi, je suis restée assise à la fenêtre, je l'ai vu dans la rue, il a jeté un coup d'œil vers le haut avant de disparaître à l'angle, j'étais encore assise là, l'après-midi, quand les gens dehors sont revenus avec leurs banderoles et leurs drapeaux roulés et les portraits de leurs dirigeants, et j'étais encore assise le soir quand les derniers manifestants, les jambes chancelantes et une bouteille à la main, sont passés en titubant dans la rue. J'ai regardé attentivement pour voir s'il y avait parmi eux cet homme trapu qui, le matin, avait jeté un regard vers ma fenêtre, il ressemblait à un de nos ouvriers de Podgorsko, mais peu à peu la nuit est tombée et je n'ai plus distingué les visages.

J'ai peur du soir. Le soir, quand la faible lueur du réverbère vacille dans l'appartement, je sais qu'il fera bientôt nuit et que je vais me retourner dans mon lit. Arrivent toujours la nuit et le moment d'égarement où je me retrouve soudain au manoir, au dernier étage, et où j'entends des voix d'hommes en bas. Ils piétinent dans le vestibule et secouent la neige de leurs chaussures, ensuite, j'entends des pas dans les escaliers et les portes claquent. Une conversation hachée, j'entends Leo qui explique quelque chose, j'entends Veronika qui explique quelque chose, je ne distingue pas les mots. Puis je m'habille et je veux descendre, même si déjà à l'époque je marchais difficilement. Mais à cet instant, Joži entre, vous ne pouvez pas descendre maintenant, madame. Pourquoi ne pourrais-je pas? Veronika dit que vous devez attendre dans votre chambre. Que se passe-t-il en bas, Joži? Il ne se passe rien, ils dînent et ils discutent. Mais quelqu'un crie, quelqu'un donne des ordres, quelqu'un a dit en route, j'ai entendu dire en route. Qui sont les gens à qui l'on dit de marcher? Elle m'a pratiquement repoussée dans la chambre, vous ne devez pas descendre, madame, ils vont bientôt partir. Qui va partir? Je me suis assise tout habillée sur mon lit et j'ai attendu que le bruit cesse, que ces gens, quels que soient ces curieux visiteurs, s'en aillent. Et que Veronika entre et m'explique tout ça. Elle me disait toujours qui étaient ses invités. Le pianiste Vito de Ljubljana. Un peintre que Leo avait aidé à équiper son atelier. Un poète qui célébrait les femmes aux boucles d'or, récitait ses poèmes et le plus souvent racontait des blagues. Elle m'avait parlé de ce médecin allemand, il s'appelait Horst, qui nous rendait visite pendant la guerre, il avait été blessé en Russie et il boitait. Il aimait beaucoup la musique et admirait Veronika. Mais ce soir du nouvel an quarante-quatre, elle n'est pas venue et elle ne m'a rien dit. Je ne l'ai pas vue. Cette nuit-là, je ne l'ai pas vue ni le matin ni les jours et les nuits qui ont suivi. Quand le silence s'est fait en bas, je suis descendue, le personnel du manoir, Joži, Franc et Fani, ils étaient tous là à me regarder. Que se passe-t-il, ai-je demandé, que s'est-il passé? Ils sont partis, a dit Joži. Où est Veronika? Elle est partie avec eux, a dit Franc, Leo aussi. Mais ils vont revenir, a dit Fani. D'où vont-ils revenir? D'où? Ils sont montés au pavillon de chasse, a dit Franc, ils doivent discuter. Ils seront sans doute de retour avant le matin. Pourquoi seraient-ils allés au pavillon de chasse, en pleine nuit, par cette neige ? Joži a dit que Franc racontait des bêtises, que feraient-ils là-haut ? ils sont partis par la route, en automobile. Franc a dit, ah, c'est vrai, que feraient-ils au pavillon de chasse, ils sont partis par la route bien sûr. Où sont-ils partis ? Sur la grande table de salle à manger, dans des assiettes éparpillées, il y avait des restes de nourriture et des verres, certains renversés. On leur a donné à manger, a dit Fani, ils avaient faim, M. Leo a dit de leur donner à manger.

Cette nuit-là, je n'ai pas dormi, le jour est arrivé doucement. Au matin, elle n'était pas là, Leo non plus. De nouveau les questions ont afflué. Pourquoi sont-ils partis en pleine nuit ? Où ? Avec qui ? C'est vrai que Leo ne nous disait pas toujours où il allait, il était souvent à Ljubljana ou ailleurs pour ses affaires. Mais cette fois, il avait emmené Veronika. Pourquoi ? Veronika ne m'avait rien dit, elle venait toujours me voir quand elle partait à Ljubljana et maintenant Joži disait qu'ils étaient partis avec les visiteurs. Qui étaient ces gens ? Je ne comprenais rien. Mais certainement que Leo savait pourquoi c'était nécessaire. Je devais me faire à l'idée qu'ils étaient partis. Et qu'ils reviendraient, ils revenaient toujours. Cependant le tourbillon dans lequel se mêlaient les événements et les questions obscures n'a pas cessé, même la nuit suivante, je n'ai pas non plus dormi la nuit suivante.

Maintenant non plus, je ne dors plus ou bien je me réveille dans le remue-ménage de cette nuit-là. Le vide étrange qui s'est ouvert dans mon crâne est toujours là. La nuit, toutes les nuits, j'appelle Peter et je lui parle. Lui sait me calmer. Le jour non, le jour, il ne vient jamais me voir, le jour, je suis assise près de la fenêtre et je regarde la rue. J'observe les visages et les silhouettes. Je connais déjà beaucoup de gens, je n'accorde pas beaucoup d'attention aux cheminots qui vont au travail le matin, ni à ceux qui reviennent du poste de nuit, ni à la marchande de quatre-saisons qui transporte les légumes de son jardin jusqu'au marché de la ville dans sa charrette à bras, ni à l'officier qui part à vélo de l'entrée de l'autre côté de la rue, ni au jeune homme qui essaie désespérément de faire démarrer sa motocyclette toussante et qui ensuite marche lentement à côté d'elle. Tous ceux-là, je les connais, et beaucoup d'autres. Mais quand une femme inconnue en corsage et à la démarche souple traverse la rue, mon cœur bat plus vite. Jusqu'à ce qu'elle arrive sous la fenêtre, jusqu'à ce que je voie bien son visage et que je constate que je ne la connais pas. Quelqu'un viendra, je sais bien que quelqu'un viendra. Si ce n'est pas Veronika, si ce n'est pas Leo, ce sera peut-être Stevo, peut-être que lui arrivera à cheval de sa caserne ou d'ailleurs et qu'il montera les marches à toute allure, il les sautera deux par deux avec ses longues jambes, il entrera dans la chambre, essoufflé, et dira, Veronika vous fait savoir que… ou bien c'est un parfait inconnu qui viendra m'apporter une lettre. Ou un papier sur lequel sera écrit, ma petite maman, ne t'inquiète pas, tout va bien. Ou bien Filip viendra et dira que Horst, le médecin de Munich, a répondu. Il a répondu que Veronika et Leo sont vivants et en bonne santé. J'ai dit à Peter que j'avais de nouveau de l'espoir depuis que je savais que Filip avait écrit à Munich. Quand sa réponse arrivera, alors on saura où est Veronika et quand elle reviendra.

Elle reviendra, a dit Peter, bien sûr, elle reviendra.

Et moi je lui dis, si elle était restée avec Stevo, ça ne serait pas arrivé, elle ne serait pas partie, elle n'aurait pas disparu avec des visiteurs inconnus par une nuit froide de janvier, il y a un an et demi. Je ne peux pas me défendre de cette pensée. Elle serait dans cet appartement de Maribor et même si son armée avait emmené Stevo Dieu sait où, elle serait restée là-bas. Elle ne serait pas venue au manoir Podgorsko et n'en serait pas partie pour l'inconnu. C'est moi qui lui ai conseillé de revenir chez Leo. C'était son mari, il était attentionné, il l'aimait toujours, même si elle lui avait infligé un terrible chagrin quand elle s'était enfuie dans le Sud avec un officier serbe. Leo et elle se connaissaient depuis leur enfance, depuis la rencontre des deux familles, il essayait toujours d'être près d'elle, plus tard aussi, à l'école, alors que Veronika ne faisait pas beaucoup attention à lui. Elle s'intéressait à tout ce qui était possible, sport, danse, chevaux, art, à tout, sauf à Leo. Même au pilotage. Elle était la seule femme de Ljubljana à avoir appris à piloter des avions à moteur et plus tard, quand Leo et elle ont été de nouveau proches, elle a été la première femme de Yougoslavie à passer le brevet de pilote. Tout le monde savait que Leo l'adorait et lui était fortement attaché. Tout le monde le savait et le voyait, sauf elle, c'est du moins ce qui a semblé pendant très longtemps. Et nous savions tous qu'ils se trouveraient, je ne dirais pas qu'ils se rapprocheraient, car ils étaient tout le temps si près, même trop près. Peut-être se connaissaient-ils depuis trop longtemps. C'est peut-être pourquoi Leo était trop réservé. Et plus tard trop occupé, il avait hérité de l'usine à Ljubljana, il est devenu propriétaire d'une grande mine en Serbie, d'abord réservé, ensuite occupé, et Veronika était pleine de force, de joie, de curiosité pour toutes les choses du monde. Peu après leur mariage qui devait arriver inéluctablement – comme une fatalité, disait Veronika – elle est devenue folle de cheval et d'équitation. Il m'a semblé que ces chevaux avaient été plus fatals que son mariage avec Leo, c'est du moins ce qu'il m'a alors semblé.

Car le scandale provoqué par sa disparition inopinée qui s'avéra être une fuite misérable, perfide et honteuse avec son amant, un officier de cavalerie, fut incroyable. Ses exploits antérieurs, piloter un avion ou se promener avec un alligator dans les rues de Ljubljana ou, quand elle était déjà mariée, partir à la mer sans prévenir qui que ce soit, n'étaient rien en comparaison du flot de rumeurs et de cancans qui se sont élevés après cet événement. On était tous interloqués et abattus, moi, pendant tout un temps, je n'ai pu parler à personne. Je me suis enfermée dans l'appartement et j'ai cherché la photo de Peter. En pleine nuit, je parlais avec mon cher défunt, son père, qui ne pouvait croire ce qui était arrivé. Peter, ai-je dit, tu sais ce qui s'est passé, un grand malheur. Lui a seulement souri, comme il souriait toujours de son vivant, je voyais sa moustache tressaillir, sur cette photo, il avait encore la moustache et la barbe, il a souri et dit, il y a beaucoup de choses pires dans le monde. Lui savait toujours minimiser les problèmes alors que pour moi, il n'y avait alors pire chose au monde. La petite Veronika avait tout abandonné – elle avait tout ce qu'une jeune femme peut désirer – et s'était enfuie dans le sud de la Serbie où elle vivotait dans un appartement d'officier. Si Peter vivait encore, son cœur aurait été brisé, peut-être serait-il mort une nouvelle fois. Ça a aussi brisé le cœur de Leo, mais lui s'est remis, il avait trop de travail, des occupations aussi considérables exigent l'homme tout entier et Leo était un homme entier, il s'est organisé, il a travaillé encore plus. Il s'est lancé dans l'achat de tableaux et d'antiquités de valeur, c'était la seule joie qui lui restait. Certes, on le voyait avec une amie, mais il n'en est rien sorti, la seule femme à qui il pensait était Veronika. Leo était un homme élégant, calme. Il était taillé pour diriger une société. Et il aimait Veronika et moi aussi il m'aimait, c'était un homme bon. Veronika, là-bas, dans une ville serbe à la frontière bulgare, faisait la cuisine et la lessive pour un officier de cavalerie serbe et affirmait dans ses lettres qu'elle était heureuse. Dans une lettre, elle écrivait qu'elle élevait des poules, car la solde était plutôt modeste et les compléments rares. Des poules ! J'ai dit à Peter, ta Veronika élève maintenant des poules dans un trou de Serbie où tout le monde empeste la slivovica ! Elle, la jeune dame que tout Ljubljana admirait ! Est-ce pour cela que nous l'avons envoyée étudier à Berlin ? Nos ancêtres aussi élevaient des poules, a dit Peter, des porcs aussi. Parfois, Peter réussissait à me mettre en colère, il savait prendre son parti de tout. Moi, je ne pouvais pas. Au début, j'étais si fâchée que je ne répondais pas à ses lettres. Plus tard, j'ai voulu l'aider, au téléphone, je l'ai adjurée d'accepter l'argent que je lui envoyais, mais elle a refusé et retourné l'envoi. Si un jour, tu coupes, tu coupes avec tout, disait-elle. Elle ne voulait pas d'argent ! Doux Jésus, ai-je dit à Peter, qu'est-ce qui se passe, elle s'est résignée à son sort.

Mais Leo, lui, ne s'était pas résigné. Il a obtenu la mutation de son officier en Slovénie, à Maribor, à la frontière autrichienne, tous les deux se sont installés dans un logement d'officier. Quand je lui ai rendu visite pour la première fois, j'ai tout de suite vu qu'il restait peu de chose de son bonheur si célébré. Stevo, qui m'a d'ailleurs bien accueillie, presque cordialement, mais à la manière d'un officier serbe, ce qui signifie bruyamment, avec un rire sonore, était souvent à l'extérieur, car à l'époque l'armée était continuellement en manœuvres. Veronika restait seule dans cet appartement, la fréquentation des officiers et de leurs femmes n'était pas dans sa manière de vivre. J'ai vu que ça se dégradait entre eux, mais je me suis tue. Veronika était libre, c'est précisément pour cette raison qu'elle était assez malheureuse, mais aussi entêtée. Si j'avais alors tenté de lui décrire sa situation inconcevable, elle se serait révoltée. C'est pourquoi je me suis tue. Un jour, pendant une promenade, j'ai dit, quand on se trompe, il ne faut pas s'obstiner… Elle s'est arrêtée et m'a regardée. Je ne me suis pas trompée, a-t-elle dit. Mais à la troisième ou quatrième visite, un soir de printemps où nous étions encore une fois seules, je lui ai dit que j'avais l'impression qu'elle avait l'âme en peine. J'avais trouvé le bon mot. Si j'avais dit, tu ne peux pas vivre dans ces modestes conditions ou comment as-tu pu t'enfuir avec un officier, un moniteur d'équitation… elle m'aurait rabrouée. Mais quand j'ai parlé de son âme, ses larmes ont jailli. C'est vrai qu'elle avait l'âme en peine. Au bout de quelques semaines, elle m'a téléphoné qu'elle allait revenir à Ljubljana, elle logerait chez moi. Elle ne s'était pas trompée, mais ça ne pouvait pas continuer comme ça.

Alors moi, j'ai pleuré, de bonheur.

Et aujourd'hui que je suis assise à la fenêtre et qu'une nouvelle soirée d'angoisse arrive, je ne sais plus si j'ai bien fait. Elle aurait peut-être eu l'âme en peine à Maribor, mais elle serait en vie. Je veux dire qu'en tout cas, je saurais qu'elle est en vie et en bonne santé, on pourrait se parler au téléphone. Quand ce mot me vient à l'esprit, tout mon corps frissonne. Car elle est en vie, certainement elle est en vie. Mais on ne peut pas se parler, elle est peut-être en Serbie avec Stevo, elle est peut-être en Suisse avec Leo. Seulement, on ne peut pas se parler, voilà. Mais ça viendra, ça viendra.

À l'époque, Leo avait acheté un manoir au pied des montagnes en Haute-Carniole, non loin de Ljubljana. Avec des écuries, un jardin, un étang. Et un bois au-dessus des bâtiments d'habitation, et de vastes prairies en contrebas. Des chevaux y pâturaient. Quand il nous a invitées à visiter le manoir, Veronika a été enchantée. Pas tant à cause de Leo, il était toujours le même, élégant, bon, prévenant, attentif, agissant avec elle comme s'il ne s'était rien passé, comme si elle était partie en excursion à Sušak et qu'elle était revenue. Elle était plutôt enchantée par le matin silencieux dans lequel elle s'était réveillée, par la brume légère qui s'étirait sur les prairies. C'était nouveau pour elle. Tout l'enthousiasmait, l'herbe rosée où elle se promenait, les chevaux dans l'écurie, les faucheurs matinaux sur le versant du bois, le pépiement des oiseaux aux premières lueurs. As-tu entendu les chouettes qui hululaient dans la nuit noire, dans les grands bois au-dessus du manoir Podgorsko ? demanda-t-elle. Au petit déjeuner, je compris que Veronika voulait vivre là. Une semaine plus tard, nous déménagions. Ainsi était Veronika, ainsi est-elle, où qu'elle soit. Quand elle prend une décision, personne ne l'arrête. Elle avait décidé de revenir chez Leo. Le manoir et son environnement l'enchantaient. De plus, elle était lasse du vagabondage, des appartements de sa mère et des appartements d'officiers, des promenades et des distractions de Ljubljana qui ne l'attiraient plus depuis longtemps, elle voulait se calmer et vivre librement dans la nature.

À mon âge, on n'attend plus grand-chose de la vie. Mais voir Veronika apaisée et souriante, cela m'a remise d'aplomb. C'est ce qui s'était passé à l'époque. Aujourd'hui, ça serait pareil. Je me lèverais tout de suite et je chercherais les albums de photos. Avec les bateaux à Rijeka, avec Peter, avec Veronika quand elle était une petite fille en jupe claire, un ruban dans les cheveux. J'étais heureuse quand nous marchions ensemble dans les prairies, quand nous ramassions des champignons dans les bois ou quand nous nous asseyions au bord de l'étang. Quand je la voyais chevaucher dans les champs. Ou devant les ouvriers à qui elle commandait, les bras croisés, ce qu'ils devaient faire. Leo et elle s'aimaient de nouveau, il était attentif et prévenant, même s'il était plus souvent à Ljubljana que là-haut. Il avait beaucoup de travail à l'usine et dans la mine de Serbie. C'est quand il pouvait passer quelques jours avec Veronika qu'il était le plus satisfait, il voulait même qu'elle l'accompagne à la chasse. C'était la seule chose à Podgorsko qu'elle n'aimait pas, et lorsqu'ils ramenaient les cerfs ou les sangliers qu'ils avaient abattus, elle quittait tout de suite la cour. Des invités venaient de Ljubljana, les relations d'affaires de Leo, les amies de Veronika, des peintres et des poètes. Chez nous, il y avait sur l'étagère tous les nouveaux livres qui paraissaient à Ljubljana et bien sûr aussi des livres allemands, les uns du temps de ses études à Berlin, d'autres, nouveaux, qu'elle commandait par la poste.

Il y avait aussi le pianiste Vito qui était un invité particulièrement bienvenu chez nous, il jouait quelquefois tard dans la nuit, on l'écoutait, admiratifs, et on regardait ses doigts glisser ou bondir sur le clavier. Un poète de Ljubljana venait souvent. Il avait offert à Veronika son livre intitulé *Poèmes sur les blondes*. Et écrit une dédicace : *À la blonde Veronika, que pouvons-nous faire, la jeunesse est éphémère !* Elle avait ri. Elle aimait rire, comme tous les jeunes gens qui ne croient pas que la jeunesse est éphémère, moi aussi, autrefois, je pensais que la jeunesse était éternelle quand j'allais en Istrie avec Peter. Mais quelques jours plus tard quand j'ai lu ce livre, j'ai compris pourquoi Veronika avait ri de si bon cœur en lisant la dédicace. C'était une plaisanterie, le poète aimait plaisanter, c'était une plaisanterie sur sa fuite avec l'officier, le moniteur d'équitation. Je trouvai le vers de la dédicace dans un poème intitulé : « Fuyons ». Je l'ai recopié et j'ai mis la feuille dans un album avec ses photos, elle y est encore. *Fuyons, dans le plaisir ivre plongeons, / pour qu'un jour nous ne regrettions pas un jour un jour / Et chantons, en allant notre chemin ! / Que pouvons-nous faire, la jeunesse est éphémère !* Elle ne riait pas par indifférence à la jeunesse qui passe, elle riait parce que le poète connaissait son secret, si toutefois il y avait secret. En tout cas, c'était quelque chose dont on ne parlait plus, jamais.

C'était bien comme ça. Veronika riait et Peter et moi étions satisfaits. Ensuite, ma santé a commencé à me tracasser et j'ai passé beaucoup de temps dans ma chambre. Je regardais les photos en me rappelant les jours que j'avais passés à Rijeka avec Peter. Je lui disais, Peter, maintenant, on est de nouveau ensemble, c'est bien. Je t'avais dit, que tout irait bien, répondait-il. Je protestais, tu ne disais pas ça, tu disais que dans le monde il y avait des choses pires que le fait que notre fille élève des poules. Que nos ancêtres aussi en avaient élevé. Et des cochons. L'hiver, ils les abattaient et faisaient du boudin de leur sang. Je lui disais, tu sais bien que je n'aime pas le boudin, je suis malade à l'idée qu'on verse le sang de ces animaux dans des seaux et qu'ensuite on le transforme encore chaud en une mixture aussi épaisse. Peter aimait ça, c'était un souvenir des jours de fête dans son enfance, même à Rijeka, il en faisait venir, tous les hivers, de son village. Ces nuits-là, en bavardant avec Peter, je m'endormais toujours tranquillement. Et ensuite le matin, mes yeux se reposaient sur les champs et les prairies vertes en entendant les cris des paysans qui ramassaient le foin.

Leo et Veronika étaient de nouveau mari et femme, je ne sais pas qui a eu l'idée de cette cérémonie au cours de laquelle ils furent unis une nouvelle fois. Peut-être était-ce ce plaisantin de poète. Ils furent unis littéralement, avec une chaîne. Il est possible que Veronika ait eu l'idée de cette divertissante cérémonie, sûrement pas Leo, lui était trop sérieux pour faire de pareilles plaisanteries. On a fait un drôle de repas de noces païennes, avec beaucoup de rires et de bonne humeur. Dans la cour du manoir, on les a attachés avec une chaîne – pour que jamais plus ils ne puissent se séparer. Notre poète a prononcé des mots graves et solennels qui en fait n'étaient pas à leur place dans cette drôle de cérémonie, ils convenaient davantage au prêtre qui avait déclaré lors de leurs vœux de mariage… «jusqu'à ce que la mort vous sépare»… mais quiconque avait vu Leo et Veronika ce jour-là, et tous les autres, à Podgorsko savait que c'était pour toujours, que maintenant ça ne pouvait plus être autrement, quoi qu'il arrive, pour toujours ils seraient ensemble… jusqu'à ce que la mort les sépare. Comme elle nous sépare tous, comme elle avait séparé son père d'elle et de moi, comme elle me séparera de tous ceux que je connais encore. Ce poème intitulé «Fuyons» continue : *Un jour les tombes s'ouvriront, / déjà elles nous attendent, humides et sombres / et les dieux sont maussades et capricieux…* Et maintenant qu'arrive un nouveau soir d'angoisse, que je fouille dans les photos et trouve parmi elles la feuille du poème, maintenant je réfléchis, et je dis à Peter que notre poète, au cours de cette drôle de cérémonie à l'époque, n'a pas prononcé par hasard, *jusqu'à ce que la mort vous sépare*, et si les tombes s'étaient vraiment ouvertes et que la mort les avait vraiment séparés ? Je n'aime pas ces idées horribles qui, les soirs d'angoisse, envahissent mon silence, je ne suis qu'angoisse et soudain dans ma tête, je sens un vide, un espace creux où commence à résonner une idée insupportable, Peter, la mort nous a séparés, ta mort, et à cet instant, je préférerais qu'elle me sépare moi aussi. De qui ? De Veronika ou des rares personnes qui me rendent visite dans cette banlieue de Ljubljana ? De cet appartement et des habitants de cette maison, les femmes en robe de chambre, les hommes, ceintures débouclées, qui tous les matins font la queue devant les toilettes dans le couloir ?

De temps à autre, des lettres qui donnaient du mal au postier de Poselje, car l'adresse était en cyrillique, troublaient la vie tranquille de Podgorsko. Veronika ne les ouvrait pas. Mais ses mains tremblaient quand on les lui remettait. Ensuite, elles restaient sur la petite armoire du salon jusqu'à ce que Joži les jette. Je comprenais qu'elle ne pouvait pas ouvrir les lettres de Stevo. Quand un jour on coupe, on coupe avec tout. Mais je savais que ça n'était pas facile pour elle. Elle l'aimait toujours. Peut-être craignait-elle qu'en un instant tout lui revienne si elle ouvrait une de ces lettres, peut-être avait-elle peur de se retrouver soudain dans une gare.

Il y a une heure, je me suis réveillée et j'ai allumé la lumière. Une idée m'est venue. Cet homme qui, ce matin, marchait dans le cortège et qui a levé les yeux vers moi… je l'avais déjà vu, j'en étais certaine. Je me suis levée et j'ai pris l'album de photographies dans l'armoire. J'ai tourné quelques pages et j'ai vite trouvé celle que je cherchais. Devant l'entrée du manoir se tiennent des gens de notre personnel, parmi eux il y a aussi quelques-uns des ouvriers de Poselje qui nous aidaient parfois pour des travaux plus importants.

J'ai mis mes lunettes et tout de suite je l'ai aperçu parmi les autres, le jeune homme trapu, celui qui, ce matin dans la rue au milieu du cortège, s'est arrêté sous la fenêtre de mon appartement, il a levé les yeux et s'est arrêté, il m'a reconnue, maintenant je sais qu'il m'a reconnue. Sur la photo, il a l'épaule appuyée contre le mur de pierres, près de lui, il y a Joži et une femme du village que je ne connais pas. Le jeune homme rit. Il a la tête tournée vers le centre du groupe où se trouvent Leo et Veronika. Veronika est en chemise d'homme et en culotte de cheval, elle a les manches retroussées, elle aussi rit, de nouveau elle rit, *que pouvons-nous faire, la jeunesse est éphémère*, elle regarde droit vers le photographe, tout le monde est de bonne humeur, sauf Leo, lui regarde quelque part au loin, par-delà les champs. Oui, je me suis souvenue sur l'instant du nom de cet homme en tenue de travail. De celui qui, ce matin, allait au rassemblement du maréchal. Il a jeté un coup d'œil vers ma fenêtre, il s'est arrêté et a détourné les yeux.

Jeranek, bien sûr, c'était Jeranek de Poselje.

Il venait souvent au domaine Podgorsko, il fauchait l'herbe et retournait le foin, il réparait les fenêtres, il grimpait sur les toits, parfois il aidait à brosser les chevaux. Comme une illumination, je me suis souvenue de tout en regardant cette photo. Et j'ai entendu une conversation qui venait de loin, des profondeurs de ma mémoire, je me vois arriver du petit déjeuner, il est dans la cour avec Veronika et ils discutent.

Comment s'appelle ta bonne amie, Jeranek? demande-t-elle.

Jeranek, embarrassé, balance son corps trapu, il regarde le bout de ses chaussures. Son nom de baptême est Jožefina, finit-il par répondre. C'est aussi le nom de notre gouvernante, dit Veronika, on l'appelle Joži, mais tu la connais. Je la connais, elle nous apporte le casse-croûte quand nous travaillons au jardin. Et la tienne, tu ne l'appelles pas Jožefina, elle aussi c'est Joži, non? À la maison, on l'appelle Pepca, dit-il. Jeranek, s'écrie joyeusement Veronika, j'ai appris que tu allais épouser cette fille. Jeranek jette un regard vers moi qui suis dans l'encadrement de la porte. C'est ce qu'on dit. Veronika rit. C'est ce qu'on dit? Et toi, qu'est-ce que tu en dis? Il se tait un moment, embarrassé. Ben oui, marmonne-t-il. Alors, amène-la ici, que je la connaisse, Pepca, dit Veronika. Je lui donnerai quelque chose qu'elle portera le jour du mariage. Elle se retourne et s'en va insouciante. Et lui reste planté comme une souche, il la regarde, la suit des yeux, l'air pensif, ensuite il fait un pas en avant comme s'il ne savait ni où aller ni à quel travail s'attaquer.

C'était lui l'homme qui était dans le défilé et qui s'est arrêté sous ma fenêtre, c'était ce Jeranek, le jeune paysan de Poselje qui voulait épouser une Jožefina de son village. Je ne sais pas s'il l'a fait, je sais qu'un jour il a disparu de Podgorsko, on a dit qu'il était parti dans le maquis. Chez les partisans. Les gens allaient et venaient, et pendant les dernières années, certains disparaissaient carrément. Comme Veronika et Leo. J'ai eu un pressentiment quand ce matin, il s'est arrêté sous ma fenêtre, qu'il a regardé vers le haut avant de détourner les yeux. Mais je l'avais vu avant qu'il ne me reconnaisse. Il m'a reconnue, pourquoi donc a-t-il regardé ailleurs?

Au manoir et dans ses alentours, il se passait toujours quelque chose, les ouvriers venaient, les visiteurs venaient, je ne peux me remémorer tous les visages qui descendaient des automobiles ou arrivaient à pied de la gare, des gens avec qui on s'asseyait à table et dont on entendait parfois les voix jusqu'à tard dans la nuit, quand la société s'attardait. Moi évidemment je la quittais toujours beaucoup plus tôt, avant qu'elle ne s'échauffe. Ensuite la guerre est arrivée et des gens en uniforme ont commencé à fréquenter Podgorsko. Mais, cette nuit, dans mon appartement de banlieue à Ljubljana, tout ça a disparu. Cette nuit, seul un visage est resté devant mes yeux, puis quand j'ai éteint la lumière et que j'ai tenté de me rendormir, je l'ai vu et j'ai entendu ce court entretien entre Veronika et lui, il l'avait suivie du regard quand elle était partie, et ce matin, il m'a regardée de ses yeux pensifs au-dessus de ses cernes noirs, lui aussi m'a reconnue, maintenant je sais qu'il m'a reconnue. J'aurais dû l'appeler et lui demander où était Veronika, peut-être que lui le savait. C'est le seul homme de Podgorsko que j'ai rencontré depuis que je me suis retrouvée ici, en fait je ne l'ai même pas rencontré, seuls nos regards se sont croisés un court instant. La nuit, en pensée, je suis descendue, mes jambes me portaient bien, comme si j'étais encore jeune, je me suis avancée devant la fanfare et, les bras levés, je l'ai arrêtée. Ils ont cessé de jouer. Dans un silence complet, j'ai marché vers Jeranek qui me regardait, surpris. Je ne te demande pas si tu as épousé Jožefina, ai-je dit. Je te demande où est Veronika. Peter est intervenu, comment le saurait-il? Il était à Podgorsko, j'ai dit, il passait là-bas des journées entières, il sait certainement quelque chose. Calme-toi, a dit Peter, c'est à cause de l'insomnie. Ce n'est pas à cause de l'insomnie, mes pensées se bousculent, j'ai dit. Tout va s'arranger, a dit Peter. Comment? Ça va s'arranger comment? De sa photo, il m'a longuement regardée et il a réfléchi à ce qu'il devait me répondre. De toute façon, a-t-il fini par dire calmement, de toute façon, ça s'arrangera. Ça s'arrange toujours.

Ça ira comme ça, a dit Filip, le frère de Leo, ce matin, jusqu'à ce que tout ça passe. Qu'est-ce qui doit passer? Pour moi tout a déjà passé, plusieurs fois déjà.

J'ai rêvé que j'étais jeune. C'était tellement vivant, je sentais que j'étais jeune, j'avais à peine vingt ans. J'étais assise avec Peter dans une taverne, fatiguée après une journée d'excursion, des musiciens locaux jouaient et chantaient l'histoire d'une fille qui avait des cheveux noirs mais que tout le monde appelait *bionda*, elle-même ne savait pas pourquoi. Nous avons bu du vin. La fatigue, le vin, la chanson, tout nous submergeait. C'était magnifique, j'étais jeune.

De tout ce qui a passé, il ne me reste que les photos de l'album. Là se trouve tout ce qui a existé et tout ce qui a passé. Mes cheveux blonds et ma robe rouge à Korzo. Peter, mon mari. La villa où nous vivions. Le bateau où nous nous sommes appuyés au bastingage. Peter qui tient la petite Veronika dans ses bras et lui montre quelque chose au loin sur la côte, vers la ville où nous vivions. Il est possible qu'il lui montre notre nouvelle maison, tout juste construite, et le petit jardin avec les plates-bandes de fleurs et des petits chemins devant. Sur une autre photo, Peter et moi, sur une barque de pêche, c'était pendant une excursion en Istrie, alors il était déjà clair que nous allions nous marier, au dos de la photo, on lit : « On appelle ce genre de barque une *batana.* » Là-bas, il y avait aussi une auberge qu'on appelait *botega*, une petite taverne où nous dînions et où j'ai entendu pour la première fois cette chanson dont je me rappelle les paroles, *Tutti mi chiamano bionda, ma bionda io non sono…*

C'est passé, il y a longtemps. D'abord Peter, qui est mort subitement. Ensuite Rijeka et la maison, j'ai déménagé à Ljubljana avec la petite Veronika, puis elle s'est mariée et s'est installée chez Leo. À moi, il est resté les photos de leur mariage. Et les photos de la fugitive, de Veronika, sur lesquelles Stevo, son officier, la tient par l'épaule devant un café minable à Vranje ; sur la façade, il y a un écriteau : *Kafana Europa.* Et des photos du manoir Podgorsko, dans la salle à manger, en joyeuse compagnie pour la Saint-Sylvestre, des artistes de Ljubljana, des amis ; au bord de l'étang avec Veronika, Leo et Veronika à cheval, tous les trois en automobile, eux deux retrouvés et ensemble, un couple de jeunes gens heureux dans le salon, près du piano. Sur une des photos, je suis en robe rouge dans un champ, au milieu de fleurs sauvages, le manoir en contrebas, un bouquet fraîchement cueilli dans les bras, c'était quand je marchais encore bien. Ça aussi, c'est passé, les fleurs et ma santé. La robe rouge aussi, il y a longtemps qu'elle est partie avec d'autres frusques dans un hospice de Ljubljana. Les cheveux blonds ont passé. J'ai eu des cheveux blonds, Veronika en a aussi.

Raconte, maman, s'est écriée Veronika, comment ils ont joué *Bionda* pour toi.

Quand elle était petite, je lui racontais comment ils avaient joué *Bionda* alors qu'elle n'était pas encore née. Elle applaudissait, enthousiaste, quand je lui racontais comment Peter et moi, quand ils avaient joué *Bionda*, nous avions dansé dans le café *Europa* de Rijeka qui était, ma foi, assez différent de celui du même nom devant lequel, quelques années plus tard, elle a été photographiée à Vranje avec son lieutenant, ou peut-être déjà capitaine à l'époque. Elle voulait toujours réécouter cette histoire et alors qu'elle était déjà grande et que nous vivions dans un appartement à Ljubljana, je devais continuellement la répéter. Et aussi chanter, jamais je ne l'ai oubliée.

Et pour la Saint-Sylvestre, au manoir, la dernière année paisible avant la guerre, devant la société rassemblée, elle m'a invitée à raconter – et à chanter. J'étais gênée, plus particulièrement quand Leo et tous les autres se sont joints à elle. Dites-nous, a dit le poète, quel est le secret de cette *bionda*. Je vais raconter, mais je ne chanterai pas. Et ça n'a rien de spécial, j'ai dit. Peter était alors à Rijeka, ses affaires marchaient bien, il avait acheté un nouveau cargo, ancré à Trieste… Laisse les affaires, a dit Veronika, ça n'intéresse personne.

Oui, j'ai dit, ce n'était rien de spécial, je suis allée à Rijeka, le soir nous étions assis au café *Europa*, nous n'étions pas encore mariés, dans un coin on jouait de la musique. Peter s'est soudain levé, il s'est dirigé vers les musiciens et leur a demandé quelque chose. Et le chef qui jouait du violon a annoncé au café bondé, maintenant nous allons jouer pour la dame blonde de Ljubljana, il m'a désignée avec sa baguette. Tout le monde a tourné les yeux vers moi, et j'étais vraiment gênée. À la lumière, on voyait probablement que j'étais toute rouge. Peter est revenu lentement de l'orchestre, il a traversé tout le café et m'a invitée à danser. Alors nous avons dansé. C'est tout.

Ce n'est pas tout, a dit Veronika. C'était une chanson que vous aviez entendue dans une taverne, une botega, n'est-ce pas, maman? «Botega» est un magasin, mais ça peut être aussi une taverne en Istrie. Ça les a enchantés tous les deux. Le chant continue comme ça... Veronika a chanté, *Tutti mi chiamano bionda, ma bionda io non sono...* et expliqué, tout le monde m'appelle la blonde, mais moi je ne suis pas blonde. Il se trouve que ma mère était blonde, elle avait de magnifiques cheveux clairs presque dorés. Et notre belle aux cheveux d'or a dansé, a raconté Veronika, dans le café *Europa* de Rijeka avec son Peter qui lui a dit, qu'est-ce qu'il t'a dit, maman? Il lui a dit qu'il était grand temps qu'ils se marient. Veronika s'est tue un peu, néanmoins l'histoire n'avait rien de particulier à partir de là. Grand temps, a ajouté Veronika, grand temps parce que maman était enceinte. Moi, j'étais déjà en route, tout juste en route, s'est-elle écriée. Elle a ri, moi j'étais gênée, presque autant que lorsque ça s'est produit. Surtout parce que les autres ont éclaté de rire et applaudi. Dans ce café aussi, tout le monde avait applaudi à la fin de notre danse. C'était bien. Le poète a dit qu'il connaissait la chanson. Elle parle d'une fille de Parenzo, Poreč en slovène, une fille de la ville qui dit ce que nous venions d'entendre, et puis, *Porto i capelli neri... sinceri nell'amor. Perché non m'ami più!* Mais elle, en réalité, a des cheveux noirs... sincères en amour. Et quelqu'un a tendu les mains vers le piano et alors moi j'ai commencé à chanter, accompagnée de Veronika et du poète, moi je chantais et eux reprenaient le refrain qu'ils avaient vite appris, *Perché non m'ami più!* Pourquoi tu ne m'aimes plus! *La mia murusa vegia*, je chantais, *ga meso su butega*, c'est la botega, le magasin, ça peut être aussi l'auberge où Peter et moi avions entendu la chanson la première fois, sa vieille amie y vend toutes sortes de choses, *de tutto vendeva*, polenta et morue... *polenta e baccalà. Perché non m'ami più!*

Encore aujourd'hui, je connais les douze couplets de cette merveilleuse chanson qui s'appelle *La Mula de Parenzo*, de cette merveilleuse valse qui à la fin se change en un air de danse enjoué, presque gaillard. Le refrain qui signifie «pourquoi tu ne m'aimes plus» se répète, mais au café, Peter n'avait pas choisi cet air pour me poser cette question, car moi je l'aimais, je portais Veronika, son enfant. Il avait choisi cette chanson parce que nous l'avions entendue lors d'une excursion en Istrie et qu'elle nous avait enchantés, nous l'avions tout le temps reprise sur la route du retour. Nous nous moquions bien de la fille aux cheveux noirs, *sincères en amour*, qui vendait de la polenta et de la morue. C'est sur cette chanson qu'il m'a demandée en mariage.

Nous sommes tous sur la photo, tous ceux qui ont chanté pendant cette soirée de Saint-Sylvestre. De cette photo, il n'est soudain resté que Joži, notre gouvernante. Tous les autres ont disparu. Les chambres étaient vides, autour du bâtiment, il n'y avait plus d'animation, la mauvaise herbe a envahi le jardin, les ouvriers aussi nous ont quittés. Joži est restée, Veronika l'aimait tant, elle disait que c'était elle la vraie directrice du manoir et de la propriété, qu'elle savait toujours ce qu'il fallait faire dans la salle à manger, au jardin ou dans les champs. Ensuite, nous sommes restées seules, nous regardions les photos. Elle aussi connaissait la chanson de la blonde, quelquefois nous la chantions dans ma chambre. Je n'allais presque plus dans la salle à manger ni au jardin. Mes jambes me lâchaient et je n'avais plus envie d'aller nulle part. Il y avait trop de Veronika et de Leo partout, trop de leurs affaires, même l'alligator empaillé dans l'entrée, je ne pouvais plus le regarder sans penser à eux. Je parlais avec Peter. Et avec Joži.

Ce soir de Saint-Sylvestre, nous ne savions pas que la guerre allait arriver cette année-là. Jusqu'à Podgorsko.

Jusqu'au manoir d'où ma fille, Veronika, est partie une nuit d'hiver. A été obligée de partir. Chaque jour, je m'asseyais à la fenêtre de ma chambre en espérant l'apercevoir. Avec Leo, elle allait arriver en voiture et elle me ferait signe quand elle me verrait à la fenêtre ouverte. C'était une belle idée, mais je savais déjà à cette époque qu'ils ne reviendraient pas en voiture. Un après-midi, avec l'aide de Joži, j'avais descendu l'escalier et j'étais allée au garage, l'auto y était, sur le siège arrière se trouvait la veste qu'elle portait toujours pour voyager. Son parapluie était là aussi. C'est ainsi que j'ai su qu'ils ne reviendraient pas en voiture. Quelqu'un d'autre les amènerait. Peut-être un de ceux qui avaient marché dans les chambres, mangé et bu, qui parfois même y avaient passé la nuit.

Cette année-là, ils sont revenus au printemps, ils n'ont rien demandé, ils sont venus. Qui sont ces gens, des amis de Leo ? Joži a dit, ils sont de Ljubljana, ils disent qu'ils vont louer le manoir pendant un moment. Comment ça, louer ? Louer, oui, a-t-elle dit. Avec qui vont-ils signer si Leo n'est pas ici ? Avec eux, il n'y a rien à signer, a dit Joži. C'est eux qui louent, voilà. Je ne comprenais pas, maintenant je comprends, c'était le nouveau pouvoir. Alors Joži a regardé autour d'elle et a chuchoté, ils prennent aussi des choses. Quelques jours plus tard, de ma fenêtre, je les ai vus charger les grands tableaux de la salle à manger dans un camion. Ils ont aussi emporté quelques caisses et les bois de cerfs qui étaient accrochés au mur. L'un a emporté l'argenterie sous son bras, je l'ai reconnue. J'ai appelé Joži, où emportent-ils ces choses ? Ils les ont empruntées, a-t-elle dit, pour les bureaux de Ljubljana. Bien, qu'ils empruntent, ai-je pensé, Leo reprendra tout. Mais qu'ont-ils besoin de bois de cerfs, de têtes de cerfs, de sangliers empaillés ? En fait, ça m'était égal qu'ils emportent tout, si seulement Veronika revenait, si elle revenait avec Leo, ou Stevo, ou toute seule. En auto ou à cheval ou à pied, mais qu'elle revienne pour que je la serre dans mes bras et que je lui demande, où étais-tu encore une fois partie ? Pourquoi, encore une fois, ne m'as-tu pas dit où tu allais ? Tu n'avais pas dit non plus que tu allais à Sušak. Et quand tu es partie en Serbie avec Stevo, tu n'as rien dit. Le jour, j'étais assise à la fenêtre comme aujourd'hui, la nuit je pleurais. Maintenant je ne pleure plus, mais chaque nuit je me réveille, je regarde le plafond et j'attends le matin pour épier le visage des gens dans la rue. Quelques jours après qu'ils eurent emporté les tableaux et les bois de cerfs, j'ai entendu dans la cour une conversation entre notre gouvernante et un monsieur en bottes. Il a apostrophé Joži :

Combien de temps la vieille va-t-elle encore rester ?

On lui cherche un logement, a répondu Joži.

Qu'un parent la prenne chez lui, a dit ce monsieur tout en cognant ses bottes contre le mur pour en faire tomber la boue.

Madame est très âgée, a ajouté Joži.

C'est pourquoi ils doivent la prendre chez eux, a-t-il hurlé, est-ce moi qui vais m'occuper d'elle ? Ces gens-là, ils laisseraient une vieille personne à la rue.

J'étais étonnée, je n'étais pas à la rue, je vivais là depuis six ans et Leo, le propriétaire de ce manoir, était mon gendre.

Ensuite Filip est arrivé un beau matin de mai en disant qu'il m'avait trouvé un appartement à Moste. Joži m'a aidée à remplir deux valises, des hommes en uniforme m'ont emmenée en voiture jusqu'à la gare de Poselje, ainsi que Filip qui m'a ensuite accompagnée en train jusqu'à Ljubljana. Et Joži, qui m'a fait signe quand le cheminot à casquette rouge a levé son bâton et que le train est parti. Elle pleurait. Je voulais lui dire de ne pas pleurer, que je reviendrais bientôt, peut-être avec Veronika et Leo.

Je ne sais pas où est Joži maintenant, je ne sais pas où est Veronika. Seul Filip vient encore. Hier matin, il m'a confié qu'il avait écrit à Munich. Maintenant nous n'avons qu'à attendre la réponse.

La nuit s'en va, derrière la fenêtre, le jour se lève lentement. Dans le couloir, j'entends les voix des premiers réveillés qui font déjà la queue devant les toilettes. Quelqu'un tire de l'eau dans un seau. Je vais encore rester couchée et parler avec Peter. De cette danse à Rijeka. Il était toujours discret et calme, et tellement audacieux à l'époque. Ensuite je m'assiérai à la fenêtre et j'observerai les passants dans la rue. Peut-être que ce Jeranek de Poselje repassera, je l'appellerai et je lui demanderai s'il sait quelque chose, s'il sait avec qui est partie Veronika. Si Jeranek ne sait pas, peut-être que Horst, le médecin allemand, sait. Filip lui a envoyé une lettre. J'attendrai Filip, de loin il me fera signe avec la lettre venue d'Allemagne. Peut-être dès demain.

3

Ce matin, vers huit heures, en revenant de ma promenade à Luitpoldpark – si on peut appeler promenade un déplacement avec une canne –, j'ai trouvé dans ma boîte une lettre curieuse qui m'a brutalement ramené à l'époque où je servais dans les montagnes de Slovénie. Un parfait inconnu, un nommé Franc Gorisek, me demande si j'ai des renseignements sur un couple, Veronika et Leo Zarnik, disparu pendant la guerre. Cela m'a mis de mauvaise humeur, quels renseignements devrais-je avoir ? Deux ans se sont écoulés depuis la dernière fois que j'ai vu Veronika et Leo et c'est moi qui devrais expliquer pourquoi et où ils ont disparu, expliquer ce qui est arrivé ?

Ma femme était au travail, mon fils Dieu sait où, et moi, comme tous les jours, seul dans l'appartement vide, moi l'homme dont les cheveux grisonnent prématurément et qui n'est bon à rien d'autre qu'à apporter le lait et le pain le matin, à aller ensuite en promenade à Luitpoldpark, à revenir à Brunnerstrasse et à regarder les gens qui s'activent à réparer leur maison détruite. Et à finalement se mettre à la dernière chose utile qu'il peut faire chaque jour, préparer le repas.

Ce matin est différent, je tiens dans mes mains une lettre qui m'a soudain plongé dans l'agitation. Je me méfie de ça, nous les gens qui pendant la guerre avons vécu les choses qu'on a vécues, on se méfie de ça, des souvenirs. Tous les beaux événements de cette époque traînent derrière eux quelque chose de mauvais ; il vaut mieux qu'il n'y ait rien, ni bon ni mauvais, il suffit de se promener en boitillant, de lire les journaux, de préparer le repas. Et d'admirer les jeunes gens, surtout les longues files de femmes qui se passent des briques à la chaîne. Des bâtiments sortent des ruines, la vie renaît, ce qui est passé est passé, ce que les coups de feu et les bombes ont enterré est enterré. Même si à cet endroit, il y a quelques mois, il pleuvait des bombes, c'est le passé, et nous tous qui avons pris part à cette malheureuse guerre, demain nous serons des gens du passé. Moi je le suis dès à présent, c'est pourquoi je ne veux pas me rappeler. Le voile de l'oubli s'étend lentement sur le passé et sur mes souvenirs. Sur ma tête, il y a ces cheveux gris que je n'avais pas il y a cinq ans. Et quand je me regarde dans le miroir, je sais : ma vie a basculé de l'autre côté, du côté où sont tombés mes camarades, morts dans les marécages d'Ukraine, dans les chemins boueux de forêt, en Slovénie, là où, dans une embuscade, les balles des partisans ont fusé, fracassant les vitres des voitures et les visages, dans les plaines de Lombardie que nous avons traversées en quarante-cinq pour nous replier vers les Alpes. Alors la mort frappait et détruisait avant d'aller guetter ailleurs. Cependant je ne la sentais pas comme maintenant, maintenant je sais qu'elle est en moi, dans mon corps qui claudique dans l'appartement et pendant les promenades matinales dans le parc où les oiseaux chantent très tôt le matin, où les insectes d'août bourdonnent quand je reviens, et ensuite dans la rue où les mains persévérantes des jeunes gens remplacent les briques et les poutres, murent des fenêtres et des portes, où on entend aussi des rires, des cris d'encouragement. Partout la vie renaît, mais en moi c'est la mort qui s'est installée, j'ai vu tant de gens mourir que maintenant je ne peux plus me réjouir de cet été où tout recommence, la mort, tel un rat, a fait son trou dans mon esprit et rien ne peut l'empêcher de se souvenir de la guerre, des années de service dans la Wehrmacht, de tout. Et qui me réveille au milieu de la nuit et me fait savoir qu'à chaque souffle, à chaque pas claudiquant de la salle de bains au lit, j'avance vers son néant. La mort, je ne l'ai pas connue quand elle était tout près de moi dans ces lointaines contrées, maintenant je la vois partout, dans les feuilles mortes pendant ma promenade matinale, dans les yeux d'un vieux chien qui se traîne derrière son maître.

Elle, Veronika, dont la lettre me parle, l'avait déjà vue lorsqu'elle se penchait sur une grenouille écrasée sur la route en disant, regardez ses petits yeux… Un matin, là-bas à Podgorsko, elle m'a dit près du bassin, vous, pourtant, vous vivez toujours entre la vie et la mort. Nous avons entendu un cheval s'ébrouer dans l'écurie, le soleil se levait, une longue et joyeuse nuit en société était derrière nous et elle était comme une enfant devant la découverte soudaine que la vie est éphémère, que la jeunesse est éphémère, une enfant qui s'émerveille de tout ce qui se passe autour d'elle : soldats, uniformes, tueries, grenouilles écrasées. Depuis deux ans, j'essaie d'oublier tout, elle aussi, même si l'image de ce matin-là m'a suivi longtemps, sa présence exigeante, sa voix, son pas sportif et ses yeux tristes et calmes, presque immobiles, éclairés par les rayons du soleil matinal.

Mais en ce matin d'août, il y a cette lettre qui exige une réponse et qui me plonge dans un émoi dont je ne veux pas. Devant mes yeux s'est levé un paysage verdoyant au pied des montagnes éclairées par le soleil, des champs vastes et doux, une route blanche et nous trois dans une automobile qui soulevait la poussière derrière elle. C'était ce dimanche après-midi, presque le soir, où on a écrasé une grenouille.

Septembre quarante-deux, fin août, peut-être début

septembre. Dans la chaude après-midi du dimanche, on roulait vers le manoir, Leo conduisait, Veronika était assise à côté de lui, moi j'étais sur le siège arrière. Il m'avait pris à Kranj sur la route de Ljubljana. Ce dimanche-là, je n'avais pas de voiture à ma disposition, j'avais téléphoné à Leo pour l'informer que je ne pourrais pas participer à la soirée parce que je n'avais pas de véhicule. C'est elle qui m'avait répondu, ce n'est rien, nous viendrons vous prendre et nous monterons ensemble. Nous avons un pianiste, on écoutera Beethoven. J'ai un peu hésité, surtout parce que je savais que ce ne serait pas bon pour leur réputation si on les voyait se trimballer avec un officier allemand. Un an plus tôt, les gens nous avaient assez bien accueillis, maintenant les paysans nous regardaient de travers, notre administration ne fonctionnait pas toujours des plus raisonnablement, de plus, le sort des armes devenait incertain, les nouvelles d'Afrique et de Russie n'étaient pas toujours des meilleures. Leo aurait compris, mais elle vivait comme qui dirait sur la lune, la politique ne l'intéressait absolument pas, la guerre était quelque part en Russie, on était dans leur pays plus ou moins provisoirement, par le hasard d'un ordre de mission ; quand tout cela serait fini, on s'enverrait une carte postale. J'ai dit que je n'aurais pas non plus de véhicule pour le retour et que je devais être à l'hôpital le matin pour la visite.

Ce n'est rien, répéta-t-elle, vous dormirez chez nous, nous vous ramènerons demain à votre hôpital.

Souvent, il n'était pas possible de la contrarier. Je ne sais pas pourquoi je m'étais rappelé ce trajet en quarante-quatre lorsque, en Italie, j'avais appris qu'ils avaient disparu de Podgorsko, elle et son mari. Seulement à cause de cette grenouille ? Et maintenant ce trajet revient, vivant, devant mes yeux, le bruit du moteur, les ombres longues de la douce soirée.

Pendant ce voyage tranquille, Veronika s'était soudain écriée, regardez, une grenouille ! Et l'instant d'après, nous l'avions écrasée. Elle a exigé que Leo arrête la voiture. Il s'est arrêté, elle est descendue, lui m'a jeté un coup d'œil par-dessus son épaule, elle est comme ça. Un peu étrange parfois. Elle a reculé sur la route et s'est agenouillée devant les restes de l'animal écrasé. Leo et moi avons attendu un moment, ensuite nous sommes sortis, nous avons allumé une cigarette et avons avancé vers elle. Veronika semblait au bord des larmes. La malheureuse, a-t-elle dit, la roue lui est passée dessus. Même si elle était assez émue, elle s'est intéressée à l'anatomie de ce petit corps comme si elle voulait que nous aussi nous comprenions ce qui s'était passé. Regarde, a-t-elle dit à Leo, ce sont ses boyaux, l'estomac et la vessie de la malheureuse ont éclaté. Mais ici sur la cuisse, il y a encore les nerfs avec lesquels elle saute. Leo a haussé les épaules, mais elle s'est relevée. Penche-toi, a-t-elle dit, tu ne vois pas ? Leo s'est patiemment penché pour lui complaire.

Tu vois, elle chuchotait presque, ses petits yeux te regardent, ils sont encore vivants.

Ensuite, elle s'est tournée vers moi, voilà, docteur, ici il n'y a rien à faire. Je ne savais pas si c'était une question ou une affirmation. J'ai plaisanté, je ne suis pas vétérinaire, mais elle m'a jeté un coup d'œil sévère avant de partir en direction de l'automobile. Sur le moment, j'étais plutôt de mauvaise humeur. Avec tous les intestins d'hommes que moi j'avais déjà vus sortir de ventres explosés. Et ces yeux d'hommes qui étaient encore vivants et qui ne l'étaient plus l'instant d'après. De toute façon, il ne me semblait pas utile de faire du cirque pour une grenouille écrasée et d'avoir l'air triste parce que les autres ne compatissaient pas.

À l'époque, j'étais depuis un an en Haute-Carniole, dans les Alpes de la Yougoslavie vaincue et en ruine. Au premier instant de mon arrivée là-bas, la région m'a rappelé mon pays natal et la couronne de montagnes surplombant nos lacs. Après que, dans les marécages du Dniepr, un éclat d'obus russe m'eut arraché le tendon du genou, j'avais passé un moment dans les lazarets où mes collègues m'avaient raccommodé, ensuite après un long voyage en train, je m'étais retrouvé dans une maison de santé près de chez moi en Bavière. Au bout de quelques mois, je marchais, même si ensuite j'ai boité jusqu'à la fin de la guerre. Je pensais qu'on me renverrait chez moi, mais on manquait de médecins et on m'a dit que je serais encore capable d'exercer à l'arrière. Tu ne pourras pas défiler au pas de parade, a dit un des membres de la commission, mais tu peux marcher. Et ils m'ont envoyé en Carniole. Là-bas, en comparaison de ce que j'avais vécu quelques mois plus tôt dans les marécages, c'était relativement calme. Je travaillais à l'hôpital de Kranj avec quelques médecins, j'habitais dans la maison de gens qu'on avait déportés quelque part dans les Balkans et chaque jour, on se disait, quel bonheur ! Moi en particulier, je pouvais le dire, moi qui avais derrière moi les marécages d'Ukraine, la boue, les expéditions, les tirs d'embuscade, le hurlement des mortiers. C'était relativement calme, on parlait des insurgés et de l'offensive des Italiens, nos alliés dans les grandes forêts du sud du pays, même si des attaques contre un poste de gendarmerie ou une patrouille militaire se produisaient ici et là. Les officiers de l'armée yougoslave défaite tentaient désespérément d'organiser la résistance à l'époque où on ne savait pas encore grand-chose des bandes bolcheviques. Parfois on nous amenait un de nos blessés, mais en général, on soignait des fractures, des ampoules, des ulcères, des convalescents qui voulaient jouir d'un peu de paix après l'exercice de la caserne ou se reposer dans un lit après une patrouille dans les vallées ou sur les pentes boisées. Au fond, cette année-là, on vivait presque comme en Allemagne, qui n'avait pas encore été détruite par les bombes, je me rééduquais le genou en faisant de longues promenades aux alentours dans les brumes matinales, les lointains sommets rocheux me rappelaient ma Bavière natale ; quand le soleil brillait, plus intense, les abeilles bourdonnaient au-dessus des champs en fleurs, les gens ramassaient les pommes de terre, la guerre était loin.

J'ai fait la connaissance de Veronika peu après mon arrivée. Un dimanche matin, au moment de mon service, elle a amené une malade qui avait de la fièvre, une femme qui gémissait de douleur et commençait à délirer. J'ai diagnostiqué une appendicite et décidé de l'opérer. Elle était aussi accompagnée d'un jeune homme qui s'appelait Jeranek, du moins l'appelait-on ainsi. Je me rappelle son nom parce qu'il sonnait étrangement à mes oreilles et aussi parce que j'ai rencontré ce Jeranek plus tard lors de mes visites chez Veronika et Leo à Podgorsko où il travaillait à l'occasion. Je l'ai aussi retenu parce que la charmante femme qui amenait la malade et qui lui tenait la main a prononcé son nom, Jeranek. N'est-ce pas que vous allez la soigner, docteur, a-t-elle dit dans un allemand impeccable, je lui répète tout le temps qu'elle ne doit pas avoir peur. Jeranek est aussi ici, notre patiente a peur qu'il s'en aille. Jeranek est son fiancé, a-t-elle ajouté, ils vont se marier. Quand on a emmené la malade du cabinet de consultation, elle a montré la cour où un jeune homme trapu aux larges épaules et au chapeau vert faisait les cent pas autour d'une automobile, c'est Jeranek, a-t-elle dit. C'est un bon garçon.

Et ce Jeranek est votre chauffeur ? ai-je demandé.

Non, c'est moi qui conduis, lui voulait être là, il l'aime.

Vous conduisez une voiture ? ai-je demandé, étonné.

Pas seulement une voiture, a-t-elle répondu en riant, un avion aussi, s'il le faut.

Elle dit qu'elle avait son brevet de pilote. Pour les avions de sport. Jeranek travaillait quelquefois chez eux. Plus que Jeranek, c'est cette femme élégante et extraordinaire qui m'intéressait, cette femme qui savait piloter, ce que, au premier abord, je l'avoue, j'eus du mal à croire, mais elle savait sans aucun doute conduire cette grosse automobile.

Et elle parlait allemand avec l'accent de Berlin. Elle ajouta qu'elle y avait étudié. Elle habitait en général dans un château au pied des montagnes et quelquefois à Ljubljana où ils avaient aussi un appartement. Mais maintenant elle vivait la plupart du temps au château, il s'appelle Podgorsko. Ljubljana est en zone italienne et elle n'aime pas franchir ces horribles postes-frontières où des hommes armés fouillent les voitures et se comportent vraiment comme si nous étions tous des contrebandiers. Elle demanda quand elle pourrait revenir chercher la malade. Je l'assurai que dans une semaine tout irait bien.

C'est ainsi que je connus la jeune femme du château, et peu après son mari qui m'invita à lui rendre visite au « Podgorska graščina » comme on disait, un nom curieux « graščina », pour moi à peine prononçable, je préférais l'appeler « le château ». J'y fis aussi la connaissance de la vieille dame, la mère de Veronika, Mme Josipina, et de l'entreprenante domestique qui s'appelait Joži et qui, plus qu'une domestique, était en quelque sorte la dame de confiance de Veronika et de la famille, je fis la connaissance de leur jardinier, du chien, des chevaux. Quelques mois plus tard, j'étais devenu un hôte régulier. Pas le seul, au château se réunissait une société faite d'entrepreneurs, de maires des environs et de leurs femmes, de divers artistes ljubljanais, de jeunes femmes, amies de Veronika. D'officiers allemands aussi avec qui Leo avait de bons contacts et qui lui rendaient de petits services, permis de voyage, autorisation de travail, bien des choses grâce auxquelles son usine pouvait fonctionner tranquillement. Bref, une société bigarrée de gens qui là-bas, au pied de la grande forêt, cherchaient un asile, un sentiment de vie civile normale en pleine guerre. Veronika m'était reconnaissante d'avoir opéré cette jeune paysanne, pendant longtemps elle me présenta comme le médecin qui avait soigné la fiancée de Jeranek, peut-être ne disait-elle pas vraiment ça, peut-être disait-elle son nom, mais je l'ai oublié.

Je suis retombé sur Jeranek, fin quarante-deux, en novembre je crois, il y avait des fleurs de glace sur les carreaux. Leo m'a appelé au dispensaire pour me demander un petit service. La police avait arrêté leur ouvrier, elle le soupçonnait d'aller chez les partisans. Mais, Leo aurait mis sa main au feu pour lui, c'est un homme tranquille, loyal, qui ne se mêle pas de politique. Ils avaient arrêté trois cents personnes dont certainement des innocents, Jeranek sûrement. Je l'informai qu'il serait difficile de faire quelque chose surtout s'il était entre les mains de la Gestapo, nous non plus nous n'aimions pas avoir affaire à elle. Ensuite, il me passa Veronika. C'est ce jeune homme au chapeau vert… elle avait amené sa fiancée avec une appendicite, je me rappelais sans doute. Je me souvenais, bien sûr, de notre première rencontre. Sa fiancée est très malheureuse, et elle a peur ; elle, ses parents, tous me seront très reconnaissants si je peux faire quelque chose, elle non plus Veronika, ne l'oubliera jamais. Hésitant, je lui promis d'essayer. Si Veronika ne m'avait pas parlé de cette voix suppliante et en même temps intransigeante, je ne l'aurais sans doute pas fait.

Je téléphonai à Wallner, un homme froid avec qui je n'avais jusqu'alors échangé que quelques mots. Je lui dis que je voulais lui parler personnellement. De l'hôpital, je me rendis au siège de la Gestapo sans retirer ma blouse de médecin. Je rencontrai Wallner dans la cour en sortant de ma voiture. Là je lui dis que je connaissais bien et personnellement un des jeunes hommes qu'ils avaient pris dans le grand groupe de gens arrêtés dans les villages. Je mentais un peu, je le connaissais parce qu'il avait amené sa fiancée avec Veronika, mais le connaissais-je bien et personnellement ? Wallner me regarda froidement, il me dit de ne pas me mêler des affaires de sécurité. J'étais sur le point de renoncer, c'est alors que je pensai à Veronika, je ne pourrais pas regarder ses yeux tristes, peut-être désespérés. Je frappai à l'arme lourde, sachant que c'était une affirmation assez risquée. Je dis que je me portais garant, personnellement, en tant que soldat du Reich, de cet homme, sur mon honneur d'officier. Si c'est sur votre honneur d'officier, dit ironiquement Wallner, alors nous essaierons de faire quelque chose. Je lui donnai des renseignements sur le détenu. Au bout de quelques jours, il apparut qu'il s'agissait bien d'une erreur, Jeranek était libre.

Ça n'avait pas été facile pour moi, Wallner était un homme froid, dangereux. Alors que nous étions dans la cour, pendant notre conversation, un cri terrifiant a retenti derrière les fenêtres, suivi d'un long hurlement. Nous nous sommes tus, Wallner m'a regardé de ses yeux clairs et vides. J'ai continué comme si je n'avais rien entendu. Mais je savais bien ce qui se passait, ils interrogeaient quelqu'un. Celui qui criait était un de ceux qui avaient été arrêtés, puis c'était le type de la Gestapo qui hurlait de colère. Je savais qu'ils utilisaient des nerfs de bœuf. Je connaissais les conséquences de ces interrogatoires, parfois ils nous amenaient un homme au dispensaire pour qu'on le recouse, qu'on le rafistole et le panse. Quelqu'un qui avait accepté de collaborer. Ceux qui n'acceptaient pas ne venaient pas chez moi, ils étaient emmenés devant le peloton d'exécution. S'il s'avérait que j'avais menti à Wallner, je pouvais me retrouver dans le bureau des interrogatoires, il aurait peut-être été plus juste de dire la salle de torture.

Je fus très content quand, après la trahison de notre alliance par Badoglio, Wallner fut muté à Trieste. Il ne put savoir que Jeranek avait disparu du château et de son village quelques mois plus tard. Selon toute vraisemblance, il avait rejoint les partisans. Une chance pour moi et mon honneur d'officier que Wallner ne fût plus alors dans les parages. Pour Leo aussi peut-être, qui aurait mis sa main au feu pour le jeune homme. Mais quand j'avais sauvé ce Jeranek, je n'avais même pas imaginé que je pouvais me porter garant pour un coupable. Sur mon honneur d'officier allemand.

Ce jour où nous avions philosophé devant la grenouille

écrasée, on livra au château un nouveau piano. De la salle à manger arrivaient des sons réguliers légèrement ennuyeux, le pianiste l'accordait. Le soir, les voitures s'arrêtèrent devant l'entrée. On pouvait entendre le claquement des portières, nos officiers, bottes cirées, descendaient, les chauffeurs leur ouvraient la porte et la fermaient derrière eux. Il y aura tant de monde au dîner? demandai-je à Veronika. Elle répondit en riant que certains s'étaient invités tout seuls. Ils s'ennuient en pays étranger, dit-elle. Arrivèrent aussi quelques entrepreneurs de Ljubljana et quelques gens du cru, maires de villages et notables locaux avec leurs épouses. Je ne me souviens plus pourquoi il y avait tant de monde à ce dîner, peut-être était-ce l'anniversaire de Leo ou bien il les avait invités comme ça, parce que ses affaires qui continuaient de courir avaient besoin de bonnes relations.

Le pianiste, il s'appelait Vito, joua du Beethoven après le dîner, *Mondscheinsonate. Sonata quasi una fantasia.* Nous étions assis dans la pénombre au milieu de bouquets de fleurs des champs qui resplendissaient dans toute la pièce de leurs chaudes couleurs. Les fenêtres étaient ouvertes, la fraîcheur du soir fleurait bon les sapins du bois proche. Les mille doigts du pianiste fourmillaient sur le piano; les passages variables, calmes et vifs, du concert flottaient dans la pièce, je me souviens que j'étais très ému. Adagio mélancolique. Si dans la pièce il n'y avait pas eu d'uniforme, même pas le mien bien sûr, j'aurais pu penser que le monde n'était pas en guerre, que j'étais peut-être au Konzerthalle, dans mon cher Munich, ou que j'avais été transporté sur une merveilleuse île radieuse dans un pays étranger. Je regardai Veronika, elle respirait profondément comme si la musique voyageait profondément en elle ou comme si affluaient en elle des souvenirs, des événements anciens, je pensais qu'elle avait de la peine et qu'elle allait peut-être pleurer. Mais il n'en fut rien, elle sourit. Quand les dernières notes du finale dramatique eurent fini de résonner, elle se tut quelques instants en regardant devant elle, ensuite, elle sourit comme une enfant heureuse, se dirigea vers le pianiste et l'étreignit.

Ce fut une soirée inoubliable. Une nuit même. Après le concert, la plupart des invités prirent congé par la fenêtre ouverte, j'entendis mes collègues officiers, qu'un dernier cognac avait mis de bonne humeur, plaisanter en s'asseyant dans leur voiture. Le chauffeur de Leo raccompagna les hôtes slovènes qui habitaient dans les environs. Leo prit aussi congé et se retira à l'étage. Jamais il ne faisait la fête toute la nuit. Il dit qu'il devait se rendre à Ljubljana le matin, le lundi, il avait beaucoup à faire. Comme convenu, il pouvait me déposer à Kranj.

Je ne sais pas pourquoi la grenouille verte écrasée sur la route cette nuit-là ne parvient pas à me sortir de la tête tant d'années plus tard, tel un événement insignifiant qui s'impose parfois à notre mémoire contre notre volonté. Il s'est produit tant de choses pendant la guerre, mais ce qui me revient à l'esprit à la lecture de la lettre que j'ai trouvée ce matin dans la boîte, c'est cette grenouille écrabouillée et ses yeux encore vivants alors qu'elle était morte.

La lettre a été expédiée de la poste de Graz, il y a une semaine comme on peut le voir d'après le cachet. C'est dire que la poste fonctionne assez bien, d'ailleurs elle fonctionnait aussi impeccablement pendant la guerre. Mais dans la lettre, il y a une date bien plus ancienne, le 20 mai 45. Ça signifie seulement qu'elle a été écrite en Slovénie et qu'il lui a fallu beaucoup de temps pour franchir la frontière. Quoi qu'il en soit, la lettre est ici et dedans, au nom de la famille Zarnik, un certain Franc Gorisek demande si j'ai des informations sur le couple disparu, Leon Zarnik, appelé Leo, et son épouse Veronika. Si pendant mon service en Carinthie à laquelle l'*Oberkrain* était rattaché, j'ai appris quoi que ce soit sur les circonstances et surtout sur les suites de leur disparition. C'est écrit dans un allemand archaïque et le nom de l'expéditeur est sûrement fictif. Je présume que le rédacteur est un membre de la famille qui, en cette époque, ne veut pas laisser penser qu'il noue des contacts avec un ancien officier allemand, un occupant, un nazi, comme ils nous appellent tous maintenant. La famille qui l'a mandaté pour s'informer auprès de moi aimerait en effet savoir si les personnes disparues sont encore en vie, car ils n'ont plus de nouvelles.

Comment saurais-je, moi, ce qui est arrivé à Leo et à Veronika ?

En février quarante-quatre, quand j'ai appris que les partisans les avaient emmenés, j'étais en Lombardie où, avec des combattants de la république de Salò, on préparait une riposte contre la progression des Alliés. À l'époque peu importait que j'aie le genou abîmé eu égard aux événements, ils nous envoyaient ici et là, ma claudication et les très fortes douleurs provoquées par des déplacements incessants étaient absolument sans importance. C'est un officier de l'état-major qu'on avait comme moi déplacé de Carniole, mais quelques mois plus tard, qui m'avait apporté la nouvelle. Et voilà que le soussigné Franc Gorisek se tourne vers moi par cette lettre car la famille des disparus sait que j'étais proche du couple et que je leur rendais visite au manoir Podgorsko. Il faudrait que moi, si j'en avais la possibilité, j'interroge quelqu'un de la police qui était en service à l'époque dans la région et qui est peut-être démobilisé en Bavière. Peut-être que l'un de ces policiers se souvient d'informations qu'il aurait obtenues pendant l'interrogatoire des partisans sur les deux disparus dont on sait qu'ils sont partis avec une unité de partisans par une nuit de janvier quarante-quatre et qu'ils ne sont plus revenus à Podgorsko. À la fin de la lettre émaillée d'expressions de politesse, il était dit qu'ils étaient très soucieux et que la «vieille dame» dont je me souvenais certainement, la mère de Veronika, était particulièrement triste. Elle est si touchée par ce malheur qu'elle parle à peine. Elle a vécu au manoir jusqu'à la fin de la guerre en attendant le retour de sa fille. Maintenant, Mme Josipina qui est veuve, après la mort prématurée de son mari Peter, vit seule à Ljubljana, elle est toujours assise à la fenêtre et elle attend le retour de sa fille. Ça lui ferait grand bien de connaître la vérité quelle qu'elle soit.

Vos amis, écrit encore l'expéditeur, étaient de braves gens et comme vous le savez, ils n'ont pas collaboré avec l'occupant.

Bon, pensai-je, ils n'ont pas collaboré avec l'occupant, alors pourquoi interroger un membre de l'armée d'occupation même si ce n'est qu'un médecin militaire, pourquoi M. Gorisek ne demande-t-il pas à la nouvelle administration, la leur, aux membres de leur armée, s'ils les ont emmenés avec eux quand ils n'étaient pas encore aux affaires. Bien sûr, je savais que ce n'était pas possible, mais le post-scriptum étrange, formulé maladroitement à la fin de la lettre, m'a un peu chauffé les oreilles, en fin de compte, c'était le docteur, avec ses fréquentes visites en uniforme allemand, qui avait éveillé l'attention et qui avait donné aux partisans l'idée d'une éventuelle collaboration avec l'occupant et ainsi, sans doute involontairement, contribué à ce que les époux Zarnik soient emmenés et peut-être même exécutés. C'est pourquoi ils seraient reconnaissants que je leur réponde à Gradec, au numéro donné de la boîte postale.

Que dois-je répondre ?

Que je suis coupable de leur mort parce qu'on écoutait Beethoven ensemble ? Parce que je montais dans leur automobile ? Parce que, au château, j'avais lu à la société rassemblée un reportage du *Morgenpost* sur les combats du fleuve Teterev ? Cet étrange P.-S. m'a sorti de mes gonds, c'est ainsi que les gens voient aujourd'hui les choses qui se sont passées il y a moins de deux ans. Tous les gens qui, de gré ou de force, portaient un uniforme sont coupables. Et moi je serais responsable de la mort, bien sûr de la mort, quoi d'autre, de ces deux êtres qui m'étaient chers. J'ai déchiré la lettre et l'ai jetée à la poubelle, puis j'ai décidé de ne plus penser à cette missive idiote.

Au bout d'un certain temps, j'ai ressenti des picotements dans la poitrine, j'ai été saisi d'une angoisse comme au début d'une attaque qui annonce un infarctus. Et si vraiment mes visites avaient été la cause de leur disparition, s'ils les avaient emmenés et avaient fait avec eux ce qu'ils faisaient en général ? Si j'étais, disons, la cause de leur mort ? Bien sûr de leur mort, moi je ne suis pas la «vieille dame» qui se console en pensant qu'ils sont vivants. Qu'on les a cachés quelque part ou qu'on leur a donné les moyens de partir à l'étranger ou qu'ils se sont enfuis ou je ne sais quoi. Ceux qu'ils emmenaient dans les bois ne revenaient pas vivants. Ils n'avaient ni le temps ni la possibilité de traîner derrière eux les suspects ou ceux qu'ils avaient arrêtés. Pour autant que je sache. Ils erraient seuls dans les bois et par les sentiers neigeux comme des loups. Comment en cet hiver quarante-quatre auraient-ils traîné avec eux les époux Zarnik depuis la propriété Podgorsko ? Ils devraient demander à quelqu'un d'autre, le château était fréquenté par d'autres officiers plus gradés que moi et qui avaient de tout autres fonctions que les miennes. Il est vrai que certains s'invitaient tout seuls, Leo et Veronika parlaient allemand, ils ne se mêlaient pas de politique, leur urbanité était recherchée et tombait à pic dans ce territoire annexé où tout le monde nous regardait de travers parce qu'on ne comprenait pas la langue et où les voitures des soldats allemands essuyaient des coups de feu sur les routes isolées. Une bombe a même explosé dans la cantine des officiers au centre de la ville. Écouter Beethoven ou parler avec des gens normaux qui n'ont ni couteau dans le dos ni intentions cachées était quelque chose qui, pendant la guerre, faisait ressembler la vie à la vie. Ceux qui erraient dans les ravins boisés ou sur les hauteurs avaient bien sûr un point de vue tout autre. Les gens qui nous fréquentaient étaient des traîtres en puissance. Au fond, pour eux qui fuyaient, mourant de faim et de froid et traînant leurs blessés, celui qui offrait l'hospitalité, une soirée ou un concert de piano à un officier allemand était déjà un traître. En plus de ça, ils avaient leurs informations, et certainement aussi des gens à eux dans le personnel du château.

En quarante-trois, quand ça s'est mis à claquer plus souvent dans les environs et qu'on amenait à mon cabinet des soldats blessés lors d'affrontement avec les bandes de partisans, j'ai commencé à voir des choses que j'aurais préféré ne pas voir et que j'aurais préféré ne pas savoir. C'est alors que même si je marchais difficilement, on me colla de plus en plus souvent dans un véhicule sanitaire où, sur un versant ou dans un village où opérait une de nos unités, j'attendais que les infirmiers amènent les blessés pansés tant que bien mal pendant les attaques.

Un soir d'automne, c'était quelques jours après la capitulation italienne, je revenais d'une attaque réussie par notre unité sur un plateau de haute montagne qui dominait le lac idyllique de Bohinj. J'avais envie d'un peu de paix, sûrement aussi de la compagnie de Veronika, surtout de la sienne, je dois l'avouer, et j'ordonnai à mon chauffeur de tourner à gauche vers Podgorsko. Nous arrivâmes à proximité du château, il faisait encore nuit, seul le premier étage était éclairé. Je laissai la voiture et le chauffeur dans la rue et décidai d'aller voir si les gens du château ne dormaient pas. Je ne voulais pas que le bruit de l'automobile les dérange à cette heure tardive. La porte d'entrée était ouverte et dans la pénombre qui tombait de la fenêtre, je vis des silhouettes qui emportaient des caisses et disparaissaient dans la forêt. J'attendis un peu qu'ils soient partis et j'entrai dans la cour. Leo se tenait là en compagnie d'inconnus avec qui il conversait. Je saluai bien fort et tous se turent, en fait ils se figèrent en voyant mon uniforme. Même Leo fut surpris. Il s'approcha de moi d'un pas rapide et dit qu'il ne m'attendait pas à cette heure tardive mais que j'étais le bienvenu, il était étrangement loquace, lui qui était plus souvent taciturne que bavard. Il m'emmena sur-le-champ dans la salle à manger, et le groupe de gens disparut avant même que nous entrions dans le bâtiment. L'idée me vint, je m'en souviens, que Leo avait aussi des contacts avec les gens du maquis, pas seulement avec nous, avec eux aussi. Je me rappelai sa demande et celle de Veronika, que j'intervienne pour ce Jeranek, leur ouvrier. J'avais alors considéré son arrestation comme une erreur que, grâce à une conversation, j'avais réussi à réparer, maintenant je sais qu'il ne s'agissait pas d'une erreur. Et que mon pressentiment ce soir-là n'était pas une erreur. Je ne demandai rien, ce n'était pas mon affaire, que Wallner et les siens s'occupent de ça, s'il le fallait, moi je ne voulais rien savoir ni de cet ouvrier, Jeranek, ni des caisses qui avaient disparu avec les hommes dans le maquis. Je ne voulais pas savoir ce qu'il y avait dans les caisses qu'on emportait du château, j'aurais été encore plus heureux de ne pas les avoir vues.

Leo avait des contacts avec ces gens qu'on qualifiait de bandits qui, eux, s'appelaient partisans, avec ces bandes de criminels qui se disaient armée de libération. Et dans leur personnel, il y avait des gens qui surveillaient ce qui se passait au château, ça me semble aujourd'hui tout à fait vraisemblable. Mais si c'était comme ça, ils devaient aussi savoir que leurs liens avec moi n'étaient pas des liens de collaboration.

De quoi serais-je coupable alors ?

En ce qui me concerne, l'affaire est réglée. J'ai décidé de ne pas répondre à cette lettre et de ne plus m'en occuper. La guerre est finie, ici aussi, dans mon pays détruit, des mères errent à la recherche de personnes disparues, ici aussi elles sont assises aux fenêtres où elles attendent leur fils. Ou les femmes leur mari. Ce qui est arrivé à deux personnes là-bas en Carniole où c'est de nouveau la Yougoslavie, la

Yougoslavie communiste, ce n'est pas mon affaire. Mais cette phrase stupide, ce P.-S. d'après lequel ce sont mes visites fréquentes en uniforme d'officier qui ont contribué à cela… Ce post-scriptum m'a suivi et s'est posé près de mon cœur, où est apparu le dangereux picotement lié à l'angoisse, mon cœur déjà rongé par ce rat qui avance en mordant, épuise le corps et ralentit les idées, qui couvre la tête de cheveux gris.

J'ai ramassé dans la poubelle les petits morceaux de la lettre déchirée, je les ai rassemblés et j'ai relu. J'ai commencé à me demander si je connaissais un policier qui avait servi là-bas, s'il a servi là-bas, il a certainement interrogé un de ces bandits. Je me suis souvenu de Wallner, pendant un moment à Kranj, il a habité dans la même rue que moi, c'est justement par lui que j'avais réussi à sauver de la prison, peut-être même du camp de concentration, ce jeune paysan, ce Jeranek qui travaillait à l'occasion au château. Mais Wallner, cet homme froid qui de toute façon n'aurait rien dit a été emporté par un tir de mortier sur un versant boisé du Karst, dans les environs de Trieste. Et même si je connaissais quelqu'un, qui donc, je vous le demande, qui donc, quelques mois après la fin de la guerre voudrait dire quoi que ce soit sur la manière dont il interrogeait les partisans dans les caves de la Gestapo ? Et puis, en fin de compte, est-ce que je sais qui est ce Franc Gorisek, dois-je croire qu'il recueille des informations pour la famille et par compassion pour la vieille dame ?

Ce que je sais, c'est qu'avec aucun des autres visiteurs ils n'avaient les mêmes liens d'amitié qu'avec moi, c'est vrai. Veronika avait étudié à Berlin, un matin elle m'avait demandé, d'après vous, comment est-ce en ce moment à Berlin, au bord de la Spree ? À l'instant où j'ai pensé à ce matin-là, quand, entre chien et loup, nous étions au bord de l'eau, au bord du bassin en contrebas du château, comme si nous étions entre la vie et la mort, son image est apparue à mes yeux : Veronika en robe du soir, sa démarche souple et sportive au milieu des invités, Veronika en chemise d'homme, les manches retroussées, qui sort son cheval de l'écurie et me fait signe, Veronika qui se penche sur la grenouille morte. Et qui dit, tu vois, ses petits yeux te regardent, ils sont encore vivants. Voilà, docteur, ici il n'y a rien à faire.

Non, il n'y a rien à faire.

Pourtant, en Lombardie, chaque fois que le calme régnait, quand les explosions assourdissantes ou les sirènes qui avertissaient de l'arrivée des bombardiers et des avions de chasse se taisaient, son image m'apparaissait. Même sa voix m'accompagnait dans les moments de silence, je l'entendais nettement. J'étais peut-être amoureux d'elle ? Oui, d'une certaine façon. J'étais seul et elle était une apparition merveilleuse dans cette époque sauvage. Quand je l'ai connue, il régnait là-bas un calme miraculeux, les oiseaux chantaient dans les arbres, les abeilles bourdonnaient sur les fleurs de sarrasin. Le pianiste, je crois qu'il s'appelait Vito, jouait Beethoven. Le peintre ronflait, complètement soûl. Je respectais son mari, c'était un homme pondéré toujours impeccablement habillé, lui aussi d'une certaine façon, je l'aimais, mais c'était sa compagnie à elle que je désirais ardemment. Au fond, elle est le seul souvenir clair, presque lumineux de l'époque de la guerre, vraiment le seul, tout le reste, ce sont des convois militaires, des voyages à travers le continent, l'hôpital et ses blessés gémissants, la dernière année, les otages fusillés en Italie à qui je tâtais le pouls de la vie qui agonisait, touchant à sa fin ou déjà finie. Et moi maintenant, je serais comme le dit le post-scriptum de ce Franc Gorisek, responsable de ce qui s'est produit, moi je serais responsable, pour le dire franchement, de sa mort ? De leur mort ? Mais si lui entretenait des liens avec les officiers allemands parce qu'il avait intérêt à ce que son usine fonctionne et que ses affaires marchent, s'il intervenait auprès d'eux pour les gens des villages voisins qui, sinon, auraient été mis en prison, en camp de concentration ou même fusillés, si de cette façon, involontairement, et même selon moi sans que ce soit de sa faute, et même en regardant avec leurs yeux, avec les yeux des partisans, si donc il avait trempé dans quelque chose disons de politique, si ça signifie qu'il a lui-même provoqué le destin, sous la forme d'une visite nocturne armée, d'une marche dans la neige au-dessus du château, pourquoi l'auraient-ils emmenée elle aussi ?

Pourquoi elle, Veronika ?

Ces années-là, je n'ai rencontré personne qui soit si loin des événements de la guerre. Les chevaux, les mariages du village, les peintres et les poètes de Ljubljana, la vie des filles et des cuisinières, tout ça lui semblait plus intéressant que les événements dont nous discutions souvent en écoutant les nouvelles de Russie et d'Afrique, même celles concernant les résistants locaux qui attaquaient nos colonnes sur les chemins isolés de montagne ou qui brûlaient les postes de gendarmerie. Elle n'aimait pas ces conversations, en général elle quittait la table quand nous commencions à parler politique, armes et guerre. Encore maintenant, je ne sais pas si c'est parce que ça l'ennuyait ou si c'était une façon de survivre en cette époque dangereuse. Elle détestait toute forme de violence. Quand les chasseurs revenaient chargés des bêtes abattues, elle ne les attendait pas dans la cour. Elle se tenait à la fenêtre, regardaient les animaux morts en hochant tristement la tête. Quand elle montait à cheval, elle n'utilisait pas la cravache. Même une grenouille écrasée l'émouvait. Peut-être avait-elle simplement peur, elle ne voulait absolument rien avoir à faire avec ces temps horribles. Même si elle ne pouvait y échapper, à cause des gens qui y étaient profondément mêlés, de gré ou de force.

Une fois, une seule, il m'a semblé qu'elle s'intéressait à la guerre. En fait c'était à la cavalerie.

C'était la nuit où un petit groupe, resté en compagnie du pianiste, réclamait de nouveaux airs, plus du Beethoven bien sûr, il n'était pas possible de rejouer *Mondscheinsonate*, mais des chansons allemandes, la mélancolique *Lili Marleen*, ainsi que des chants traditionnels slovènes que Veronika fredonnait tout bas. Il restait deux personnes de sa famille ou de celle de Leo, un peintre de Ljubljana qui s'était soûlé à mort et qui dormait, enfoncé dans un fauteuil, l'amie de Veronika dont, avec la meilleure volonté du monde, je ne peux me rappeler le nom ni même le visage. Un domestique nous a servi du vin, peu à peu nous nous sommes tus, le pianiste était fatigué, alors Veronika a soudain dit, mais oui, c'est la guerre. Nous l'avons tous regardée. Elle s'est alors tournée vers moi. « Dites-moi, Horst, comment c'est la guerre, la vraie, le front. » Elle savait que j'avais été sur le front russe, elle savait aussi que je n'aimais pas en parler.

J'ai entendu dire que les Polonais se sont battus à cheval contre vos tanks.

C'est vrai, c'étaient les uhlans. De courageux soldats, mais contre notre armée mécanisée, ils n'avaient aucune chance. Une cavalerie légère contre des machines lourdes... Même si leur chevauchée sous le feu des canons et des mitrailleuses était terrible, c'était aussi assez ridicule. Ils étaient d'un autre temps.

Elle resta silencieuse un long moment, puis elle demanda, d'un autre temps ? Qu'est-ce qu'il y avait de ridicule ?

Je ne répondis pas. Elle continua à voix basse, c'est-à-dire que vous avez tué ces uhlans, eux et leurs chevaux ?

Je n'y étais pas, mais pour autant que je sache, nos unités les ont taillés en pièces. Ce n'était pas ridicule, ai-je dit, c'était vraiment terrible, une cavalerie en attaque frontale n'a plus aucun rôle stratégique, aucune force de frappe. Chaque soldat d'infanterie peut, de loin, avec son fusil, faire tomber de cheval le meilleur cavalier. Ou tuer le cheval, dit-elle. Elle n'en démordait pas. Je savais qu'elle aimait les chevaux, je ne savais pas quoi lui répondre. Vous n'y étiez pas, dit-elle, fâchée, comme si j'étais coupable qu'on tue les chevaux à la guerre et que les généraux polonais aient envoyé la cavalerie sur nos tanks, vous n'y étiez pas, mais où étiez-vous donc ?

J'étais piqué au vif.

Je me souvins que j'avais dans la poche une coupure de journal, je l'avais reçue quelques jours plus tôt par la poste, un ami de Munich me l'avait envoyée, à cause de sa mauvaise santé il avait pu échapper à la mobilisation. C'était un article du *Morgenpost* de quarante et un. Encore maintenant j'ai cette coupure, je l'ai emportée partout. Au-dessus de l'article qui décrit un combat dans les marécages d'Ukraine, il était écrit, *est-ce que tu n'y étais pas ?* J'y étais. Je n'avais pas su qu'on avait écrit un article sur notre division dans les journaux allemands. Que, quelques jours après l'attaque, alors que nous étions en train de crever dans ces marais, les gens avaient lu dans les journaux du matin un reportage sur nous en mangeant du beurre et du miel, en buvant du thé et du café, à ce moment-là il y avait encore tout ça en Allemagne. Une guerre lointaine si belle, un combat pour la poche magique le long du Teterev.

Je dis que je ne raconterais pas, mais que j'avais avec moi une histoire à laquelle j'avais participé, ils pouvaient la lire.

Lisez donc, dit Veronika, et les autres aussi m'encouragèrent. J'étais embarrassé, de toute façon je ne pouvais reculer, puisque j'avais commencé, je devais continuer. Je me fis verser un verre de vin et m'installai dans un fauteuil sous la lampe. Le peintre ronflait doucement, dans son sommeil, il prononça quelques mots en slovène qui firent rire tout le monde. Je demandai ce qu'il avait dit. Veronika fit un signe de la main, ça n'a pas d'importance, lisez. Je commençai donc à lire et ne pus m'empêcher de commenter cet écrit exalté.

Le fleuve Teterev, commence le correspondant de guerre Oswald Zunkner, arrose les marais du Dniepr et de Pripiat au nord-est de Kiev. Son lit qui ne fait pas plus de quarante-cinq mètres de large se jette dans une zone marécageuse qui fait cinq cents mètres, couverte de roseaux, pleine de flaques et envahie de mauvaises herbes qui cachent un ennemi terrible, les sables mouvants. Sur cette zone, les unités allemandes ont créé de nombreuses «poches». Celle-là était petite à l'instar de celle que pouvait faire un régiment d'infanterie, mais les soldats l'avaient baptisée de façon significative «la poche magique». L'histoire de cette petite poche, disait le *Morgenpost*, est écrite avec du sang.

Je voyais ces lignes comme si je les lisais pour la première fois et mes mains se mirent à trembler. Oui, avec du sang, avec le mien aussi, ai-je pensé. C'est là près du Teterev que j'ai été blessé. Non dans le combat que retrace le correspondant de guerre, quelques jours plus tard. Mais ce soir-là, je n'ai pas dit ça, j'ai dit, vous voyez, le correspondant de guerre est comme un oiseau qui décrit des cercles au-dessus de nous qui étions enterrés dans cette boue collante. Il dit que les marais et les bras du Teterev surtout sont un obstacle insurmontable non seulement pour les véhicules blindés et les camions, et notamment pour la cavalerie ; mais pas pour nous qu'on faisait marcher dans la boue et qu'on envoyait sous le feu des canons russes qui nous tiraient dessus sans pitié, brisant les sommets des arbres et faisant tomber des morceaux de troncs cassés autour de nous. Et sur nous. Alors ma voix trembla. Je me traînais dans l'eau et la boue qui m'arrivaient aux genoux, dis-je, parfois à la taille, le sac de secours sur l'épaule, je désinfectais et pansais les blessures et je tirais les blessés au sec. Mais le correspondant de guerre, l'oiseau au-dessus de nous, dit que le commandement de la division a donné ses instructions, il faut prendre le village de K., protégé d'un côté par un marais, de l'autre par un bois, sur le troisième par le cours paresseux des quatre bras du Teterev, l'action frontale était une folie, dit-il, mais nos divisions se sont engouffrées dans cette folie.

De là-haut, de la perspective des oiseaux, on ne voit pas

que les soldats s'enfoncent dans la boue, qu'à tout instant quelqu'un disparaît dans l'eau stagnante, puante, que moi, avec mon rouleau de gaze, je bouche un trou dans l'épaule d'un jeune homme dont la salive sanguinolente bouillonne sur les lèvres, ça il ne le voit pas. Il voit qu'en six heures, comme il dit, la section a progressé de deux kilomètres, ce qui ne fait pas beaucoup, mais étant donné les conditions, c'est un succès extraordinaire. On a recommandé le silence complet aux soldats, dit-il, ils attendent un nouvel assaut, à leur tête se trouve un commandant, un vieux militaire aux cheveux gris, décoré de la croix du Mérite militaire. Oui, c'est ce fou, fier d'avoir, sur le front de l'Isonzo pendant la première guerre, enfoncé avec Rommel les barrières de barbelés à Kobarid, qui nous a poussés dans l'eau puante où s'abîmaient les cris, où s'abîmaient les corps.

Il faut se méfier, dit le correspondant, car les rouges sont cachés partout dans les roseaux, dans le bois et dans les tranchées boueuses. Maintenant les mitrailleuses crépitent aussi, dit le correspondant de sa perspective d'oiseau, et nos soldats voient devant eux un large mouvement semblable au fourmillement d'une ruche. L'affaire devient dangereuse, écrit-il, car les troupes ennemies sont au moins cinq fois plus fortes. Mais le canon allemand se met à tirer avec une magnifique précision et frappe les bolcheviques juste à la tête. Mais les Russes n'en tiennent pas compte, leur feu devient aussi de plus en plus fort. Le combat s'est enflammé sur toute la ligne.

Je voyais que les auditeurs étaient plus touchés par les mots du correspondant, un certain Oswald, que par mon commentaire. Ils écoutaient, tendus, même le domestique était immobile près de la porte. Je laissai donc la parole au correspondant de guerre :

Et voyez la surprise dont on se serait passés, du bois arrive précipitamment une douzaine d'engins blindés. Nous allons tous laisser notre peau ici ! dit le commandant. Et un sous-officier dit, c'est la stricte vérité. Mais pas un soldat n'envisagerait d'abandonner un bout de terre aux bolcheviques.

Sur ce, l'artillerie allemande cherche l'action ennemie et se met à tirer avec une merveilleuse précision. *Gott*, quels gars vaillants ! s'écrie un soldat. Mais déjà il se tait, il meurt au moment où son sang bout d'enthousiasme. Les Allemands donnent l'assaut, à leur tête, le lieutenant G., armé d'un pistolet-mitrailleur. Plusieurs hommes tombent. Et le lieutenant dit, les gars, c'est l'enfer, qui sait si nous ne sommes pas déjà morts. Mais ce trait d'esprit ne suffit pas à éclaircir la situation. Il est impossible que le détachement qui s'enfonce dans la boue et qui est fouetté par le feu croisé de toute une forêt d'armes exécute la tâche reçue. Le champ de bataille est couvert de corps ennemis, mais notre détachement a lui aussi subi des pertes. Il réussit à se retirer sur les rives du fleuve. Les meilleurs nageurs se déshabillent pour sauver les blessés. Les Russes donnent l'assaut, ils ne parviennent pourtant pas à détruire le deuxième détachement. L'intention de former un nouvel avant-pont derrière le flanc de l'ennemi a effectivement échoué, mais, termine le correspondant du journal, à la guerre, rien n'est jamais simple.

Je l'avoue, l'homme savait écrire, la conclusion était efficace. Je voulais ajouter quelque chose, mais je me ravisai. Je ne dis même pas qu'en tout cas, de ma perspective qui n'était pas celle de l'oiseau mais celle de la grenouille, boueuse, humide, terrifiante et sanglante, ce n'était pas du tout comme ça. Quelqu'un dans ce silence a dit, non, à la guerre, rien n'est jamais simple. Ensuite la société s'est mise à bavarder, entre-temps le pianiste qui avait recouvré des forces s'est installé au piano. Veronika se taisait. Au bout d'un moment elle est venue vers moi et a dit, c'est donc comme ça, la guerre. Oui, j'ai dit, à peu près. C'est alors que vous avez été blessé à la jambe. Oui, un *shrapnel* m'a arraché un tendon sous le genou, j'ai reçu la croix de fer et des soins à l'arrière. C'est grâce à la poche magique du Teterev que je suis venu ici et que j'ai fait votre connaissance. Une chance au fond, ai-je dit. Une chance que vous soyez en vie, a-t-elle repris. C'est ça la chance. Un peu plus tôt dans la conversation sur l'infanterie légère polonaise, je l'avais sentie hostile à mon égard, elle avait été sarcastique et intransigeante. Maintenant elle disait que c'était une chance que je sois vivant. Soudain elle était proche de moi, son regard était fatigué et chaud, je le sentais pénétrer en moi, quelque part dans ma poitrine, nous étions proches, peut-être trop proches pour deux personnes mariées.

Cette nuit-là, je ne me suis pas couché. Après le petit déjeuner, j'ai attendu Leo qui m'a emmené en voiture, finalement c'est son chauffeur qui a conduit. Ça tombait bien. Après cette nuit, je n'étais pas capable de discuter avec un compagnon de voyage frais et dispos. Je m'enfonçai sur le siège arrière dans une demi-somnolence en écoutant quelque part au loin leur conversation en slovène, les mots que je ne comprenais pas coulaient comme une mélodie paisible. J'écoutai la voix calme, presque monotone, de Leo – en pensant à sa femme.

J'avais son visage devant les yeux, un visage rayonnant au milieu de cette société, son allure sportive que sa longue robe noire à franges rouges ne pouvait cacher. Un domestique avait traîné le pianiste dans un lit, les parents et l'amie de Veronika s'étaient retirés dans leur chambre aux premiers rayons du soleil. Nous étions restés seuls. Elle dit qu'elle avait envie de prendre l'air dans la rosée du matin, je pouvais me joindre à elle. Nous partîmes dans la cour, nous traversâmes lentement l'air vif du matin en direction du bassin. Nous rencontrâmes des femmes qui se hâtaient vers le château, probablement pour faire le ménage. Elles se regardèrent quand elles virent la dame du château en compagnie d'un homme qui n'était pas son mari, elle en robe de soirée, lui en uniforme d'officier.

Veronika dit que parfois elle s'était retrouvée comme ça, de bonne heure, sur les bords de la Spree, lorsqu'elle étudiait à Berlin. Elle se tourna vers moi, à votre avis, comment est Berlin maintenant ? Je ne sais pas, dis-je, je connais mal Berlin, je n'y suis allé qu'une fois. Un matin, comme ici. Elle dit que de tout petits canards nageaient sur la Spree, ils plongeaient sous les ponts. Elle parla du matin berlinois, au pied de leur château, le soleil se levait d'un côté alors que, sur l'autre côté, un quartier de lune pendait encore. Nous nous arrêtâmes au bord de l'eau. C'était silencieux, clair, décoloré, presque douloureusement beau en cette époque de folie. Un cheval s'ébroua dans l'écurie. C'est lui, dit-elle, je le reconnais. Elle ne prononça pas son nom, c'était lui, son cheval, comme si elle avait entendu une voix d'homme, pas un cheval. Là-bas, près du Teterev, près de ce fleuve là-bas, vous étiez tout le temps entre la vie et la mort, dit-elle. Oui, ai-je plaisanté, et j'en boite encore maintenant. Elle ne plaisantait pas. Aujourd'hui vous avez dit pour la première fois où vous aviez été blessé. Elle se tut, c'est comme si la guerre était arrivée cette nuit dans notre maison, dit-elle. Je lui pris la main et la regardai dans les yeux. Je voulais lui dire que c'était bon de vivre quelque chose de ce genre, bon d'être au bord du bassin au lever du soleil.

C'est alors que nous entendîmes quelqu'un siffler, quelque chose fit du bruit dans le foin. Elle retira sa main. Près du fenil, un homme, debout, nous regardait. C'est Ivan, dit-elle. C'était ce Jeranek, je le reconnus. L'homme grimpa à l'échelle et disparut par la porte du fenil sans regarder derrière lui. Il nous guettait ? dis-je. Oui sûrement, répondit Veronika, c'est un bon gars, un peu buté quelquefois. Elle sourit, j'ai l'impression qu'il aime me voir. Nous continuâmes notre chemin au bord de l'eau.

Au fond, ajouta-t-elle au bout d'un moment, tant que vous êtes dans cet uniforme, vous vivez comme ça tout le temps, vous célébrez la vie et vous voyez la mort. Je regardai le soleil, je regardai le pâle quartier de lune qui pendait sur la plaine au pied des montagnes. Entre la vie et la mort, ai-je pensé, nous vivons tous ainsi entre la nuit et le jour, comme maintenant. Je ne la touchai plus. Même si j'en avais envie. Elle était intouchable. Attirante, mais intouchable.

C'est ainsi qu'elle est restée dans ma mémoire.

Cette nuit, je la vois. Je sens sa présence même si je ne l'ai touchée qu'en lui prenant la main, je la sens comme si elle était ici, maintenant.

Je ne peux pas penser à ce qui lui est arrivé, à ce qu'ils lui ont fait, je ne peux pas.

C'est pourquoi je ne répondrai pas à cette lettre. J'ai relu les bouts de papier et je les ai brûlés. J'ai regardé le petit feu dans le cendrier. J'ai allumé une cigarette. Maintenant je suis allongé et je regarde le plafond. Bientôt viendra le matin. Encore un, puis le soir. Puis reviendra la nuit, alors le rat rongera mon cœur ou mon cerveau et tout ça basculera d'abord, avant de se déchirer et de tomber du côté où on finit tous. J'entends le tintement des tramways. Le matin va se lever, le soleil brillera d'un côté, de l'autre pendra le dernier quartier de lune. *Mondscheinsonate.*

On vit une époque où on ne respecte que les gens, vivants ou morts, qui étaient prêts à se battre, même à se sacrifier pour les idées qu'ils ont en partage. C'est ce que pensent les vainqueurs et les vaincus. Personne n'apprécie les gens qui ne voulaient que vivre. Qui aimaient les autres, la nature, les animaux, le monde, et se sentaient bien avec tout ça. C'est trop peu pour notre époque. Et même si moi, je peux me compter parmi ceux qui, bien que vaincus, ont combattu, au fond, moi je voulais seulement vivre. Que cela ait un sens m'a été révélé par cette femme, curieuse, joyeuse, ouverte à tout et un peu triste que j'ai rencontrée dans un pays lointain qui m'est proche. Veronika. Elle voulait seulement vivre en accord avec elle-même, elle voulait se comprendre et comprendre les gens autour d'elle. Et ils l'ont tuée. Comme sa mère qui attend son retour, je n'ai aucun renseignement sur ce qui s'est passé. Mais pour moi, ce qui s'est passé est clair. Quand il se passe une chose pareille, tout le monde voudrait savoir pourquoi. Ce Gorisek voudrait le savoir, sa mère le voudra aussi, quand elle apprendra qu'elle est morte. Mais pendant la guerre, on n'a pas toujours besoin d'une bonne raison pour tuer quelqu'un. Je ne peux accepter l'idée que la cause de sa mort ait été ses liens avec un médecin allemand. Était-il possible qu'elle sympathise avec nous ? Un jour, elle m'a raconté qu'elle était repartie deux mois à Berlin pendant la guerre, sur le lieu de ses études. Invitée par une amie de l'université. Berlin était encore calme, là-bas les horreurs n'ont commencé que beaucoup plus tard. Je l'imagine se promenant à nouveau le long de la Spree et visitant le musée Unter den Linden. Elle a dit qu'alors elle avait conduit une ambulance pendant un moment. Comme volontaire. Il manquait de gens pour transporter les malades. Quelqu'un lui avait proposé et elle l'avait fait. Il n'y avait là-dedans aucune conviction politique. Si moi qui ai pansé des blessés en Ukraine, en Carniole et en Italie, je ne l'avais pas fait, comment elle, aurait-elle pu agir par sympathie pour notre grande et folle guerre ? J'imagine que si on l'avait su dans son pays, on le lui aurait reproché. Mais l'avaient-ils tuée pour ça ? Peut-être. En cette époque de folie, il ne fallait aucun motif raisonnable pour assassiner.

J'ai vu trop de choses, trop de morts qui souvent se produisaient si facilement, comme en passant, d'un coup de fusil, d'un shrapnel, devant un peloton d'exécution ou par une balle perdue pour pouvoir penser autrement. Tuer un homme est quelque chose d'aussi naturel qu'écraser une grenouille sur une route. C'est ce qui s'est passé avec Veronika, elle n'en voulait à personne, elle ne souhaitait rien de mal à personne, elle était seulement au mauvais moment au mauvais endroit. Là où il y avait des gens prêts à tuer. Même s'il fallait supprimer un innocent.

Il y avait à peine six mois qu'on s'était repliés au-delà de la plaine du Frioul vers l'Autriche. C'était le printemps, mais dans le lointain, les montagnes rocheuses des Alpes et leurs sommets blancs de neige brillaient. On savait que tout ça serait bientôt fini et qu'après, ce serait peut-être la fin de tout. C'est alors qu'à un virage planté de quelques arbres, des tirs ont éclaté. C'était une petite attaque d'hommes armés du cru qui s'enhardissaient à la fin de la guerre ou qui voulaient au dernier moment se ranger du côté des vainqueurs et qui avaient tendu une embuscade à une colonne d'automobiles allemandes qui se repliaient. Il n'y a rien eu de spécial, les claquements se sont arrêtés dès que nous avons sauté des camions, nous avons vu courir entre les arbres des silhouettes penchées qui disparurent dans les épais fourrés. Du point de vue militaire, l'affaire était tout à fait insignifiante, même les dommages n'étaient pas extraordinaires, seul un de nos soldats avait été blessé au derrière en descendant maladroitement du camion, sa botte s'était coincée et la balle l'avait effleuré. Il retira son pantalon, je désinfectai la blessure, la balle n'y était pas et les soldats qui revenaient d'une courte poursuite sans résultat plaisantèrent sur le compte du derrière blanc du blessé. Je pensais que nous allions continuer notre chemin, mais le jeune lieutenant accourut sur la route en agitant furieusement son pistolet.

Les lâches, les charognards, criait-il, ils vont le payer.

On reprit la route et on s'arrêta dans un petit hameau, deux ou trois kilomètres plus loin. Le lieutenant ordonna qu'on amène tous les hommes du village, si on pouvait appeler village ces quelques maisons au milieu desquelles on ne trouvait ni église ni auberge. Les soldats se dispersèrent par groupes de trois ou quatre et revinrent avec des paysans au bout de vingt minutes environ. La prise était modeste non seulement à cause de la petitesse du village mais aussi parce que les jeunes hommes avaient depuis longtemps été emmenés par les différentes armées qui étaient passées par là. Les soldats poussèrent à coups de pied quelques vieillards effrayés devant le lieutenant toujours enragé. Celui-ci appela l'interprète et fit annoncer à ces malheureux qu'ils allaient être fusillés à la suite d'une attaque contre la force armée allemande. Les vieillards tremblaient, je vis que l'un d'entre eux avait mouillé la jambe de son pantalon. Le peloton d'exécution fut composé, les soldats choisis se placèrent en formation de tir, lentement, presque à contrecœur. Ils ne voyaient sans doute pas le moindre sens à l'opération. Moi, j'étais assis dans le véhicule sanitaire et cette absurdité me donnait envie de vomir. Ce n'était pas de la compassion, ma compassion était restée quelque part dans les marais d'Ukraine en quarante et un, mais c'était l'absurdité cosmique en vertu de laquelle des vieux allaient perdre la vie, un jour de printemps, dans un décor de montagnes blanches éclairées par le soleil. Quand la salve retentit, quatre hommes tombèrent immédiatement, le cinquième resta debout. C'était justement celui qui de peur avait mouillé son pantalon. En entendant l'ordre de tirer, il avait caché son visage dans ses mains et s'était penché, la balle avait effleuré sa tête, son sang s'était répandu sur son visage, mais il était debout et vivant. Le lieutenant m'appela pour que je constate la mort de ceux qui gisaient sur le sol. Je bondis de la voiture en emportant ma sacoche, je ne sais pourquoi, j'avais pensé que je panserais la tête du vieux. Que faire de ça ? demanda le lieutenant en regardant l'homme complètement fou de terreur qui se mit à aller et venir, à trottiner maladroitement autour des corps étendus sur le sol, qui se prit la tête entre les mains, puis étonné, regarda ses mains ensanglantées.

On se taisait tous. Le lieutenant dit à l'interprète que l'homme devait se calmer pour qu'on puisse le fusiller. Je ne sais pas s'il traduisit littéralement, mais le vieux cessa de trottiner. Le lieutenant lui ordonna de se mettre à genoux.

L'interprète traduisit. Le vieil homme s'agenouilla, avec peine, visiblement il avait mal aux genoux. Le lieutenant s'avança vers lui, arma son pistolet lourd, et de dos tira dans la tête en sang. Du sang et des morceaux de cervelle lui éclaboussèrent les mains. J'avançai lentement pour tâter le pouls du vieil homme, mais les soldats bondissaient déjà dans les camions, moi aussi je revins vers ma voiture et m'assis.

Je tremblais de tout mon corps. Pas à cause de ce que j'avais vu. Mais parce que je n'avais rien dit. J'aurais pu hurler que, bon Dieu, ça n'avait plus de sens. J'étais plus gradé, le lieutenant m'aurait peut-être écouté même si c'était lui qui commandait l'unité et que moi je n'étais que le médecin qui pouvait donner des ordres à l'unité sanitaire, c'est-à-dire à deux vieux infirmiers. Si j'avais hurlé sur lui devant les soldats, ce fou aurait été capable de diriger son pistolet sur moi. J'aurais au moins dû l'appeler à l'écart et lui parler. Pourtant je n'avais rien fait. J'étais épouvanté. C'était juste avant la fin de la guerre, nous savions tous que l'affaire touchait à sa fin, et je n'avais pas voulu ferrailler avec ce jeune homme enragé, dangereux. Lui aussi savait que c'était fini, c'est pourquoi les coups de feu de l'embuscade l'avaient jeté dans une telle fureur, il s'était senti vaincu et humilié parce que, maintenant qu'il devait se retirer du pays, on tuait ses soldats. Et même s'il n'y avait eu qu'un seul blessé au cul, il aurait pu tout aussi bien être touché à la tête. En fait ils ne savaient pas tirer. Les soldats sautèrent dans leur camion, les moteurs continuaient de vrombir, on ne les avait pas éteints, on s'était seulement arrêtés, on avait tué quelques personnes et on continuait notre route. J'aurais dû faire quelque chose, au moins montrer clairement mon désaccord. Mais je n'avais rien fait. Je me réveille souvent à cause de cet incident. Ce ne sont pas les choses qu'on a faites qui nous accompagnent mais celles qu'on n'a pas faites. Qu'on aurait pu faire ou au moins essayer, mais qu'on n'a pas faites.

Par la vitre, j'ai regardé le jeune lieutenant, il se lavait les mains sous l'eau qu'un soldat versait d'un bidon. Certainement qu'à ce moment-là il n'a pas pensé que, juste avant la fin, il venait de se mettre sur la conscience le meurtre de cinq vieillards au bord d'une route, dans la plaine du Frioul. Il est possible qu'il y pense aujourd'hui. Comme moi je pense aux choses que je n'ai pas faites. La colonne s'est dirigée vers les sommets enneigés. À travers la vitre arrière, j'ai vu les enfants et les femmes sortir des maisons en courant vers la scène de cette mort insensée.

Ainsi est la mort. Comme la mort de la grenouille que Leo, Veronika et moi avions écrasée par un dimanche matin ensoleillé. Quelle a été sa mort, celle de Veronika, en ce janvier froid de quarante et un dans le bois au-dessus du château, ou ailleurs en montagne. Y avait-il là-bas quelqu'un pour dire, regarde ses yeux, ils sont toujours vivants ? Ses yeux vivants, si vivants, toujours gais, qui ont peut-être regardé, vides et désespérés, les cimes des sapins couverts de neige, juste après le nouvel an quarante-quatre, peut-être ont-ils vu les cimes des sapins couverts de neige avant de s'éteindre. De ces sapins qu'elle regardait tous les matins quand le soleil les éclairait, quand d'un côté le cercle du soleil radieux se levait et que, de l'autre, le dernier croissant de lune pendait dans le ciel infini, pur et clair.

4

Ils sont arrivés, en plein hiver, comme les loups du soir.

Ils étaient environ dix, peut-être plus, tous armés. Soudain, ils ont pénétré dans le manoir, sont entrés dans les chambres, ont retourné les tiroirs et emporté diverses choses dans la cour. Ils n'ont rien demandé, ils n'ont dit ni pourquoi ils étaient là ni ce qu'ils cherchaient, ils n'ont ni crié ni menacé, ils se sont mis au travail en silence, seul un ordre sec tombait de temps en temps. Le manoir était gardé, j'ai vu qu'un des leurs se tenait à l'entrée, un fusil dans les mains. Sa silhouette me semblait connue, mais il faisait nuit et malgré la lune qui éclairait la cour, je ne pouvais le reconnaître, je ne connaissais pas non plus ceux qui étaient à l'intérieur, ils n'étaient pas de la région.

Les nouveaux venus, en armes, sont partis dans les pièces du haut, on les a entendus ouvrir les armoires et déplacer les meubles. Veronika et Leo étaient enfermés dans la salle à manger, nous, on était dans la cuisine. Ils nous ont défendu de sortir et le garde qui est resté près de nous a vu qu'on était complètement effrayés et qu'il n'y avait aucune chance pour que quelqu'un tente de s'enfuir. Il nous a dit que tout irait bien si on restait calmes et silencieux. Aurait-on pu ne pas être calmes et silencieux alors que la peur nous glaçait les os. Au bout d'un moment, quand il a vu que personne ne bronchait, qu'on regardait devant nous sans bouger et qu'on n'osait même pas se regarder, il est descendu à la cave. Probablement pour prendre une bouteille de vin. Moi je me suis alors glissée dans la cour. Sans vraiment savoir pourquoi, j'ai peut-être pensé que je devais aller au village informer Majcen, le jardinier, de ce qui se passait ici. Lui se débrouillait toujours, je savais aussi qu'il était en relation avec les nôtres, j'aurais peut-être pu monter et lui dire que M. Leo aidait les partisans et tout se serait calmé. Car ceux qui venaient d'arriver n'étaient pas d'ici, ils ne pouvaient pas savoir tout ça, de plus ils avaient l'air assez décidés. Si des gens armés font irruption chez vous le soir, vous avez l'impression qu'ils sont dangereux, sauvages. Mais j'étais très énervée, j'avais oublié qu'ils avaient placé un garde à l'entrée de la cour, on est troublé en pareilles circonstances et je me suis presque cognée dans ce soldat qui était posté à l'entrée.

C'était Jeranek.

Oh, j'ai dit en reprenant mon souffle, Ivan! Je suis contente que tu sois ici. Il a dit, retourne, personne ne doit sortir. Je me suis dépêchée de lui raconter qu'ils vidaient les tiroirs et les armoires, ça veut dire quoi, casser les meubles des gens tranquilles, ils ont enfermé monsieur et madame dans la salle à manger et le personnel dans la cuisine. Il devait entrer et leur expliquer qu'ils s'étaient trompés, que c'étaient de braves gens, qu'ils n'avaient rien fait à personne. On donnait souvent de la nourriture, même des vêtements aux partisans. Il a dit, tais-toi, c'est une action. Quelle action? J'ai crié si fort qu'il a regardé nerveusement autour de lui. Rappelle-toi, j'ai continué plus bas car je ne voulais pas le fâcher, rappelle-toi combien madame a été bonne avec toi. Sur le coup, j'ai eu l'impression qu'il était un peu gêné, il a regardé par terre et a traîné les pieds sur le sol comme il le faisait toujours lorsqu'il avait envie de dire quelque chose d'important. Ensuite, il a fait un signe de la tête vers la porte, qui signifiait que je devais retourner d'où je venais. Ivan, j'ai dit tout bas, c'est moi Joži, tu ne me reconnais pas ? C'est moi qui t'apporte du fromage et du salami. Comme secoué par quelque chose, il a retiré le fusil de son épaule, en même temps il m'a repoussée si fort que j'ai titubé et que je suis tombée dans la neige. Il s'est mis à gronder, tu vas rentrer tout de suite à l'intérieur... Je donnais probablement l'impression de ne pas bien comprendre, et tout ça était évidemment difficile à comprendre, j'ai levé les mains comme pour prier, comme s'il était Dieu et que je le suppliais, et ça l'a encore plus mis en rage... autrement je te crève comme un chat, ici dans la cour.

Je me suis retournée et j'ai couru. Il a encore crié quelque chose derrière moi et je l'ai vu taper nerveusement dans un tas de neige. J'ai crié à travers la cour, qu'est-ce que tu as ? Je pensais que c'était difficile pour lui de rester là à monter la garde pendant que ses camarades faisaient du tapage et volaient dans une maison qui avait été bonne pour lui. J'ai crié, toi, tu sais qu'ils n'ont rien fait. Mais lui a dit quelque chose de vraiment horrible sur Mme Veronika, quelque chose que je ne peux même pas me répéter, de vraies infamies, de vrais mensonges. Mais aujourd'hui je pense qu'il a dit ça parce que c'était difficile pour lui.

Il ne savait pas que Veronika l'avait sauvé de la prison lorsqu'ils avaient ramassé les gars dans les villages et que certains d'entre eux avaient été fusillés comme otages. Moi je le savais, je le savais parce qu'un soir, je l'avais entendue dire à Leo, ils vont relâcher Ivan. Dieu merci, a dit Leo. Et merci au docteur, a dit Veronika, merci à lui. Je l'ai entendu de mes propres oreilles. Mais ça, je ne l'ai jamais dit à Ivan. En fait, tout le monde regardait déjà de travers les gens du château car des Allemands venaient à Podgorsko et, nous aussi, leur personnel, ils nous soupçonnaient. Si quelqu'un avait su que Veronika avait une telle influence sur les dirigeants de l'administration allemande, ça aurait été pire. Une fois qu'Ivan ronchonnait à cause de Mme Veronika, je ne sais pas pourquoi, je lui avais dit, sois content, madame t'a bien aidé. Aidé oui, avait-il dit comme un âne bâté qui ne comprend rien. Tu ne sais même pas comment, j'ai dit en lui tournant le dos. Peut-être que j'aurais quand même dû le lui dire ce soir-là dans la cour quand il a proféré de pareilles horreurs. Mais tout s'est déroulé si vite que je ne savais plus où j'avais la tête.

Quand je suis revenue dans la cuisine, le silence régnait, seule Fani faisait tinter la vaisselle qu'un peu plus tôt elle avait rapportée de la salle à manger, et qu'à présent elle lavait, les mains tremblantes, en faisant sans cesse tomber les couverts par terre. Les autres domestiques du château regardaient devant eux, silencieux, en attendant ce qui allait se passer. Dans les pièces du haut, le tapage avait cessé, les voix venaient maintenant de la salle de chasse où les nouveaux arrivés s'étaient assis pour se restaurer. Ce n'était pas la première fois. M. Leo leur ouvrait souvent la porte la nuit et leur donnait à manger et en partant ils emportaient des sacs à dos pleins. Sachant ça, puisque c'était souvent moi qui coupais le saucisson et le fromage, j'étais convaincue qu'il ne pourrait rien arriver. Le jardinier, le Majcen de Gorenja vas, m'avait aussi dit que le maître du château avait refilé une machine à ronéoter au maquis, il ne leur fournissait donc pas seulement de la nourriture. Et ils passaient souvent la nuit dans le pavillon de chasse situé au-dessus du château. Il est malin, disait Majcen, il ne veut déplaire à personne, ni aux Allemands ni aux nôtres. Je savais qu'il était malin, c'est pourquoi j'ai toujours été convaincue que ça se terminerait bien.

Mais il y avait dans l'air quelque chose de menaçant.

Jamais ils n'avaient fait ce genre d'irruption en retournant toutes les pièces comme ce soir-là. En fait, jusqu'alors ils n'étaient jamais entrés ailleurs que dans la cuisine. Mais ce soir-là, Majcen n'était pas là, il n'y avait que les deux femmes de chambre, Fani et quelques ouvriers, l'un d'entre eux s'appelait Franc, il aidait Majcen au jardin. Et la vieille dame, la mère de Veronika, là-haut dans la chambre. J'avais peur pour elle, elle était de santé fragile et si un homme armé était entré dans sa chambre, elle serait morte de peur. Dans un coin de la cuisine, derrière la table, un homme était assis, que je ne connaissais pas et qui ce soir-là se trouvait au manoir. Il sirotait de l'eau-de-vie, regardait en silence devant lui, sans dire un mot à qui que ce soit. Il était, paraît-il, marchand de chevaux, il habitait à Ig, près de Ljubljana. Encore aujourd'hui je ne sais pas qui il était ni ce qu'il faisait là ce soir-là. Peut-être voulait-il vendre un cheval à Mme Veronika, je ne sais pas, mais en général on fait ça le jour, pourquoi alors était-il encore là le soir ? En plein hiver ? Je ne sais pas, il y a bien des choses que je ne sais pas et que je ne comprends pas. Par exemple pourquoi jusqu'au dernier moment, j'ai cru qu'il n'arriverait rien de mal. Qu'ils allaient prendre quelques objets, ils appelaient ça « réquisition », les charger dans une voiture et partir.

Ensuite la porte s'est ouverte et une jeune partisane est entrée – on voyait le col de son corsage blanc sous son lourd manteau d'hiver, un étui de pistolet se balançait à sa ceinture. Qui est Jožì, a-t-elle demandé. Je me suis levée. La gracieuse dame du château, a-t-elle dit en riant, la gracieuse dame veut te parler. Nous avons traversé la salle de chasse où il y avait quelques hommes qui mangeaient et discutaient bruyamment. Ils regardaient les fusils de chasse et les trophées sur le mur. Par l'escalier, humide car leurs brodequins y avaient apporté la neige, nous sommes allées vers la salle à manger. Dans le couloir, nous avons rencontré quelques gars vraiment jeunes qui emportaient des couvertures et des chaussures.

Les deux châtelains étaient assis à la table de la salle à

manger. Monsieur était pâle comme un linge. À la fenêtre se tenait le commissaire, c'est ainsi que l'appelaient les jeunes gens, «camarade commissaire». Il portait des bottes et une veste militaire. Sa capote était posée sur une chaise sur laquelle il s'appuyait d'une main, sa mitrailleuse pendait à l'accoudoir. Il était tourné vers la fenêtre, je n'apercevais que son dos. Encore maintenant, je le vois regarder dans la nuit comme s'il était possible de distinguer quelque chose dehors dans la froide nuit d'hiver ou comme s'il réfléchissait à ce qu'ils venaient de discuter. Veronika m'a souri. Moi, des yeux et de la tête, je lui ai demandé de me faire un signe pour que je sache ce qui se passait. Mais elle m'a simplement dit à voix basse, Jožі, s'il te plaît, va voir ma mère là-haut et rassure-la. Dis-lui que tout ira bien et qu'elle n'ait pas peur pour moi. C'est seulement à ce moment-là que j'ai remarqué qu'ils étaient tous les deux habillés pour sortir. Elle en culotte de cheval et pull-over, M. Leo en veste de chasse d'hiver, son hubertus sur les genoux, celui qu'il portait toujours pour chasser l'hiver. Tous les deux étaient en brodequins. Je n'ai pu m'empêcher de demander à voix haute, mais où allez-vous? Le commissaire a remué à la fenêtre, eux n'ont pas répondu. À Berlin, a dit ensuite le commissaire en se retournant.

Madame va à Berlin, ça lui plaît tant.

Pour monsieur, nous ne savons pas encore, a-t-il dit. Bien sûr, il plaisantait. Toi aussi Joži, tu iras avec eux? a-t-il dit avec un sourire désagréable. Il plaisantait, mais moi je n'en avais pas envie. Comment tous ces inconnus savaient-ils que je m'appelais Joži? Et qui leur avait dit que madame était allée à Berlin? Je pensais à Jeranek et aussi à Majcen. Ils étaient toujours au courant de tout, des visites, de madame qui se promenait parfois avec Horst, le médecin, le long du bassin, du pianiste et du peintre, des officiers allemands et de tous les autres visiteurs. À cet instant, j'ai compris qu'ils allaient les emmener. Désespérée, j'ai regardé autour de moi, comme s'il y avait une solution quelque part. J'ai vu que le câble du téléphone avait été arraché, ça m'a complètement assommée. On était enfermés dans le manoir sans contact avec le monde extérieur, entourés de gardes, on était à leur merci. J'ai alors compris que ça ne finirait pas bien. Les larmes me sont montées aux yeux, je les aimais tous les deux. Tout ce qui était possible et imaginable m'est passé par la tête quand j'ai vu ce câble arraché du mur et ces morceaux de crépi blanc par terre, je me suis rappelé comment M. Leo attendait tous les soirs près du téléphone que sa Veronika appelle de Berlin, il se faisait du souci pour elle, il l'aimait beaucoup, s'il ne l'avait pas aimée, il ne l'aurait pas épousée une seconde fois, même si c'était seulement de manière plaisante. Quand le commissaire a dit que madame allait à Berlin, un pressentiment m'a assaillie. Mais quand j'ai vu le téléphone décroché, j'ai compris. J'ai fondu en larmes. Mais vous n'allez pas sortir par une nuit froide pareille, j'ai dit. Mais si, mais si, a dit le commissaire. Maintenant, fais ce que t'a dit madame, a-t-il ajouté. Je me suis dirigée vers la porte et je suis passée devant la fille au pistolet qui m'avait amenée et qui était restée là. Dans l'embrasure de la porte, je me suis retournée encore une fois. J'ai vu les yeux tristes de Veronika, il m'a semblé qu'ils disaient, occupe-toi bien de maman, comme elle disait toujours quand elle prenait la route et quand elle partait en visite chez son amie à Berlin, occupe-toi bien de maman, tu sais qu'elle est malade. C'est à travers un voile de larmes que je les ai vus pour la dernière fois. Lui pâle comme la mort, serrant son hubertus de ses mains tremblantes. Elle en costume de cheval, le regard absent et le sourire impérieux.

J'ai séché mes larmes pour ne pas effrayer la vieille dame, Mme Josipina, avec mes pleurs et j'ai couru dans sa chambre à l'étage. Elle aussi était habillée. Elle était assise sur son lit. Joži, a-t-elle crié en m'apercevant. Quand elle a vu que j'étais calme, je faisais semblant de l'être même si je tremblais jusqu'au fond de moi, elle m'a demandé, elle aussi d'une voix tranquille, qui sont ces gens qui marchent dans la maison ? J'ai dit que monsieur et madame avaient des visites de Ljubljana. Ah oui, a-t-elle dit, et pourquoi ouvrent-ils les tiroirs et claquent-ils les portes ?

Cette dernière année, Mme Josipina avait passé presque tout son temps clouée dans sa chambre parmi ses photos et ses lettres. Elle avait une longue vie derrière elle, Veronika était son unique enfant, elle l'avait eue sur le tard quand la plupart des femmes pensent qu'elles en ont fini avec ces choses-là. Dans sa chambre, elle préférait s'occuper de ses souvenirs plutôt que de ce qui se passait autour d'elle. Elle marchait difficilement, quelquefois dans le soleil du matin, nous allions jusqu'à la prairie ou au bassin, elle s'asseyait là-bas un moment et regardait au loin, ensuite elle exigeait généralement qu'on la ramène assez vite. J'avais toujours l'impression qu'elle se sentait mieux au milieu de ses photos, je les connaissais toutes, car nous les avions souvent regardées ensemble, elle y était la plupart du temps avec son mari, mort prématurément, au milieu d'un parc, devant une villa dans un port, sur une promenade de Ljubljana, en voyage en Italie, à Venise au milieu des pigeons ; les visages, les villes, les paysages, les centaines de photos de sa vie – c'était l'environnement et aussi le temps dans lesquels elle se sentait le mieux. J'ai l'impression qu'elle avait commencé à vivre comme ça avant même d'arriver à Podgorsko. À l'époque où Veronika l'avait laissée seule à Ljubljana et qu'elle était partie quelque part dans le Sud, en Serbie ou je ne sais où. Seule dans un grand appartement vide sans sa fille, si vivante, que lui restait-il d'autre que d'ouvrir ses albums de souvenirs remplis des photos de son défunt mari et d'elle en robe élégante et chapeau blanc ? Quand Mme Veronika est revenue chez Leo, elle a ramené sa mère au manoir, elle était déjà assez vieille, malade et détachée de tout ce qui se passait autour d'elle. Parfois je l'entendais chanter à mi-voix en italien, c'était une chanson d'Istrie, elle disait, je l'ai apprise à Rijeka... *una mula di Parenzo...* j'ai retenu les paroles. La chanson raconte l'histoire d'une fille de Parenzo, Poreč pour les Slovènes, qui n'a pas les cheveux blonds mais noirs. Et qui vend du poisson. Un jour, je lui ai demandé d'où elle connaissait cette chanson et elle a commencé à me raconter une longue histoire sur sa vie à Trieste et sur une danse dans un café. Ses yeux brillaient et alors j'ai su que le temps passé lui tenait fort à cœur, qu'elle aimait retourner à ses beaux souvenirs, parmi les images des gens qui n'étaient plus à proximité ou qui n'étaient plus du tout.

Comment aurais-je pu, ce terrible soir, ou plutôt cette nuit-là, car tout avait traîné et il faisait déjà nuit quand je me suis assise près d'elle, comment aurais-je pu lui expliquer qui étaient les gens qui ouvraient les armoires et claquaient les portes ? Et que c'était Ivan qui se tenait à l'entrée, armé d'un fusil ? Comment la pauvre femme aurait-elle pu comprendre que sa fille était assise en bas dans la salle à manger, sa fille vêtue de son costume de cheval et chaussée de brodequins, prête à partir quelque part, qu'elle devait partir quelque part escortée d'hommes armés inconnus ? Que M. Leo était également assis, en tenue de chasse, M. Leo qu'elle aimait autant que sa fille, qu'elle tenait pour le meilleur homme du monde ? Pas seulement parce qu'il avait pris chez lui sa fille remuante, Veronika, alors qu'elle l'avait abandonné pendant longtemps, parce qu'il l'avait prise elle aussi, la vieille dame, et surtout qu'il lui avait rendu visite lorsqu'elle était seule et que Veronika s'était égarée dans un pays inconnu et lointain, dans le Sud. Pas pour ça, mais parce que c'était, comme le disait souvent la vieille dame, un homme bien. C'était un homme compétent, il s'y connaissait en argent et en affaires, mais il était bon. Vous savez, disait-elle parfois, ça ne va pas toujours ensemble. Chez Leo si, en tout cas c'est ce que pensait Mme Josipina, la mère de Veronika. Tout le monde ne pensait pas ça, ne serait-ce que ceux qui le gardaient dans la salle à manger, pâle comme la mort, sans doute mortellement effrayé, ses mains tremblantes serrant convulsivement son hubertus sur ses genoux. Comment lui aurais-je dit que M. Leo était assis en bas en costume de chasse alors qu'il ne partait pas à la chasse ?

Non, ça je ne pouvais pas le lui dire. Je lui ai dit qu'ils faisaient une fête en bas et qu'il est difficile d'envoyer certains se coucher. Ça lui a semblé normal, ce n'était pas la première fois, elle aussi avait participé à des fêtes où il était difficile de sortir les invités de table, de la maison ou de les faire entrer dans leur chambre. Nous nous sommes assises à la table, elle s'est mise à tourner les pages de son album et je pensais l'avoir convaincue. Cependant, au bout d'un certain temps, elle s'est de nouveau agitée.

Pourquoi allez-vous sans cesse à la fenêtre ? m'a-t-elle soudain demandé.

C'est vrai que je me levais sans arrêt pour aller à la fenêtre. Cachée par les rideaux tirés, je regardais dans la cour sur laquelle tombait la lumière de la salle à manger. Devant la porte se tenait un homme qui marchait de long en large, inquiet, en donnant des coups de pied dans la neige, c'était Jeranek.

Oh Ivan, oh toi, Jeranek, ai-je pensé, tu chantais si bien dans le chœur de l'église et maintenant tu donnes des coups de pied dans la neige en attendant qu'on amène la dame qui t'a aidé. Et monsieur qui faisait l'éloge de ton travail et qui te payait bien. Et tu as dit tant de vilenies qu'encore maintenant ce que tu viens de lâcher dans la cour me fait mal aux oreilles. Quand je t'ai demandé d'entrer expliquer aux nôtres, c'est-à-dire aux tiens, qu'il s'agissait d'un malentendu. Que ces deux-là n'étaient pas coupables et qu'il ne fallait les emmener nulle part. En regardant cette silhouette agitée, vêtue d'un manteau militaire et armée d'un fusil, à l'entrée de la cour du manoir, je me suis soudain souvenue de quelque chose que j'avais presque oublié. Et soudain moi aussi j'ai compris d'où venaient ces horribles mots dans la bouche de ce gars gentil et fou. C'était environ un an plus tôt, par un matin d'été, de très bonne heure, alors que je sortais de la maison avant le petit déjeuner, Jeranek était là. Ivan, ce gentil garçon qui venait faucher s'est approché de moi et m'a dit, j'ai l'impression que ta dame aime voir les Allemands. Moi, j'ai ri, qu'est-ce que tu racontes, Ivan, des invités viennent en visite, elle doit les recevoir. Ils viennent en uniforme, dit Ivan en creusant du pied le sable de la cour comme pour dessiner quelque chose par terre. Il n'y avait pas de neige comme la nuit où, quelques mois plus tard, il montait la garde, c'était par un frais matin d'été. Probablement qu'il regardait ses pieds et grattait dans le sable parce qu'il était un peu gêné. Qui n'aurait pas été embarrassé de dire de telles bêtises ?

Ils viennent en uniforme bien sûr, j'ai dit, puisqu'ils n'ont pas de vêtements civils. Je riais car je pensais qu'il plaisantait. Une fois, ce sont des messieurs de Ljubljana, des hommes d'affaires, des écrivains et des peintres, une fois, des Allemands de Kranj, on ne peut pas les mettre à la porte, j'ai dit. Et lui regardait par terre et machinait le sable au point de creuser un trou. Elle aime en voir un en particulier, dit-il. Ah bon, et qui ? ai-je demandé, j'étais déjà un peu fâchée contre lui qui ne voulait pas arrêter. Un officier, un médecin, a-t-il dit. Qu'est-ce que tu racontes ? Je les ai vus ce matin, en venant faucher. Ils étaient au bord du bassin quand le soleil s'est levé. Quel sot, j'ai dit, ils avaient un concert, M. Vito a joué, ensuite ils se sont un peu amusés dans la salle à manger. Jusqu'au matin ? a-t-il demandé. Ça ne te regarde pas, ai-je dit assez en colère, occupe-toi de ton travail. Mais lui, têtu comme il était, n'a pas lâché, où était le monsieur du château ? a-t-il dit. Il est allé dormir, j'ai dit, tu sais bien qu'il ne boit pas et qu'il parle peu aussi. Il est allé dormir, oui, a dit Ivan, et elle se baladait avec l'officier allemand près du bassin. Si tu penses au médecin, à M. Horst, il respecte beaucoup notre dame. Ivan a éclaté de rire en baissant les yeux vers ses pieds qui grattaient le sable. Il la respecte oui. Oui, j'ai dit en colère, il la respecte, tout le monde la respecte, toi aussi tu la respectes. Elle a toujours été aimable avec toi, j'ai dit, mais tu racontes de telles bêtises que j'en ai honte pour toi. Que dirait ta Pepca, et qui l'a amenée à l'hôpital si ce n'est notre dame ? Si tu ne cesses pas tout de suite, je lui dirai, elle ne sera pas contente car elle a du respect pour Mme Veronika.

Car tu penses qu'elle n'est pas au courant ? a dit Ivan. Tout le monde sait qu'elle aime la compagnie des Allemands.

J'en avais assez de tout ça, prends ton râteau, j'ai dit, et égalise ce sable, tu as labouré le sol comme un sanglier dans les bois. Et que jamais plus je n'entende des choses pareilles. Il a cessé de creuser le sable, a levé la tête et m'a regardée dans les yeux. Tu dois savoir, Joži, que ça ne plaît pas du tout aux nôtres, j'ai peur que ça tourne mal.

Aux nôtres ? À l'époque je ne savais pas que Jeranek pouvait avoir affaire aux maquisards comme on appelait alors les partisans. Ce jeune homme tranquille qui faisait son travail en silence, fauchait, retournait le foin, transportait les poutres quand on réparait le toit de l'écurie, qui sifflotait dans le bois et qui se baladait à bicyclette, chantait à l'église le dimanche, je n'avais vraiment pas l'impression qu'il avait quelque chose à voir avec les nôtres. C'est alors que je me suis rappelé qu'il avait passé plusieurs jours en prison à Kranj quand les Allemands avaient ramassé quelques hommes des villages de la vallée du Strmi vrh. Et qui l'avait sorti de là ? Veronika, c'était elle qui l'avait sorti de là, en demandant l'aide du Dr Hubermayer. Justement celui pour qui le jeune homme creusait alors le sable du pied et se comportait comme un imbécile jaloux. À l'époque, on avait dit que Jeranek avait été emprisonné par erreur, le médecin s'était porté garant pour lui, comme Veronika le lui avait demandé. J'étais à deux doigts de le lui dire. Mais qui sait ce qui se passerait dans sa petite caboche entêtée. Ça pourrait se retourner contre elle. Moi, je savais que M. Leo aidait les maquisards, on le savait tous. Ça devait suffire.

Tu pourrais lui être reconnaissant, ai-je dit, elle a conduit Pepca à l'hôpital.

Elle avait conduit Pepca à l'hôpital, elle l'aimait bien à sa façon. Notre Ivan, disait-elle, c'est lui qui s'occupe le mieux des chevaux. Lui, elle l'aimait à sa façon, moi elle me considérait presque comme une amie. Elle m'avait raconté comment elle avait vécu en Serbie. Un jour, elle m'a dit qu'elle avait eu une vie difficile pendant un moment avec le précédent. Que là-bas dans le Sud, dans un petit village, elle avait élevé des poules. Ça paraissait incroyable, mais je la croyais. Elle n'était jamais hautaine même si elle était la dame du château. Nous l'aimions bien. Un jour, elle m'a donné un tissu de soie. Tu es si bonne avec moi, a-t-elle dit. En réalité, c'est elle qui était bonne avec tout le monde, avec lui aussi.

C'est autre chose, a dit Ivan, on n'a pas besoin de se promener avec un officier allemand au bord du bassin.

Je ne pouvais pas voir dans sa tête pour comprendre quel était le rapport entre la maladie de sa Pepca et la promenade de Veronika. J'ai dit, plutôt furieuse, qu'elle lui avait peut-être demandé qu'il l'accompagne dans sa promenade.

Mais, a-t-il dit avec obstination, cet officier lui plaît en tout. Et peut-être qu'elle aussi lui plaît.

C'était trop. Tu vas tout de suite me débarrasser le plancher, ai-je sifflé comme une vipère, j'étais furieuse, j'aurais pu lui arracher les yeux. Il s'est détourné lentement, est parti, et quand, à l'entrée du château, il a regardé par-dessus son épaule, je l'ai menacé de l'index. Malpropre.

Peut-être que lui aurait aimé fréquenter Mme Veronika. Ça n'aurait rien eu d'étonnant, tous les hommes, même plus jeunes qu'elle, aimaient la regarder, parfois aussi, ils comprenaient de travers son amabilité et sa gaieté. Peut-être que lui l'admirait en silence et que ça lui avait fait perdre la tête de la voir avec ce médecin, le tranquille M. Horst, au petit matin, près du bassin. Mais à l'époque je ne m'étais pas trop cassé la tête avec ça. On avait assez de soucis. De plus je savais que, entre Mme Veronika et le médecin Hubermayer, M. Horst, il ne pouvait exister rien d'autre que de la sympathie, peut-être de l'amitié. Elle était fidèle à son mari. L'événement le plus joyeux dont je me souvienne était le renouvellement de leur mariage. Bien sûr, c'était symbolique car formellement ils n'avaient jamais divorcé. Elle était seulement partie et revenue, c'est bien qu'il lui ait pardonné, seuls les meilleurs des hommes en sont capables. Nous avons tous été invités à la drôle de noce peu après son retour. Des tables avaient été dressées dans la cour du manoir, un monsieur de Ljubljana, on disait que c'était un poète, a fait un discours plaisant et, à la fin, il leur a attaché les mains avec une chaîne – en disant qu'ils resteraient toujours ensemble, qu'ils ne se sépareraient jamais et qu'ils devaient regarder cette chaîne si quelque chose de ce genre leur venait à l'esprit. Ensuite il a ajouté comme le prêtre à l'église, *jusqu'à ce que la mort vous sépare.* J'ai assisté à plusieurs mariages et à ces mots, ma gorge s'est toujours serrée, cette fois-là aussi, j'ai eu de la peine à retenir mes larmes même si cette fois-là tout était plaisant et joyeux et que nous riions tous, surtout la mariée. Notamment quand M. Leo qui buvait toujours de l'eau a dû boire un verre de vin. Le poète a dit que sinon sa promesse ne tiendrait pas. Il fallait sceller non seulement par une chaîne mais aussi avec du vin le curieux mariage de ma chère Veronika.

Moi je savais qu'elle aimait Leo et que cette promesse tiendrait. Mais je savais aussi qu'elle n'avait pas oublié son grand amour pour qui elle l'avait abandonné un certain temps. Il arrivait toujours au manoir Podgorsko des lettres dont l'adresse était écrite en cyrillique et que le facteur au début avait quelque difficulté à déchiffrer.

Mais Mme Veronika ne les ouvrait jamais, elle nous avait ordonné de les jeter. Elle avait probablement peur que ces lettres touchent son cœur et la submergent de tristesse. Car les souvenirs d'amour, toutes les femmes le savent, sont parfois plus puissants que les chaînes qui nous lient même symboliquement et plaisamment. Un jour, Fani la cuisinière et moi, nous avons lu une de ces lettres au lieu de la jeter. Et nous avons pleuré. Car la lettre de Stevo, c'était son nom – chez nous on dit Štefan –, avec qui elle s'était enfuie en Serbie, était belle et sentimentale, il était si malheureux qu'elle aussi aurait certainement pleuré en lisant sa lettre. J'ai compris qu'il valait mieux pour leur alliance et pour la paix de la famille qu'elle ne lise pas ces lettres. Toutes ces lettres comme celle que j'avais lue se terminaient par ces mots, *vrati se, ljubavi*[1]. C'était en serbe, ensuite suivait en slovène, « mon amour ».

Joži, a dit la vieille dame, pourquoi restez-vous à la fenêtre ?

J'étais un peu déconcertée, comme si elle m'avait prise en flagrant délit de mensonge, je lui ai dit que certains invités s'en allaient. J'attends qu'ils partent, j'ai répondu vite car je mentais, que pouvais-je faire d'autre, les uns vont aller dormir dans les chambres d'hôtes, les autres vont partir, ensuite on nettoiera un peu derrière eux tout de suite, je parlais en l'air pour la convaincre, et on finira demain matin. J'avais l'impression que Mme Josipina sentait que quelque chose clochait dans la maison. Même si je tremblais au plus profond de moi et que mon cœur ne cessait de cogner, je me suis assise près d'elle et j'ai ouvert l'album. J'ai dit, quel beau chapeau vous aviez, la vieille dame ne faisait pas attention, elle regardait sans cesse vers la fenêtre, l'air inquiet. Il faisait sans doute chaud là-bas dans ce port, j'ai dit. Oui, quelquefois, il faisait vraiment chaud, nous allions nous baigner à Opatija. J'étais un peu soulagée, j'avais l'impression que

1. « Reviens, mon amour. »

Mme Josipina venait de replonger dans ses souvenirs. Elle m'avait souvent raconté comment ils vivaient, ils allaient en excursion en Istrie, souvent aussi à Ljubljana, et quand ils étaient à Vienne, ils allaient à l'opéra-comique. Et vous dansiez aussi. Comment était-ce déjà cette chanson ? Mme Josipina m'a regardée, rêveuse. Veronika la connaît aussi, j'ai dit. Vous pensez à la *Bionda* ? Oui, celle de votre mariage. Ce n'était pas pour mon mariage, c'est quand j'ai dit à Peter en dansant qu'il était grand temps que nous nous mariions. Elle a éclaté de rire.

Maintenant, c'était un peu plus facile pour moi, Mme Josipina avait cessé de regarder vers la fenêtre et de guetter ce qui se passait en bas. Je voyais à ses yeux qu'elle n'écoutait plus. Ses yeux percevaient quelque chose qu'ils avaient vu il y a longtemps, ce n'était plus la nuit froide d'hiver ni le bruit des visiteurs nocturnes, ses yeux voyaient maintenant un café, un bateau dans le port, la mer chaude. Cette chanson, a-t-elle dit, c'est comme ça, et elle a chanté : *Tutti mi chiamano bionda, ma bionda io non sono...* c'est-à-dire, et elle a commencé à expliquer ce que je savais et que j'avais entendu maintes fois, c'est-à-dire tout le monde m'appelait *bionda*, la blonde, et moi je ne l'étais pas. C'est curieux, elle réfléchissait à voix haute, encore aujourd'hui je ne comprends pas. C'est vrai que moi aussi j'avais les cheveux blonds et Veronika aussi, elle les tient certainement de moi, le poète l'appelait la fille aux cheveux d'or ; Peter les avait châtains, légèrement bouclés. Mme Josipina s'est mise à raconter ce qui s'était passé quand son Peter avait traversé le café pour aller commander quelque chose aux musiciens.

Maintenant je me sentais vraiment mieux, j'avais réussi à la distraire. Ce n'était peut-être pas très bien de la tromper de cette façon, la question de ce qui se passait en bas continuait de me tracasser, mais Veronika m'avait demandé de rassurer la vieille dame et ça l'avait rassurée. Les photos, les souvenirs, la chanson de la *bionda*, elle me traduisait phrase par phrase sa chanson, alors moi je suis retournée prudemment à la fenêtre.

J'ai vu que la lumière tombait sur Jeranek, quelqu'un avait allumé une lampe dans une des chambres au premier étage. Il a levé la tête et j'ai vu distinctement son visage. Il m'a semblé qu'il voulait dire quelque chose. Il n'était pas rasé et sa casquette était enfoncée sur son front. Pourvu qu'il ne dise pas ce qu'il avait crié derrière moi dans la cour.

Tu dois savoir, Joži, que ta madame Veronika est une putain allemande !

Voilà ce qu'il avait crié. Je ne pouvais croire que j'entendais quelque chose de ce genre dans la bouche de ce gars tranquille. Encore aujourd'hui, je ne comprends pas ce qui s'est passé dans sa tête. Ce n'était pas seulement le fait d'être à ce moment-là un soldat qui montait la garde et qui haïssait tous ceux qui s'étaient parfois associés aux Allemands. Je comprends qu'ils avaient faim, qu'ils se cachaient et vivaient parfois comme des bêtes sauvages dans les bois, qu'ils fuyaient les Allemands qui les poursuivaient tels des chasseurs enragés, je comprends aussi que son commissaire lui avait bourré le crâne de rancœur contre les gens riches qui continuaient à vivre tranquillement pendant ce temps-là, mais il y avait quelque chose de plus qui lui était passé par la tête lorsqu'il creusait un trou dans le sable en me parlant du médecin, M. Horst, avec qui Veronika se trouvait le matin au bord du bassin. Ou bien la colère s'était déjà accumulée dans sa jeune tête confuse avant qu'il y ait le moindre Allemand et le moindre partisan.

J'ai vu qu'il se tournait vers la porte, au même instant, en bas, on a éteint les lumières. La cour était alors éclairée par un pâle clair de lune, quelqu'un de la maison a couru vers lui et ils ont discuté. L'instant d'après, les visiteurs de la nuit ont commencé à sortir de la maison.

La vieille dame a essayé de se lever. Je craignais qu'elle

veuille aller à la fenêtre, mais elle a écarté les mains et s'est mise à chanter. La chanson d'une fille qui n'était pas blonde.

Des silhouettes sombres se sont avancées dans la cour. Ensuite, sont arrivés M. Leo, il portait son manteau de chasse, un hubertus, et Mme Veronika, elle aussi en manteau, son bonnet à la main. La lune éclairait ses cheveux lisses et brillants. Alors la vieille dame a chanté *Tutti mi chiamano bionda, ma bionda io non sono*… et dansé dans la chambre, complètement emportée par ses souvenirs. Ils étaient tous dans la cour. Un homme est reparti en courant dans la maison, il est bientôt revenu avec trois ou quatre fusils de chasse dans les bras. Visiblement, ils avaient oublié ces flingues. Il a jeté un des fusils sur son épaule et a distribué les autres. Ils avaient tous d'énormes sacs à dos pleins de vêtements, de couvertures et aussi de choses de valeur qu'ils avaient prises au manoir. Je comprenais que, par cet hiver, ils aient besoin de couvertures et de pull-overs, mais pourquoi emportaient-ils des couverts en argent et ces manteaux de fourrure qu'un des visiteurs avait attachés à son sac à dos, ça je ne comprenais pas. J'ai pensé que peut-être ils allaient les vendre pour acheter de la nourriture et des armes ou que cette femme en uniforme et cravate blanche en voulait, dans ces moments-là, on pense à des choses curieuses. Ensuite, ils se sont dirigés vers la porte et ont disparu. La vieille dame chantait et dansait. Ensuite, elle s'est assise sur le lit. Ah, mes jambes, a-t-elle dit. Comme je dansais autrefois ! Et nous allions aussi à la montagne. Et maintenant je ne peux même plus aller jusqu'au bassin.

Les visiteurs nocturnes ont réapparu sur la pente enneigée. Ils marchaient les uns derrière les autres par un étroit chemin et grimpaient en direction du bois. Veronika et Leo étaient au milieu de la file. Il m'a semblé qu'il y avait cet éleveur de chevaux, l'inconnu de ce soir-là. Leo a tourné la tête vers le manoir, je n'ai pas vu son visage, il était trop loin, Veronika avait la tête penchée comme si elle regardait la neige devant elle. J'avais vu leur visage pour la dernière fois, une heure ou deux plus tôt, en bas dans la salle à manger, Leo, tout pâle, elle, un sourire étrange sur les lèvres. C'est alors que j'ai vu pour la dernière fois leur silhouette dans la file de gens armés, jamais plus je ne les ai vus.

Je me suis tournée vers Mme Josipina. Ne vous en faites pas, j'ai dit, vous marcherez encore. Quand le printemps viendra, nous irons ensemble cueillir des fleurs des champs. Comme sur la photo où vous êtes dans une si belle robe de dentelle. Elle s'est adossée sur son oreiller. Vous avez bien chanté, ai-je dit. Elle a murmuré, j'ai oublié beaucoup de choses, mais pas cette chanson, j'en connais chaque mot. Ses yeux se fermaient. Elle avait les cheveux gris. J'ai pensé qu'il faudrait les laver, que le lendemain je lui apporterais de l'eau et que je l'aiderais comme je l'avais fait si souvent.

Je suis sortie sans bruit de la chambre pour ne pas la réveiller. Dans le couloir, il faisait sombre et j'ai allumé la lumière. Presque au même moment, quelqu'un a crié d'en bas, éteins tout de suite! J'ai éteint et j'ai avancé à tâtons jusqu'à la cuisine. De nouveau, j'ai allumé, et je les ai vus tous, assis dans les coins de la grande cuisine, certains la tête entre les mains, d'autres à moitié allongés. Un des ouvriers a immédiatement bondi sur ses pieds, a maugréé quelque chose et a éteint la lumière. Ensuite, il a allumé une cigarette, dans la clarté rouge, j'ai vu son visage, et ses yeux terrorisés. J'ai demandé, mais pourquoi êtes-vous assis dans le noir? Quelqu'un m'a expliqué à voix basse qu'ils fusilleraient toute personne qui sortirait de la maison avant cinq heures du matin. Je trouvais bizarre qu'ils chuchotent puisque les visiteurs étaient partis et qu'ils étaient sans doute déjà loin dans la montagne. Mais la peur faisait des siennes. Quand les visiteurs étaient partis, laissant le manoir dans l'obscurité et le silence, par miracle, ils n'avaient pas pensé à la lumière qui brillait dans la chambre de la vieille dame. Ils étaient probablement pressés. Dans le noir, j'ai demandé si quelqu'un savait où ils avaient emmené monsieur et madame. Pendant longtemps, personne n'a répondu. Ensuite quelqu'un a chuchoté, j'en ai entendu un dire qu'ils allaient au pavillon de chasse. Ils les interrogeraient là-bas. Comment ça interroger, ai-je dit à voix haute et fâchée, là-bas dans le pavillon de chasse, M. Leo leur fournissait de la nourriture et d'autres choses, ils n'ont pas à les interroger ! Tais-toi, la bonne femme, a dit un des ouvriers, celui avec un mégot de cigarette rougeoyant devant le visage. Ils étaient tous terrorisés jusqu'aux os et nerveux. J'ai préféré me taire.

Le matin, en lui portant son déjeuner, j'ai dit à Mme Josipina que j'allais l'aider à se laver les cheveux. En passant, je lui ai signalé que M. Leo et Mme Veronika étaient partis à Ljubljana et qu'ils reviendraient bientôt. Elle m'a regardée, surprise. Pourquoi la nuit, a-t-elle dit. M. Leo, j'ai continué de mentir, avait une affaire importante. C'était peu vraisemblable et je voyais bien que Mme Josipina n'était pas convaincue. Elle a demandé qui étaient ces gens qui claquaient les portes.

J'ai bien traité la vieille dame, Veronika aurait été contente de voir comment j'exécutais fidèlement son ordre. Mais malgré cela, ça n'allait pas. Tous les matins, elle me demandait quand sa fille et son Leo allaient revenir. J'imaginais toutes les choses possibles, à la fin quand plus rien de nouveau ne me venait à l'esprit, je répondais seulement, ils vont revenir. Et elle s'accommodait de cette phrase, pas une fois elle n'a dit que peut-être il leur était arrivé quelque chose de mal, que peut-être ils ne reviendraient plus. Elle était assise toute la journée à la fenêtre et quand j'arrivais avec la nourriture ou avec les livres qu'elle lisait et que je remettais ensuite à la bibliothèque du manoir, elle disait, ils vont revenir, n'est-ce pas Joži, ils vont revenir ? Bien sûr. Moi, je n'y croyais plus depuis longtemps. Un ouvrier est venu de Poselje quelques jours après leur disparition pour s'occuper du bois. Il a soufflé dans ses mains et a chuchoté, on raconte qu'ils ont été liquidés. Je ne comprenais pas cette expression. Alors il s'est passé le doigt sur le cou, comme quand on coupe le cou d'une oie. Je ne le crois pas, j'ai dit, même si ça me semblait possible, pourquoi eux ? Presque satisfait, il a dit, pourquoi pas, et il a pris sa scie. Il a ajouté, presque menaçant, ils ne sont ni les premiers ni les derniers, il y en aura encore bien d'autres. Ensuite il a disparu dans la réserve et s'est mis à couper le bois à coups monotones. Dans ce matin calme, chacun de ses coups résonnait contre les murs.

Cet hiver-là a été long, des gendarmes allemands ont gardé le manoir pendant un certain temps, ensuite on ne les a plus vus, mais de temps à autre il en apparaissait trois ou quatre qui demandaient si « les bandits », c'est ainsi qu'ils disaient, étaient encore dans les environs. Ensuite, ils s'en allaient vite, ils avaient peur des nôtres. Le manoir était vide et silencieux, pas mal de gens étaient partis, il n'y avait plus personne pour les payer. Avec Fani, j'ai continué d'entretenir les locaux, nous faisions à manger pour nous deux et la vieille dame, parfois pour les ouvriers qui déblayaient la neige et pour Franc qui continuait à venir tous les jours s'occuper des chevaux. La chambre de Leo et Veronika était propre et prête, les robes repassées dans les armoires, comme lorsqu'ils faisaient un grand voyage. Le printemps est arrivé et la vieille dame était toujours assise à sa fenêtre, et tout l'été elle a regardé au loin en attendant de voir la poussière se soulever derrière leur automobile. Un jour de juillet, elle a exigé que je l'aide à descendre l'escalier jusqu'à la cour. Je l'ai presque portée, elle marchait vraiment mal, elle avançait à peine. Elle voulait aller au garage. Je savais pourquoi, mais ça me semblait trop bête de tout lui cacher. Là, elle a longuement regardé l'automobile. Elle m'a jeté un coup d'œil contrarié, mais tu ne m'as pas dit qu'ils étaient partis en automobile ? Je ne lui avais pas dit ça, c'est ce qu'elle s'était imaginé pendant les longues journées d'attente et elle s'était mise à y croire. J'ai répliqué, je n'ai jamais dit ça, mes propres mensonges commençaient à me peser et je voulais quand même défendre la vérité. Elle a un peu vacillé, j'ai pensé qu'elle allait tomber. Elle s'est appuyée sur la portière. Comment sont-ils partis ? On les a emmenés, ai-je dit conformément à la vérité. J'aurais dû dire embarqués, mais on dit qu'on emmène quelqu'un quand on sort avec lui de chez soi. Ah bon ? Et ils avaient une auto ? Je n'ai rien répondu, je n'avais pas la force, je l'ai convaincue d'aller se coucher.

Je me suis bien occupée de Mme Josipina. Comme me l'avait recommandé Veronika avant de partir. De partir ? Je ne voulais pas croire qu'elle ne reviendrait plus. Peut-être étais-je gagnée par la patience avec laquelle la vieille dame l'attendait. Souvent je m'asseyais à côté d'elle à la fenêtre et je regardais au loin. Tout le monde savait qu'on ne la reverrait plus et M. Leo non plus, sauf nous deux. Nous n'avons plus parlé des événements de cette nuit-là, les mots de l'ouvrier disant qu'on les avait liquidés me hantaient, mais quand j'étais assise dans la chambre avec elle, ils disparaissaient. Par une chaude soirée d'été, j'ai entendu une voix avant d'entrer dans la chambre. J'étais surprise, je me demandais avec qui la vieille dame parlait. Quand je suis entrée, elle a vite reposé sur la table le livre qu'elle avait dans les mains. J'ai demandé, avec qui discutiez-vous ? Avec Peter, parfois, nous bavardons. J'ai pensé que quelque chose n'allait pas dans sa tête, probablement à cause de tous les malheurs qui lui étaient arrivés. Elle a dit, nous discutons souvent et, cette nuit, je lui ai fait la lecture. Elle a pris le livre. C'est notre poète qui l'a offert à Veronika. *Poèmes sur les blondes.* Il a écrit une dédicace : *À la blonde Veronika, que pouvons-nous faire, la jeunesse est éphémère !* Elle aimait la poésie, a dit la vieille dame, elle en lisait souvent avant de s'endormir. Elle a feuilleté le livre et a commencé à lire :

À l'heure du crépuscule viens
Quand l'obscurité tombe, tombe
À l'heure du crépuscule viens
Si tu m'aimes un peu

Je l'ai lu à Peter. Je lui ai dit que Stevo aurait pu l'écrire, pas Leo, jamais, lui n'était pas pour ces choses-là. J'ai dit à Peter que c'était de ma faute si Veronika avait quitté Stevo, si elle ne l'avait pas fait, maintenant elle serait à Maribor.

Mme Josipina me regardait, l'air d'attendre que je confirme. Je savais qui était Stevo, il avait signé cette lettre que Fani et moi avions lue. À l'époque, nous avions pleuré toutes les deux et à ce moment-là aussi ma gorge s'est serrée, je ne sais pas si c'était à cause du poème qu'avait lu la vieille dame ou si c'était de l'avoir vue, troublée, parler à son défunt mari. C'est possible qu'elle soit là-bas, j'ai dit, c'est possible qu'elle soit à Maribor. Elle s'est tournée vers moi et m'a dit presque gaîment, c'est vrai, elle est peut-être là-bas ou bien, et elle a continué rapidement, elle est en Suisse avec Leo. C'est ça, a-t-elle dit, satisfaite, ils sont certainement en Suisse.

Ensuite nous avons une nouvelle fois tourné les pages de l'album, nous avons regardé les photos et parlé des belles choses qui étaient passées. Mais qui étaient toujours vivantes dans son souvenir.

L'automne s'en est allé, on n'avait aucune nouvelle de nulle part, seulement des hypothèses murmurées par la famille et les amis du couple qui nous rendaient visite de plus en plus rarement. Et c'est ainsi qu'un hiver a encore passé, le long hiver de quarante-cinq, partout on racontait que c'était le dernier, qu'au printemps la guerre serait finie. Les gens avaient des soucis, beaucoup des leurs avaient disparu dans l'armée allemande, chez les partisans, dans les camps. On manquait aussi de nourriture, de vêtements et de chaussures, chacun s'occupait de lui et de sa famille, nous avions du mal à trouver des ouvriers. Par bonheur, Filip, le frère de Leo, venait souvent, il nous laissait de l'argent de sorte qu'on s'en tirait et qu'on pouvait payer les quelques personnes qui étaient prêtes à nous aider. Filip restait chaque fois plus longtemps avec la vieille dame, à nous il faisait la conversation en vitesse. Personne ne parlait jamais des maîtres du manoir. Les premiers mois qui ont suivi leur départ, les gens, après la messe du dimanche, me demandaient toujours ce qui s'était passé et s'il y avait un espoir qu'ils reviennent, tout était possible. Ensuite, ça aussi, ça s'est arrêté, chacun rentrait chez soi, c'était aussi le temps où plus personne ne faisait confiance à personne, tout le monde attendait qu'il se passe quelque chose, au printemps quarante-cinq, j'ai vu des charrettes chargées de baluchons et de valises, des familles entières qui partaient je ne sais où. On attendait que les partisans arrivent. Finalement, ils sont arrivés, puis d'autres de Ljubljana, c'étaient de hauts personnages, des «messieurs les camarades», ils ont dit qu'ils utiliseraient le château pour se reposer. Soudain, la guerre était finie et messieurs les camarades, après leur travail pénible à Ljubljana, voulaient la paix et le repos. Certains étaient malades et se remettaient à Podgorsko.

Jeranek aussi est revenu. Jamais il n'est monté chez nous, je l'ai vu à la gare. Il avait l'air plus sérieux et plus vieux, mais en bonne santé, costaud, il était en uniforme d'officier, les mains croisées dans le dos, il regardait les trains passer.

C'était juste avant notre départ. Moi je suis partie chez mes parents. J'ai épousé Lojze Hribovški, c'était lui qui conduisait la voiture des Zarnik, nous nous étions rapprochés à Podgorsko. Lui aussi est allé chez les partisans en quarante-cinq, il est bientôt revenu, j'étais toute ravie de le retrouver. Mais c'est une autre histoire, la mienne. Nous avons évité de parler de Veronika et de Leo, on ne devait pas trop regarder le passé, la vie continuait. Pourtant, quelques jours avant notre mariage, je lui ai dit, Veronika serait certainement venue, elle m'aimait bien. Un an après la guerre, je n'ai plus eu de nouvelles de la vieille dame. Ensuite, j'ai appris qu'elle était à Ljubljana, on lui avait trouvé un petit appartement. Une fois, je suis allée la voir en train, elle était toujours assise à sa fenêtre. Elle m'a à peine reconnue.

Je pensais que ça l'aiderait de savoir la vérité. Mais moi-même, je ne la connais pas. Il est presque certain qu'ils sont morts, mais les morts, on les enterre, on demande une messe et on leur dit adieu. On sait où est leur tombe, on allume des bougies. En ce qui les concerne, on ne sait même pas ça. J'ai emporté le livre que Mme Josipina m'avait lu un soir, en souvenir du temps où je vivais là-bas. Quelquefois, la nuit quand tout le monde dort, j'allume la lumière et je lis un poème et, dans la nuit, je vois Veronika. Je lui apporte du lait chaud, elle me regarde et comme autrefois dit, je lis ça, lis ça toi aussi. Mais à l'époque, je ne le faisais pas, je n'avais pas le temps. Il me reste quelques photos et ce livre, tout le reste a disparu.

À l'heure du crépuscule viens
Et à l'heure du crépuscule seulement,
À l'heure du pardon,
Quand le jour marche vers l'éternité,
L'âme rêve de poèmes
Semblable à un poème et à un songe.

Le manoir Podgorsko se dresse toujours là-bas au pied de Strmi vrh. Une fois, j'ai demandé à ma fille de m'y conduire en voiture. Après la guerre, c'est devenu un centre de convalescence. Maintenant il y a un musée et quand nous sommes sorties du musée, un groupe d'élèves passait justement la porte. Nous avons voulu entrer, mais ils venaient de fermer. J'ai dit à la caissière que j'avais travaillé au manoir autrefois et que j'aimerais voir comment c'est maintenant à l'intérieur. Elle a dit que ses enfants l'attendaient et qu'elle devait rentrer, je n'avais qu'à revenir le lendemain. Nous sommes parties. Moi aussi les enfants m'attendaient. À vrai dire, mes petits-enfants. Deux filles et un gars. Parfois je leur raconte comme la vie était belle là-bas. Je leur montre des photos de Podgorsko, sur l'une je suis avec Mme Veronika, nous avons toutes les deux des fleurs dans les bras. Nous les avions cueillies pour les vases de la salle à manger. Ils m'écoutent les yeux écarquillés quand je leur explique qu'on avait de la vaisselle en argent et qu'un monsieur venait de Ljubljana jouer du piano. Que des chevaux paissaient tranquillement dans les vastes prairies en contrebas du manoir. Et plus que des chevaux, ils aiment que je leur parle du petit alligator que la jeune dame avait autrefois et qui par la suite avait mordu son mari dans la baignoire. Les enfants rient et battent de leurs petites mains. Cet alligator avait finalement été empaillé et accroché au mur de l'entrée pour effrayer les visiteurs inamicaux. Ils veulent toujours réentendre cette histoire.

5

Aujourd'hui, on a enterré Janko Kralj. Quand la chorale des retraités a entonné *Le lac repose* et que notre drapeau s'est incliné au-dessus de la fosse où on déposait le cercueil, une douleur m'a traversé la poitrine. Comme si j'avais reçu une décharge de mitraillette. En se réfléchissant sur l'étoile métallique en haut du drapeau, un rayon de soleil m'a ébloui alors qu'en bas, on plaçait dans la terre humide le cercueil renfermant son corps décrépit. Je me suis rappelé ce garçon grand et mince, soudain il est réapparu devant mes yeux, enjoué et souriant. Comme il avait toujours été. Quand on entonnait un chant, il était là, quand dans un meeting, l'accordéon se mettait à exulter, il attrapait la première fille à proximité et la faisait danser. Peu de temps après la libération, on était alors fous de joie et exubérants, il a fait une course de moto sur les routes des environs, une fille sur le porte-bagages, et les gens faisaient des bonds de côté, il a tiré sur les tonneaux qu'un aubergiste conservait dans sa cave, et les gars ont pu boire les filets de vin qui en jaillissaient, dans un hôtel de Bled, il a marché avec ses bottes dans les bassines de confiture qu'on venait de préparer à la cuisine, c'était un garçon joyeux, un vrai pendard. Les premiers mois après la guerre, il s'est calmé et s'est lancé dans le travail politique, mais sans jamais se départir de sa bonne humeur. Ces dernières années, on l'a traîné dans les hôpitaux et les maisons de santé, la maladie l'avait complètement épuisé au point qu'il s'était pour ainsi dire ratatiné. La dernière fois que je lui ai rendu visite dans son appartement, à Ljubljana, il était déjà tout menu, il était assis dans un grand fauteuil où il faisait encore plus petit et plus desséché. C'est alors qu'il a évoqué pour la première fois les événements du manoir Podgorsko. Jamais nous n'en avions reparlé depuis ce méchant hiver quarante-quatre. C'était la première fois qu'il évoquait cette histoire. Et ce fut la dernière.

Il avait d'abord ronchonné et s'était moqué de lui-même. Il avait tenté de rire en me voyant, mais ce n'était plus son rire enjoué d'autrefois qui mettait tout le monde de bonne humeur. Qu'est-ce qu'il y a, Jerko, a-t-il dit, je t'ai fait peur? On pouvait sans doute voir sur mon visage qu'en effet, il m'avait fait un peu peur. Ne crains rien, a-t-il dit, je n'ai pas encore passé l'arme à gauche. Toi, tu ne passeras jamais l'arme à gauche, ai-je dit, la mauvaise herbe ne meurt jamais. Quand j'ai sorti une bouteille d'eau-de-vie de ma besace, ses yeux ont pétillé. Ah c'est ta fameuse gnôle, a-t-il dit en esquissant un sourire. Je n'ai pas le droit d'en boire, je prends des médicaments tous les jours. Je me suis assis à côté de lui.

Bon sang, a-t-il dit, si ça n'est pas injuste. Il y a encore trois ans, j'arpentais la montagne et aujourd'hui je peux à peine me traîner jusqu'à la salle de bains.

Je ne comprenais pas pourquoi c'était injuste; moi qui suis de la campagne, je sais bien que toutes les choses poussent d'abord joyeusement, qu'elles mûrissent, puis pourrissent ou se dessèchent, pourquoi en serait-il autrement de nous? Quand mon heure viendra, j'ai l'impression que je saurai l'attendre. Maintenant, tout fout le camp, on n'est plus jeunes, voilà ce qu'on se dit quand on se rencontre et que quelqu'un se plaint d'un rhumatisme attrapé en forêt, durant notre jeunesse, mais c'est juste histoire de parler. Inutile ensuite de dire qu'on est vieux et que, plus souvent encore qu'aux commémorations, c'est aux enterrements qu'on se retrouve. Alors, il y a toujours quelqu'un pour dire, comme aujourd'hui, alors qu'on se tenait à l'ombre des bouleaux, à l'entrée du cimetière, notre forêt commence à s'éclaircir.

Cela fait longtemps, ai-je dit, cette forêt est déjà pratiquement déboisée.

On a un peu ri, avec l'amertume de ceux qui vivent encore aux enterrements. Ainsi, c'était et ce n'était pas une injustice, comme le pensait Janko quand, à peine deux semaines plus tôt, tout faible, il se tenait assis dans son fauteuil. S'il y avait quelqu'un dont on aurait pu dire que rien ne pourrait jamais l'abattre, c'était bien lui. Il se dépêchait toujours, les années d'après-guerre, il filait à toute allure sur sa moto, pour régler des affaires, ensuite, il est devenu une grosse légume, un homme toujours plus important, montant toujours plus haut, et il a déménagé à Ljubljana. Il s'est mis à marcher en montagne, même si on avait souvent juré dans le maquis que la plus haute montagne qu'on escaladerait après la guerre serait notre femme. C'était juste une façon de parler, je ne saurais dire pourquoi, puisque pratiquement aucun d'entre nous n'était alors marié.

Janko était toujours pressé, a dit Bogdan après l'enterrement, quand on s'est assis à l'auberge, même dans l'autre monde, il est parti vite. Bogdan clignait de ses petits yeux malins qui avaient l'air bizarre au milieu de sa grosse tête.

Ça n'avait pas été rapide, la maladie l'avait tracassé pendant presque trois ans. Mais autre chose le tracassait, c'est ce qu'il m'avait confié lors de notre dernière rencontre.

Cette descente à Podgorsko, avait-il dit, là on s'est peut-être gourés.

Il me regardait comme s'il attendait de moi une réponse

intelligente. Que pouvais-je dire à un homme qui était assis, faible et desséché par une maladie qui le dévorait de l'intérieur ? Que moi je ne m'étais pas gouré, que j'avais seulement monté la garde, obéi aux ordres ?

On était jeunes, dit-il, on nous traquait comme des bêtes sauvages. Et on a rendu les coups comme on pouvait.

C'est ce qu'il disait il y a deux semaines.

Maintenant, je ne pouvais pas y penser. Dans la chaleur de midi, je voyais le drapeau s'abaisser sur sa tombe, les rayons du soleil réfléchis par l'étoile métallique m'éblouissaient et la chorale chantait *Le lac repose en silence*… je l'entends encore maintenant… *et les feuilles bruissent doucement.* Maintenant encore, alors que c'est le soir et que je suis assis sur un banc devant la maison, regardant le versant de la montagne, sombre et couvert de vertes forêts, je l'entends encore, … *là, dans la nuit noire, un jeune partisan silencieux est debout au bord du lac* et, bon Dieu, j'ai les larmes aux yeux, *sa fiancée lui a promis d'attendre le jour où la liberté resplendirait…*

Alors qu'on sortait du cimetière, j'ai entendu une vieille mégère souffler à une autre, ils l'ont mis en terre comme un chien. Oui, a dit l'autre mégère, ils ont bien chanté, mais sans prêtre, ce n'est pas vraiment un enterrement. Effectivement, me suis-je dit, il manque quelque chose à nos enterrements, dans notre famille, on priait beaucoup, et quand on a enterré notre mère, c'était bon d'entendre les mots du curé, maintenant les anges l'emportent au ciel, ça ne pouvait pas se passer autrement. Pour notre mère, c'était juste et c'était bon à entendre, mais pour le camarade Janko Kralj, lui, on pouvait difficilement imaginer les anges le porter quelque part et, dans ce cas, c'est lui qui aurait ri à gorge déployée en lançant quelque grossièreté. Même si, à leur manière, les deux bonnes femmes avaient raison, ne serait-ce qu'en disant qu'il manquait quelque chose, j'ai été submergé par la colère en les entendant parler. J'ai pensé, maudites bonnes femmes, laissez le défunt reposer en paix, mais je n'ai rien dit, je leur ai jeté un coup d'œil qui les a fait taire aussitôt. Bien des choses manquaient, en particulier le repas de funérailles. Après la mise en terre, on a piétiné sous le soleil brûlant. Personne ne nous a invités, c'était l'été, et on avait l'impression que tout le monde voulait se sauver à l'ombre ou rentrer chez soi. Immédiatement après l'enterrement, la femme et la fille de Janko se sont assises dans leur voiture, quand elles ont vu que je marchais dans leur direction, Mme Kralj a baissé sa vitre et a lancé, venez nous rendre visite un de ces jours, camarade Jeranek, puis elle s'en est allée. Les autres parents et les camarades qui étaient venus de Ljubljana ont, eux aussi, claqué leur portière, et bientôt la poussière du parking du cimetière s'est soulevée derrière eux. À Poselje, les Kralj n'avaient plus que la tombe de leurs ancêtres, et ils n'y venaient que pour la Toussaint, et encore pas toujours. Peut-être viendront-ils plus souvent maintenant, alors je pourrais serrer la main de sa fille et lui raconter quelque chose de bien sur son père.

Nous les maquisards, comme on s'appelait entre nous pour plaisanter, on s'est ensuite attablés à l'auberge et on a commandé du vin. Mais, malgré le vin, les langues n'ont pas vraiment réussi à se délier. Autrefois, on parlait des expéditions nocturnes, des embuscades et des attaques contre les colonnes allemandes, des chants de Janko et des discours dans les meetings, de ces maudits poux et des ampoules aux pieds. Cette fois-ci, on a parlé en riant de nos cheveux gris et des cures thermales pour soigner ces maudits rhumatismes qu'on avait presque tous attrapés dans le maquis. Ensuite, comme toujours ces derniers temps, la conversation a bifurqué sur la politique. Est-ce qu'on s'était battus pour ça ? Pour que personne ne respecte plus nos sacrifices ? Quelle bande de voyous, a dit Bogdan en clignant de ses petits yeux comme s'il était toujours aveuglé par le soleil de l'enterrement. Est-ce qu'à la fin les belogardistes vont valoir plus que nous ? Laisse la politique, Bogdan, ai-je dit.

Rappelle-toi plutôt comment on avait froid sur les branches de sapin.

C'était après l'action au manoir des Zarnik, cette nuit-là, on tremblait comme des jeunes chiens. Là, on s'est peut-être gourés, avait dit Janko, il y a quinze jours.

Bogdan n'a pas répondu. Il s'est contenté de me toiser du regard. Il ne voulait pas parler de ce qui s'était passé. Moi non plus, je ne le voulais pas, je voulais parler de Janko, lui, il avait participé à cette affaire, aujourd'hui il n'était plus là. Bogdan et moi, nous sommes les seuls survivants de la bande de Janko, tous les autres sont déjà là où Janko venait de partir.

Avant la guerre, Bogdan était cantonnier, il avait des mains noueuses et larges comme des pelles.

Tu ronflais tellement, ai-je dit en riant, que les Boches t'entendaient dans la vallée.

Cette fois non plus, il n'a pas réagi. Autrefois, on aimait plaisanter, même après les enterrements, mais aujourd'hui plus personne n'a envie de rire, tout le monde préfère parler des injustices présentes. Les jeunes ne savent plus rien de notre combat. Je suis sûr que Janko en serait très fâché lui aussi, mais moi je trouve qu'on devrait se rappeler ce qu'on a vécu ensemble : comment Janko, en s'enfuyant d'une maison encerclée, était tombé sur trois types de la *Wehrmannschaft* postés en embuscade, il avait d'abord eu peur, ensuite il s'était mis à courir vers la forêt, s'était arrêté et leur avait lancé une grenade, alors qu'ils étaient eux-mêmes tout déconfits. Se rappeler comment on se frayait un chemin dans la neige. Comment on s'asseyait autour d'un feu de camp. Comment Bogdan ronflait. Autrefois, on évoquait nos souvenirs, mais maintenant on ne parle plus que de politique, et qui ai-je demandé à voix haute, qui à part nous, se souviendra encore de quelque chose ? Ils m'ont tous regardé. Et moi, j'ai vidé mon verre, j'ai payé et je suis rentré chez moi.

Maintenant, c'est le soir. Je suis assis seul devant la

maison. Mon fils est à Ljubljana, il m'avait appelé hier pour me dire qu'il ferait tout pour assister aux funérailles de Janko, comment aurait-il pu faire autrement, puisqu'il porte son nom. Mais ce matin, il m'a fait savoir que c'était impossible, une réunion urgente dans son entreprise. J'ai donné son nom à mon fils, le nom de l'homme le plus enjoué et le plus courageux que j'aie connu. Durant notre enfance, Janko et moi, nous courions ensemble dans les prés et ramenions les vaches à l'étable. L'école terminée, il est parti à Kranj où il a fait son apprentissage de mécanicien, il ne revenait au village que très rarement. C'était un garçon de la ville, jovial, à chacune de ses visites, il était toujours plus différent de nous qui étions restés ici. Il était habillé et coiffé autrement, il parlait autrement, un peu avant la guerre, il faisait pétarader sa moto devant nous. On l'enviait et les filles du village l'admiraient. À l'époque, j'allais de temps en temps au domaine Podgorsko pour aider à faucher l'herbe, travailler à l'étable ou effectuer quelques menues réparations au manoir. Quelquefois, Janko se moquait de moi, tu ne vas quand même pas faire le valet chez ces bourgeois ? Il disait que c'étaient des fainéants et des exploiteurs. Moi je riais, je disais, ils paient bien. Il m'encourageait à aller en ville, je savais faire beaucoup de choses, je me débrouillerais. Mais moi, je me sentais bien à la maison, mon père ne pouvait plus tout faire et petit à petit je reprenais la ferme, au manoir, on me faisait des compliments, en plus, ici, il y avait Pepca, nous chantions tous les deux à la chorale de l'église, aux fêtes, nous dansions dans le jardin devant l'auberge. Je ne pouvais pas m'éloigner de ma maison natale, du village, des prairies et des champs ; pas plus que de Pepca, d'ailleurs.

Tu seras toujours un paysan, disait Janko.

C'était moqueur et un peu méprisant, mais c'était vrai.

Encore maintenant, j'en suis un, même si je suis un paysan avec une pension de combattant et un paysan qui a fréquenté les réunions en ville pendant de longues années pour aider le nouveau pouvoir quand c'était nécessaire. Et qui cultivait de moins en moins la terre. Dans les années qui ont suivi la guerre, j'ai travaillé dans une coopérative, plus dans les bureaux que dans les champs. Mais j'ai quand même gardé quelques bêtes et quelques pâtures, je ne pouvais pas vivre sans. Maintenant l'étable est vide depuis longtemps et plus personne ne fauche les prés. Mais la maison a été refaite, elle est confortable, je ne peux pas me plaindre, quand il peut, mon fils vient me voir en coup de vent, sa femme me fait un peu de nettoyage et de lessive, les petits-enfants galopent autour de la maison. Ce sont de belles journées. Mais en général je suis seul. Cette nuit encore plus, maintenant que j'ai perdu Janko. Je regarde le vieux poirier déjeté près de la clôture et je me dis qu'il faudra bientôt le couper. L'an dernier déjà, j'y ai pensé, mais je l'ai laissé pour qu'il donne encore une fois ses fruits aigres. Des orties poussent aussi le long de la clôture, il faudra les faucher un de ces jours, je le ferai peut-être demain. Maintenant je vais m'asseoir et me délecter de l'odeur grisante qui se dégage de la verdure en ce soir d'été, de l'herbe qui pousse de façon effrénée, du vent qui apporte le parfum froid des sapins au-dessus du manoir du Strmi vrh. Comme tout pousse et tout passe. Pepca est déjà depuis dix ans au cimetière où est aujourd'hui Janko, où sont mon père et ma mère, et moi je me promène dans les parages, je bricole dans la maison, je répare la clôture, parfois je vais en voiture à l'auberge, jamais à la messe. Je n'aime pas les curés, les politiciens non plus, en tout cas pas les nouveaux. Tant qu'il y avait Janko et les nôtres, c'était une autre affaire. On savait de quoi il retournait, on parlait de l'ouvrier et du paysan et des intellectuels honnêtes, mais maintenant ils ne font tous qu'amasser et courir derrière l'argent, mon fils y compris.

J'entends le train qui arrive au loin. C'est le tortillard du soir qui ramène les travailleurs de Ljubljana et de Kranj, comme chaque soir. Avant la guerre, Janko le prenait pour rentrer chez lui, il était apprenti en ville, c'était quand il n'avait pas encore de moto. Souvent je l'attendais à la gare. J'aimais cet endroit à cause de l'oncle Štefan. Il était chef de gare, c'était un gaillard de belle taille. Il avait un uniforme et une palette avec laquelle il faisait partir les trains. Il n'était pas de notre famille, je l'appelais « oncle Štefan » car il venait parfois voir mon père après son travail et boire un petit verre d'eau-de-vie, alors jusque tard dans la nuit, ils discutaient politique. C'était un homme remarquable, mon cœur d'enfant s'enflammait quand je le voyais lever son bâton terminé par un disque rouge et qu'alors tout se mettait en route : dans la gare auparavant calme, les gens couraient, les portes des wagons claquaient, la locomotive haletait, ensuite le convoi s'ébranlait, un peu après, le train disparaissait derrière la montagne, et quand il réapparaissait, il filait déjà à toute allure. Et c'est cet homme prodigieux qui venait toujours chez nous qui provoquait tout ça. Lui non plus, comme Janko, n'est plus là, les trains roulent toujours, la plupart d'entre eux traversent les villages en vrombissant, je sais que celui qui arrive va s'arrêter. Et je vois Janko qui bondit du haut des marches, sur le quai, et qui s'écrie, eh, tu sais que j'ai acheté une moto ?

Au cours d'une de ses visites à sa famille, Janko m'avait emmené faire un tour à moto. C'était aux environs de Pâques et les routes étaient sèches, un vent printanier presque chaud sifflait à nos oreilles. Au carrefour de l'oratoire Janez-Krstnik, nous nous sommes arrêtés et jetés sur l'herbe. D'un sac de sa moto, Janko a tiré une bouteille de vin et nous avons bu quelques coups. Au loin, nous avons vu un cavalier qui chevauchait vers nous sur le chemin au pied de la côte boisée.

C'est une femme, a dit Janko, et il a ri. Regarde comme elle se lève de sa selle.

C'était la jeune dame du château.

Elle s'appelle Veronika, ai-je dit, elle monte tous les jours.

Madona, a dit Janko, en se redressant pour mieux voir, regarde comment elle lève son cul.

Ça ne me semblait pas correct qu'on parle ainsi de Mme Veronika qui discutait toujours gentiment avec moi et avec tous ceux qui allaient travailler à Podgorsko. Quelquefois, pendant les foins, c'était elle qui nous apportait le casse-croûte du matin, les cuisinières disaient que parfois elle entrait dans la cuisine, retroussait ses manches, et donnait un coup de main. Elle trouvait un mot gentil pour chacun et jusqu'alors je n'avais jamais pensé à la dame du château comme à une femme, du moins pas de la même façon que Janko. Elle chevauchait directement vers nous, un petit vent soulevait ses cheveux. Quand elle s'est approchée, moi aussi je me suis levé, elle s'est arrêtée en poussant un grand cri et en caressant son cheval pour le calmer.

Mais n'est-ce pas notre Ivan ! s'est-elle écriée. Elle était de bonne humeur, elle souriait. Depuis quand conduisez-vous une moto, Jeranek?

Ce n'est pas moi, ai-je dit un peu embarrassé. C'est Janko qui conduit, il m'a emmené à l'arrière.

Janko la fixait impudemment.

Je peux aussi vous faire faire un petit tour, proposa-t-il.

Vous m'emmèneriez? On aurait dit que sa proposition presque effrontée ne la gênait pas. Mais moi aussi je pourrais vous emmener, je sais conduire.

Elle savait conduire une auto, on disait qu'elle savait aussi piloter.

Ah ça, a dit Janko, je n'ai encore jamais vu une femme conduire une moto.

Vous verrez ça, elle a éclaté de rire. Une autre fois. Maintenant je dois rentrer.

Et elle est partie sur le chemin du champ, nous l'avons regardée s'éloigner. Loin en bas, elle a fait tourner son cheval et s'est engagée dans la colline par la route de Podgorsko.

Janko était complètement sous le charme.

Quelle bonne femme, a-t-il soupiré, avant d'éclater de rire bruyamment. Si elle m'emmène vraiment, a-t-il dit avec exubérance, moi je la prendrai comme ça, par la taille.

Il s'est mis dans mon dos et m'a saisi à la taille, comme ça, a-t-il dit, et il a avancé sa main sur ma chemise et m'a saisi la poitrine, et ainsi de suite. Il m'a soulevé du sol et moi aussi je me suis mis à rire de façon idiote.

Gros malin va, j'ai dit, elle n'est pas pour toi, elle est mariée.

Ce sont les femmes mariées qui montent le mieux, a ricané Janko alors que nous foncions vers le village en soulevant un nuage de poussière. Tu ne comprends rien, Ivan, a-t-il crié, tu seras toujours un paysan.

C'est alors que pour la première fois j'ai osé penser qu'au fond ce qu'avait dit Janko était vrai, qu'en effet la jeune dame du château était aussi une femme, une femme jeune et attirante. Même si elle était plus âgée que moi, elle était pourtant plus intéressante que toutes les filles d'ici, y compris Pepca. Bien sûr, j'aimais Pepca ; quand le soir je l'accompagnais jusqu'à l'entrée de leur maison, je restais encore longtemps dans les environs, je regardais les étoiles en pensant à elle, à ses cheveux noirs que je pouvais toucher quand nous étions seuls, à sa démarche souple et à ses yeux qui me cherchaient à l'église quand nous chantions dans le chœur. Un jour, le curé nous avait trouvés sur l'herbe derrière l'église alors que je la tenais par la main, il nous a expliqué que l'amour physique était interdit avant le mariage, Pepca s'est mise à rire, le curé aussi, ensuite il a ajouté avec sérieux : le premier objectif du mariage est d'engendrer et d'éduquer les enfants, n'arrivent qu'ensuite l'aide mutuelle et l'apaisement du désir. Il avait sans doute raison, c'était un homme agréable, il chantait bien et parlait bien, peut-être que ça n'aurait pas été mal qu'il accompagne Janko aujourd'hui, au sortir de ce monde. Je n'aime plus les curés, même s'il est vrai que notre curé ne s'était pas trompé. Pepca m'a en effet donné un fils, et elle m'a beaucoup aidé dans la vie. Mais le désir, c'est autre chose.

Veronika, c'était autre chose, elle n'avait pas d'enfant, elle allait et venait autour du manoir en pantalon et chemise à manches retroussées. Elle était entourée d'un nuage de bonne humeur et elle souriait, non comme une dame qui parle du travail qu'il faudra faire mais comme une femme qui sourit à un homme, à moi aussi. Un soir, alors que j'étais resté à Podgorsko dans l'atelier du charron pour faire un travail que je voulais terminer avant la nuit, je l'ai vue en robe de soie. Elle était devant la porte et elle accueillait ses invités qui arrivaient en voiture de Ljubljana. Quand elle m'a aperçu, elle a traversé la cour, elle est venue vers moi, et m'a demandé si je roulais encore à moto. J'ai dit que non, que mon ami n'était pas venu depuis longtemps rendre visite à sa famille. Comment s'appelle-t-il, ce motard ? a-t-elle dit. Je sentais son parfum et la chaleur de son corps.

Un jour je lui montrerai que je sais vraiment conduire une moto, a-t-elle dit en riant.

Ensuite, elle est retournée vers ses invités. Elle était belle, lointaine et inaccessible. Moi, ce soir-là, j'ai été jaloux de Janko et furieux contre lui.

Ce n'est pas possible qu'il l'ait impressionnée avec son impertinence. Je pensais à la façon dont il se conduirait derrière la moto, comment il la saisirait par la taille. Il le ferait sûrement, et tout le reste qu'il m'avait montré, je n'en doutais pas. Moi je n'aurais pas osé, et ça parce que je serais toujours un paysan, comme disait Janko. J'étais fâché contre lui. Et contre elle. Cette nuit-là, j'ai rêvé d'elle. Et de Janko. Ils roulaient dans la vallée, dans les champs, un nuage de poussière s'élevait derrière eux, Janko la tenait par la taille, les cheveux blonds de Veronika balayaient son visage, et lui appuyait ses lèvres à son oreille pour lui dire quelque chose.

Avant cette rencontre à l'oratoire Janez-Krstnik, je n'avais jamais pensé aux châtelains autrement qu'à des gens gentils et qui payaient bien. Mais par la suite, je me suis souvent demandé comment ils vivaient ou plutôt comment elle vivait, là-haut dans le vaste manoir, dans ces grandes pièces, avec son mari et les visiteurs qui restaient tard dans la nuit. Derrière les fenêtres ouvertes, on entendait parfois le piano, des rires et des chants. On racontait d'elle qu'avant de venir à Podgorsko, elle avait vécu avec un officier serbe. Je ne trouvais rien d'étonnant à ça, ni aux bavardages ni à la vie des gens de la haute qui vivent à leur façon, différente de la nôtre. Mais quand elle a échangé quelques mots avec Janko et que plus tard, elle a demandé de ses nouvelles, j'ai eu l'impression de comprendre, une sourde colère s'est mise à couver en moi, contre Janko, contre l'officier serbe, en pensée je me plaçais du côté de son mari, et en son nom, je lui lançais parfois quelques mots irrités. Leo, son mari, était un homme calme et réfléchi, elle aurait pu lui être reconnaissante. Et ne pas répondre à un homme qu'elle rencontrait pour la première fois qu'elle l'emmènerait à moto. Ça me révoltait et chaque fois qu'elle m'adressait la parole, j'étais gêné comme si elle voyait dans ma tête. Un jour après la messe, de temps à autre les châtelains assistaient à la messe à Saint-Jacques, elle m'a présenté à sa mère, une vieille dame. À l'époque, celle-ci se déplaçait encore, plus tard elle est tombée malade et elle n'a plus quitté sa chambre où elle restait à la fenêtre.

C'est notre Ivan, a dit Veronika, il a des mains en or. Il n'y a rien qu'il ne sache faire. Et il chante bien aussi. Tu l'as entendu aujourd'hui.

La vieille dame m'a demandé si j'avais chanté dans le chœur. J'ai acquiescé en regardant le bout de mes chaussures.

Vous avez bien chanté, Jeranek, a dit la vieille dame.

C'est un garçon en or, a dit la jeune dame.

Je n'ai pas répondu. J'étais fâché car elle ne s'adressait pas à moi comme à Janko. Avec ses visiteurs, elle plaisantait et chantait près du piano, mais à moi, elle me parlait comme à un paysan qui ne sait que brandir la faux dans la prairie et couper du bois. Et chanter l'Alléluia. C'est un garçon en or. Et sage, et il a des mains en or, c'est tout ce qu'elle savait dire quand elle discutait avec moi. Le reste, c'était des ordres : Ivan, pourriez-vous réparer la porte de l'écurie ? Promenez un peu Vranac par la bride pour qu'il se rafraîchisse. Le torrent a emporté le chemin qui longe le ruisseau, il y aura du travail. Elle aurait pu parfois échanger quelques mots avec moi. Je n'étais pas un valet mais le futur maître d'une ferme. Je venais donner un coup de main parce que mon père me l'avait demandé et parce que ça me faisait plaisir, et aussi pour l'argent que me donnait chaque semaine son mari, pas elle. Et je n'étais pas un abruti de paysan, j'appartenais à l'Association mixte des jeunes paysans où on lisait et montait des pièces de théâtre, un jour, j'ai joué un curé qui bénissait les jeunes Slovènes qui s'en allaient combattre les Turcs. Chez nous, il y avait des livres et à la maison, on était abonnés à *Slovenski dom*. J'aurais pu discuter avec elle de ce qui se passait dans le monde, des chevaux, des avions aussi si elle avait voulu, j'avais beaucoup lu et je savais bien des choses. Sa voix protectrice et son sourire ont commencé à me gêner. Je me suis mis à éviter ses ordres. Quand j'arrivais au château, j'allais voir M. Leo, quand il était là, et je parlais des travaux avec lui.

Un jour qu'elle m'avait commandé quelque chose en rapport avec ses chevaux, je lui ai répondu sèchement que je m'étais déjà mis d'accord avec M. Leo pour travailler dans le bois. Tu manques à Vranac, a-t-elle dit. C'est toi qui t'en occupes le mieux. Le cheval noir qui lui tenait particulièrement à cœur s'appelait Vranac, elle marchait autour de lui et le caressait sans cesse, Vranac par-ci, Vranac par-là, comme si c'était un homme. Jamais elle ne m'a manifesté autant de gentillesse qu'elle en accordait à ce cheval. Une fois qu'après le déjeuner je marmonnais sur les mamours qu'elle faisait aux chevaux, la cuisinière m'a dit qu'elle agissait probablement ainsi parce qu'elle n'avait pas d'enfant. Je la voyais de plus en plus comme une citadine poseuse qui faisait semblant d'aimer la nature, les chevaux et le travail de la terre. Quand on retournait le foin, elle ne pouvait plus m'embobiner avec ses manches retroussées et sa tenue de travail toute simple. Elle préférait les robes de soie et les escarpins ; les hommes de Ljubljana et plus tard aussi les cavaliers allemands qui lui baisaient la main. Il m'était toujours plus agréable de travailler avec lui, avec Leo, quand il était au château. C'était un monsieur, il ne faisait pas d'effort, comme elle, pour être avec nous de temps à autre, il était froid et réfléchi, jamais exagérément gentil. Il disait, Ivan vous avez bien travaillé, il payait et au revoir. Un jour, après la chasse, il nous a invités au pavillon, nous avons mangé et bu à la santé de la réussite de l'action. Lui a trinqué avec de l'eau. Il était d'ailleurs comme l'eau, clair et froid, et toujours un peu distant. Veronika aussi, il la traitait de cette façon, respectueuse et protectrice, ce qui me plaisait bien. Un matin, alors que nous enterrions une canalisation d'eaux usées dans l'écurie, il est arrivé et a regardé, étonné. Mais c'est ma femme qui a commandé ça ? Parfois elle se trompe, a-t-il dit, nous allons faire autrement. Et nous avons recommencé, autrement. Et il a payé sans un mot tout ce que nous avions fait, même ce qui avait été inutile.

Il m'a semblé qu'au bout d'un moment Veronika a remarqué que je fuyais ses ordres. Un jour, elle m'a arrêté dans la cour, elle m'a dit avec exubérance, on m'a raconté que vous alliez vous marier, Jeranek. Ce vouvoiement respectueux m'a troublé aussi… Janko et elle avaient parlé comme deux vieilles connaissances alors que c'était la première fois qu'ils se rencontraient, et moi elle me traitait comme un domestique. Vu que je ne répondais pas, elle a demandé comment s'appelait ma bonne amie. J'ai répondu qu'elle s'appelait Jožica et que chez elle on l'appelait Pepca. Elle a dit qu'elle donnerait quelque chose de beau à Pepca pour son mariage. Elle voulait savoir quelle était sa couleur préférée. J'ai dit que je ne savais pas, peut-être le bleu. J'étais gêné de parler d'affaires de femmes et j'en avais assez qu'elle me questionne, souriante malgré ses yeux tristes, j'ai remercié et je suis parti.

Pendant l'été quarante-deux, Pepca a été malade, elle faisait beaucoup de fièvre. Elle a commencé à délirer et ses parents se sont affolés. Comme il était tard et qu'il n'y avait plus de train pour aller à l'hôpital, j'ai couru au manoir pour demander si leur chauffeur pouvait l'emmener à l'hôpital. Le chauffeur n'était pas là, il était en congé. M. Leo n'était pas non plus au château, il était probablement à Ljubljana ou à la chasse. Veronika n'a pas réfléchi longtemps, je vais l'emmener, a-t-elle dit. Le soir même, à l'hôpital, on lui a enlevé l'appendice. C'est un médecin militaire allemand qui l'a opérée et elle s'est vite rétablie. Une semaine plus tard, madame a offert elle-même d'aller la rechercher. Nous roulions sur la route, un nuage de poussière s'élevait derrière nous. J'ai pensé que maintenant c'était moi qui roulais avec elle, pas Janko, et en auto, pas à moto. C'était une belle journée, nous sommes revenus tous les trois, ma malade affaiblie sur le siège arrière et nous deux à l'avant. Janko m'aurait envié. Veronika a un peu gâché ma joie quand on s'est arrêtés dans une auberge pour boire une bière. À propos, a-t-elle dit, où est ton ami, comment s'appelle-t-il déjà ? J'étais fâché qu'elle se souvienne de lui, mais un peu rassuré qu'elle ait oublié son nom. Je lui ai dit comment il s'appelait. Ah oui, Janko, a-t-elle fait, est-ce qu'il roule toujours sur son bolide ?

Jamais elle n'est montée à moto avec Janko et jamais elle n'a offert quelque chose de beau à Pepca pour son mariage. Janko est parti dans le maquis faire le coup de feu sur les

Allemands et Pepca et moi ne nous sommes mariés qu'après la guerre. Alors qu'elle, Veronika, elle n'était plus là.

D'un seul coup, la guerre est arrivée, des colonnes de camions bourrés de soldats allemands ont traversé le village. Les premiers mois, la vie n'a pas énormément changé, des policiers allemands se sont installés à la gendarmerie, ils allaient dans les villages avec les nôtres et le soir, ils s'asseyaient ensemble à l'auberge. J'ai continué à aller au château où les visites des officiers allemands de Kranj étaient de plus en plus fréquentes. Probablement qu'ils s'y sentaient bien, les deux châtelains parlaient leur langue, elle avait, disait-on, fait ses études à Berlin. En quarante-deux, un peu après que Veronika avait conduit Pepca à l'hôpital, le bruit a couru que nos soldats, ceux qui étaient revenus de captivité après la capitulation, se rassemblaient dans les bois et attaquaient les dépôts d'armes allemands et les bureaux, volaient les armes et les munitions, tiraient sur les colonnes de voitures. Un jour est arrivé un grand groupe de gendarmes qui, avec des gens du cru, est allé de maison en maison. Un de leurs collègues avait probablement été pris dans une embuscade alors qu'il passait à bicyclette sur le chemin qui longeait la pente boisée. On nous a convoqués au poste de gendarmerie et on nous a demandé si on connaissait des maquisards. On m'a convoqué moi aussi, un Tyrolien en uniforme de gendarme marchait de long en large en posant des questions, notre instituteur qui parlait allemand traduisait. Je n'ai rien dit, je ne savais rien non plus. Même si j'avais su que Janko Kralj était chez les maquisards, je ne l'aurais pas dit. Jamais. Je n'étais ni un indicateur ni un traître.

À l'automne quarante-deux, quelqu'un a frappé longuement à la fenêtre. Mon père est allé ouvrir, je l'ai entendu parler. Il est revenu tout pâle en disant que c'était moi et non lui qu'on cherchait. Ton ami, a-t-il ajouté d'un ton fâché même s'il avait l'air assez effrayé. Il n'aimait pas que je fréquente Janko, une tête de linotte de la ville selon lui. J'ai demandé, pourquoi ne l'as-tu pas fait entrer? Mais j'ai vu pourquoi. Janko m'a presque fait peur, il avait une mitrailleuse accrochée à l'épaule, un grand étui de revolver pendait à la large ceinture de sa veste en cuir. Sur la tête, il portait une casquette ornée d'une étoile rouge. C'est aussi pour cette raison qu'il ne l'avait pas fait entrer. Mon père ne les aimait pas, les révolutionnaires, il ne m'a jamais pardonné de les avoir rejoints plus tard. Mais ça n'est arrivé que l'année suivante.

J'ai vu deux silhouettes sombres sous le poirier à côté de la clôture, ses accompagnateurs. Sans me saluer, Janko m'a demandé si j'allais encore au domaine Podgorsko. J'ai dit, très rarement.

Vas-y, a-t-il dit, informe-nous de ce qui se passe là-haut. On se bat pour la liberté du peuple slovène, a-t-il ajouté en des termes solennels qui résonnaient étrangement dans la bouche de ce plaisantin rigolo. Eux, a-t-il continué, s'amusent avec les occupants. Il m'a rapidement expliqué que toute information était précieuse. Qui vient, qui s'en va, je devais essayer de connaître les noms par le personnel, d'apprendre s'il y avait des officiers allemands parmi leurs invités, autant que possible noter leur grade, décrire leurs automobiles, savoir s'ils avaient des gardes avec eux et le reste.

J'étais surpris. À cette époque, je savais que beaucoup de gens n'étaient pas favorables aux maquisards puisqu'on comptait parmi eux des terroristes qui voulaient tout prendre aux paysans, comme en Russie, mais je savais aussi que les gens les aidaient pourtant en leur fournissant de la nourriture et des vêtements car, quoi qu'il en soit, c'étaient les nôtres. Si on travaillait au château, on voyait bien des choses, notamment que des sacs à dos pleins partaient dans le bois. Alors qu'un matin je travaillais dans le bois du château, j'ai vu un garde-chasse et deux autres personnes traîner de lourds sacs en direction du pavillon de chasse. J'ai plaisanté, c'est pour les ours ? Oui, a dit le garde, ils sont venus de Kočevje. Tout le monde a éclaté de rire. Nous savions qu'il n'y avait pas d'ours chez nous, et s'il y en avait eu, pourquoi aurait-on porté à manger aux bêtes sauvages. Tout le monde à Podgorsko savait bien que des Allemands venaient en visite mais tout le monde savait aussi que M. Leo aidait les partisans. Comme nous tous alors, il avait une double vie. Il n'était pas possible d'éviter les Allemands, ils étaient partout. Certains de nos gars qu'ils avaient mobilisés venaient en permission en uniforme allemand et racontaient leurs combats en Russie, l'un d'entre eux avait même été en Afrique.

Jusqu'à présent je pensais, ai-je dit à Janko, que le château vous aidait. Mais il s'est mis carrément en colère, je n'avais pas à penser. D'autres pensaient, moi je n'avais qu'à faire ce qu'il me commandait. Il m'a regardé pendant un moment. Ensuite, il a souri en disant, tu ne comprends rien, Ivan, tu seras toujours un paysan. L'instant d'après, il est redevenu sérieux. Il s'est mis à me donner des ordres. Dans une semaine ou même avant, quelqu'un passerait et je lui dirais ce que j'avais vu. Je n'avais qu'à noter les noms et les numéros. Et je devais savoir que chaque chose était vérifiée plusieurs fois, ils avaient des gens à eux dans le personnel. Ça sonnait presque comme une menace. Plus tard, ils décideraient d'une liaison où j'irais seul et où je porterais les renseignements. Il a levé le poing vers sa casquette, a dit « Mort au fascisme », m'a appris que je devais répondre « Liberté au peuple » et il est parti. Les deux autres qui faisaient les cent pas à la clôture l'ont rejoint.

Son sérieux, surtout son salut, tout ça m'aurait paru ridicule, à croire que Janko se livrait encore à quelque facétie, si ça ne m'avait semblé déplaisant et même menaçant. Qu'est-ce que ça voulait dire ? Que l'ami que j'admirais, soudain, me donnait des ordres et même me menaçait. Que je devais espionner des gens qui étaient si aimables avec moi et qui, par-dessus le marché, me payaient bien les travaux que j'exécutais pour eux? Mon père qui avait vécu dans la défunte Autriche avait toujours prête une phrase allemande pour les espions de cette époque. Quand quelqu'un dénonçait quelqu'un d'autre à la gendarmerie ou à la perception pour un abattage de bois illicite ou pour un braconnage de cerfs, il disait toujours, *der größte Schuft im ganzen Land, das ist und bleibt der Denunziant.* C'est-à-dire qu'un mouchard est et reste toujours la plus grande crapule de tout le pays. Bien sûr, je savais que ce que Janko exigeait de moi n'était pas la même chose, les temps étaient difficiles, je savais bien qu'il s'agissait de tout autre chose. Quand même, ça m'a fait bizarre et je n'ai pas pu dormir de la nuit.

Je ne suis ni un mouchard ni un traître, même si plus tard, au cours de cette terrible nuit de l'hiver quarante-quatre, là-haut dans le pavillon de chasse, j'ai senti que dans son regard, dans le regard de Veronika, il y avait quelque chose de plus que la peur et de plus que de l'espoir que j'allais l'aider, qu'il y avait aussi dans ce regard une sorte de reproche. Comment aurais-je pu l'aider? Cette nuit de janvier quarante-quatre, je n'étais qu'un garde, un simple garde, rien d'autre. Et si je m'étais permis de dire ne serait-ce qu'un mot contre le fait qu'ils les emmenaient pour les interroger, ils m'auraient abattu. Janko avait raison quand, à peine quinze jours avant sa mort, dans le fauteuil où il était assis, tuberculeux et tout chétif, il avait dit qu'on nous avait pourchassés comme des bêtes sauvages. C'est pourquoi la discipline était quelque chose de terriblement sérieux. Quand une action était en cours, toute objection équivalait à un sabotage, pratiquement à une désertion. Je ne pouvais rien faire. Dans son regard, il n'y avait pas seulement la peur et l'espoir, il y avait aussi quelque chose qui voulait dire, mais tu es notre Ivan, nous t'aimions bien, je voulais donner quelque chose de beau à Pepca pour votre mariage. Est-ce que tu ne vas rien faire ? Qu'aurais-je pu faire ? Janko aurait peut-être pu l'aider, il était commandant, mais ça ne lui est même pas venu à l'esprit. Et c'est avec lui qu'elle voulait rouler à moto, pas avec moi. Elle aurait conduit, et lui, à l'arrière, aurait ri bruyamment, il l'aurait prise par la taille et lui aurait dit Dieu sait quoi à l'oreille pour la faire rire. Elle l'avait laissé se montrer effronté avec elle, ça lui avait même plu. Elle m'avait demandé comment il s'appelait le soir où, en robe de soie, elle attendait ses invités. Elle faisait à peine attention à moi, pour elle j'étais un petit paysan, Jeranek de Poselje qui a des mains en or et qui, notre Ivan, sait même chanter l'Alléluia à l'église.

Une dizaine de jours après la visite de Janko, on a tapé à ma fenêtre. J'ai allumé la lumière et écarté les volets. Dehors se trouvait une jeune femme, son foulard lui tombait presque sur les yeux. Elle a chuchoté que c'était Janko qui l'envoyait. Comment savoir si c'était vrai ? Comment j'aurais su où était ta fenêtre ? a-t-elle répliqué. C'est vrai, ai-je pensé, à moitié endormi, Janko sait où je dors. Comment l'inconnue l'aurait su ? Elle a regardé autour d'elle et ordonné, éteins la lumière ! La lumière lui tombait sur la tête, cependant je ne pouvais pas bien voir son visage à cause du foulard. J'ai éteint et suis resté dans l'ombre à écouter si quelqu'un s'était réveillé dans la maison. Ensuite, je suis retourné à la fenêtre.

Qu'est-ce que tu as ? a-t-elle chuchoté avec impatience.

J'ai dit que je n'étais pas souvent allé là-haut. Mais quand tu y étais, qu'as-tu vu ? Rien de spécial, ai-je répondu. Ça me semblait un peu idiot de bavasser, à cette heure, avec une femme sous ma fenêtre sur les gens qui allaient au château. Elle s'impatientait. Le camarade Janko te fait confiance, il compte sur toi, a-t-elle dit presque à voix haute. Il y avait comme de la colère dans sa voix. Bien, a-t-elle ajouté au bout d'un certain temps alors que je continuais à me taire, je dirai à Janko que tu ne veux pas collaborer. Je ne voulais pas que mon ami revienne dans les parages avec sa mitrailleuse et ses deux accompagnateurs postés dans l'ombre sous le poirier. Il y a eu une femme de Ljubljana, ai-je dit, et un homme qui répétait au piano. Il a joué toute la journée. Comment s'appelle-t-il ? Je me rappelais que c'était Vito. Quelquefois il sortait pour fumer une cigarette. Il se plaignait du piano vieux et mauvais. Il faudra qu'ils en achètent un autre. Ils vont acheter un nouveau piano, ai-je dit à la femme sous ma fenêtre. Qu'est-ce que ça peut me faire, a-t-elle répondu, qu'est-ce que ça peut me faire, leur piano ? Qui va là-haut ? À part les nôtres qui y travaillent. Et les Allemands ? J'avais l'impression que sa patience était à bout. Elle aussi, il fallait certainement qu'elle apporte un renseignement à quelqu'un, un Ljubljanais qui jouait du piano, ça ne l'avançait pas à grand-chose. Il n'y a pas eu beaucoup d'Allemands, ai-je dit, un homme d'âge moyen, je crois qu'il est médecin. Était-il seul ? Il était avec deux infirmiers, qui l'ont attendu dans la cuisine, Jože leur a préparé un casse-croûte. Lui a probablement dîné dans la salle à manger du haut. Combien de temps ? Je ne sais pas, peut-être deux heures, moi je travaillais au jardin, je n'ai pas vu quand ils sont partis. Il n'y avait pas Wallner ? À l'époque, je ne savais même pas qui était Wallner. Je n'en ai pas vu d'autre, ai-je dit. Alors il y a eu du bruit dans la maison, une porte s'est ouverte de l'autre côté et la femme s'est accroupie sous la fenêtre. Ce n'est rien, ai-je dit, c'est mon père, à cette heure-ci, il va... où vous savez. Elle s'est levée. Il faudra faire un peu plus d'effort, a-t-elle dit. Ça, ce n'est rien. Bon rien, j'ai pensé, je suis un peu têtu, comme tout le monde à la maison. Je ne sais pas si on te confiera la liaison. Ne me la confiez pas, ai-je pensé en colère, d'ailleurs je ne me suis pas proposé. Elle a disparu entre les arbres sans me saluer pendant que mon père fermait la porte des cabinets près de l'étable.

Depuis lors, il s'est passé du temps, presque cinquante

ans, et j'ai oublié bien des choses, mais c'est curieux, ça, comment cette inconnue était assise sur ses talons sous la fenêtre, je ne l'ai pas oublié. Un jour, dans le maquis, j'ai raconté à Janko comment sa femme de confiance était accroupie sous ma fenêtre. J'ai pensé qu'elle pissait. Elle a eu peur de mon père qui, lui, allait vraiment chier, comme toutes les nuits. Nous avons ri aux larmes. J'ai oublié bien des choses, mais pas ces détails-là. Bien sûr, c'était le début, on se souvient de ces choses-là.

Je n'ai pas oublié Janko qu'on a enterré aujourd'hui. On a chanté *Le lac repose*, la chanson qu'il chantait souvent dans le maquis, devant un feu de camp, ou alors quand il avait bu un verre de vin et qu'il devenait triste, et les mots de la chanson... *quand la liberté resplendira*... signifiaient beaucoup de choses pour nous tous et on avait la gorge serrée comme je l'ai eue aujourd'hui en pleine chaleur, quand quelque chose a transpercé ma poitrine, au moment où notre drapeau est descendu au-dessus de la fosse où était étendu le corps chétif d'un homme qui avait été grand, courageux. D'un ami qui m'avait sauvé la vie. Et d'un homme qu'à un moment j'avais violemment haï. À cause d'elle, de Veronika.

J'ai oublié bien des choses, je n'oublierai pas Janko. Son rire, sa façon de chanter. Et Veronika non plus, jamais. Sa démarche, l'odeur de sa peau quand elle était près de moi. D'autres choses se sont brouillées, mais d'eux je me souviens de chaque détail, j'entends leur voix quand je m'éveille la nuit, seul dans cette grande maison, et maintenant aussi que nous avons mis Janko en terre et que le soir rejoint la nuit.

Avec mes camarades de lutte, on se battait et on fuyait, on se réunissait et on riait, on pleurait ceux qui étaient tombés et on continuait. Quand on a attaqué le poste de gendarmerie de Bukovje, j'ai marché entre les corps d'Allemands et de Slovènes en uniforme de la Wehrmannschaft, j'en ai même reconnu un, pourtant son visage était tout vert.

Les nuits sans sommeil, les feux de camp, la montagne, le ravin, le chemin entre les pierres, la marche nocturne sur la pente boisée juste au-dessus du village, les accrochages et les coups de feu, tout ça s'est peu à peu mélangé dans un embrouillamini sans date ni nom de montagne ou de village. J'ai oublié bien des choses. De toute façon, tout est écrit dans la série de livres que j'ai sur une étagère de ma chambre. Tout n'est pas absolument exact, toutes les choses ne sont pas inscrites, on n'y parle pas de cette femme qui ramassait des champignons et que nous avons fusillée parce que nous pensions qu'elle nous espionnait, il n'y a pas le traître Milan qui s'était introduit parmi nous et qui donnait des informations sur nos rendez-vous aux Allemands, quand il était en patrouille et qu'il « se perdait », comme il l'a affirmé lors de l'interrogatoire avant de pleurer, « je vous aime, camarades ». Celui-là, on l'a noyé car on ne pouvait pas le fusiller sans trahir notre position. Celui-là et bien d'autres ne sont pas dans les livres. N'empêche, certains soirs, j'aime bien les prendre sur l'étagère et y chercher les événements auxquels j'ai participé. Sur le mur de la salle à manger, j'ai fait peindre un groupe de partisans assis dans un bois, un soir d'été autour d'un feu de camp. Janko, mon fils, a ouvert de grands yeux quand, en arrivant de Ljubljana, il a vu la peinture. Il a dit, excuse-moi, mais c'est ridicule. Quelle mauvaise croûte. En plus de ça, a-t-il ajouté, à quelle distance es-tu du bois ? Tu n'as pas besoin de l'avoir en peinture sur ton mur. Va dans le bois, il a ri, assieds-toi sur une souche et souviens-toi. Il ne comprend pas, il y a bien des choses qu'il ne comprend pas. Quand je suis seul, parfois j'ouvre un livre, je me verse un verre de vin et je m'assois parmi mes camarades qui sont sur le mur, j'écoute les chants de partisans que j'ai enregistrés et ça me fait du bien et du mal en même temps, c'est ce que mon fils ne comprendra jamais, que ça me fait du bien et du mal, les deux en même temps.

Même si la femme accroupie la nuit sous la fenêtre avait dit qu'il était question de me confier la liaison et même si je me fichais un peu à l'époque qu'il me la confie, je l'ai eue sans la demander. La liaison était à la gare, exactement chez ce chef de gare que j'admirais depuis mon enfance quand il soulevait son disque emmanché sur un bâton. Il avait à mes yeux un grand pouvoir, c'était lui qui faisait partir les trains. Quand il arrivait au train, sa palette sous le bras, la locomotive se mettait à haleter, les conducteurs à crier pour faire monter les derniers voyageurs qui faisaient leurs adieux sur le quai, les portes claquaient et quand il levait son bâton, le train s'ébranlait, les roues se mettaient à tourner. Jamais je ne me suis lassé de ces scènes. Quand j'étais enfant, je l'appelai « Oncle ». Comme il a été surpris, l'oncle Štefan, quand je suis entré dans son bureau un après-midi et que j'ai annoncé que j'étais celui qu'il attendait. C'était le mot de passe. Il a seulement dit, c'est bien que tu sois venu, salue ton père et reviens. C'est ainsi que j'ai eu un contact dès la fin de l'année quarante-deux.

J'ai vu arriver différentes personnes au château, des notables de Ljubljana, des maires des villages environnants, mais je n'ai rien communiqué. Je ne voulais pas espionner les gens qui me donnaient du travail, étaient gentils avec moi et qu'à ma façon j'aimais bien. Et d'ailleurs qu'aurais-je pu dire ? Quand je restais travailler dans les environs du château jusqu'au soir, j'entendais parfois des rires et parfois aussi des chants par la fenêtre ouverte. Ça me semblait trop futile de rapporter ces choses à la liaison. Je ne suis allé voir oncle Štefan que lorsque le comportement de Veronika m'a vraiment contrarié et que la scène que j'ai vue m'a donné le tournis. Alors je lui ai parlé de Veronika, de ce qu'elle faisait et de tout ce qui se passait là-haut. Et alors son bâton a fait partir le train qui a foncé sur elle et l'a écrasée.

Avant cela, je m'étais retrouvé quelques jours en prison à Kranj.

Par un matin glacial de novembre, je m'en souviens précisément, c'était un samedi, la glace des flaques gelées craquait sous nos pas, et alors que je sortais de l'étable, deux camions militaires sont arrivés dans le village, précédés d'une petite voiture particulière. J'ai avancé jusqu'à la clôture pour voir où ils allaient. Les véhicules se sont arrêtés dans le village, à quelques mètres de chez nous, près de chez les Košnik. Deux types en manteau de cuir sont sortis de la voiture particulière, en même temps des soldats ont sauté du camion. Je n'ai pas compris ce qui se passait, j'ai pensé qu'ils cherchaient quelqu'un, mon estomac s'est un peu serré car je me suis souvenu des visites nocturnes de Janko et de l'inconnue. Je suis reparti à la maison, mais avant même d'avoir dit ce qui se passait à mon père et à ma mère, trois hommes, un fusil à la main, cognaient à la porte. L'un d'entre eux m'a désigné et m'a dit en slovène de m'habiller et de prendre mes papiers car j'allais les accompagner. Il a échangé quelques mots en allemand avec les deux autres, qui ont opiné. Mon père et ma mère étaient assis à la table, mon père s'est levé et a dit, il n'a rien fait. L'homme a seulement dit, allons, rien d'autre. Mon père s'est tourné vers les deux hommes et a dit en allemand, nous sommes loyaux, nous sommes catholiques. Catholiques, oui, a répété un des deux Allemands, et tous les trois ont éclaté de rire. Comme mon père continuait de parler et de remuer les mains, celui qui savait le slovène l'a poussé sur le banc. Asseyez-vous, le père, peut-être que ce ne sera rien, il sera de retour dans quelques jours. Il est mobilisé ? Mon père essayait de comprendre quelque chose, ce qui l'aurait calmé. Mais non, je n'étais pas mobilisé, au moment de la mobilisation, les Allemands envoyaient d'abord une lettre par une estafette et c'est seulement si le type ne se présentait pas le jour dit qu'ils venaient le chercher.

Quand je suis sorti, il y avait déjà quelques gars et quelques hommes plus âgés de notre village près des véhicules. Vite, ils ont grimpé dans les camions bâchés, moi aussi, puis les soldats sont montés derrière nous. On était assez serrés et on se regardait en silence. À Kranj, on nous a collés dans une cellule, on était environ cinquante, cependant on a entendu d'autres voitures rouler dans la cour, et au bruit des pas et des voix, on a su qu'ils en avaient ramassé encore plus que nous qui étions entassés dans cet endroit. Ensuite, ils nous ont fait sortir par deux ou par trois de la cellule. Visiblement, ils ne connaissaient pas nos noms, ceux qui revenaient ont dit qu'il fallait d'abord montrer ses papiers d'identité et donner les renseignements qu'ils vérifiaient à l'aide de ces papiers. Ça s'est passé comme ça pour moi, en dix minutes, l'affaire a été faite. Ensuite, l'attente a commencé. Des gardiens venaient appeler certains par leur nom. Ils étaient interrogés. Certains aussi battus. On entendait des coups, des cris et des gémissements. Les uns revenaient en souriant, d'autres en sang et avec des ecchymoses qui s'agrandissaient. Ils disaient qu'ils frappaient avec des fouets. C'étaient des tresses de nerfs de bœuf séchés, et la peau éclatait sous les coups. Pendant pas mal de temps, nous n'avons pas su ce qui se passait. Ensuite le bruit a circulé dans la cellule qu'on avait été pris en otages. Les partisans avaient tendu une embuscade à un officier supérieur allemand qui roulait avec son escorte en direction de Bled et ils l'avaient abattu. Quelques soldats aussi étaient tombés. On a tous compris ce que ça voulait dire. Ils allaient fusiller les otages qu'ils avaient ramassés à l'aveuglette dans les villages. Leurs noms seraient publiés sur les affiches rouges qu'on lisait quelquefois à la gare. Où se trouvait l'inscription sinistre qu'on connaissait tous, *Bekanntmachung!* Avis à la population ! Avant que ça se produise, ils allaient essayer de nous soutirer des renseignements. L'affaire a traîné en longueur toute la journée et tard dans la nuit avec l'appel des noms, les sorties, les retours.

Jamais encore, je n'avais eu aussi peur que pendant ces

trois jours et ces nuits dans la prison de Kranj. J'attendais qu'ils m'appellent et me demandent ce que je savais de Janko Kralj et qui était la femme qui frappait la nuit à ma fenêtre. Qui était mon contact. J'ai pensé au chef de gare qui levait sa palette sur le quai. Quelqu'un a dit qu'ils plaçaient les hommes devant le mur, ensuite ils leur offraient de signer une déclaration de collaboration, en échange de leur vie. Et alors ils partent comme des traîtres, a dit quelqu'un d'autre. J'étais fermement décidé à ne rien dire, mais on ne sait jamais où sont les limites de la résistance. Un terrible murmure sur les tortures s'est répandu, sur les coups de nerfs de bœuf qui déchirent la peau et brisent les os, sur l'arrachement des ongles et les coups sur la plante des pieds. Les rumeurs n'apportaient rien, on pouvait voir de nos propres yeux certains de ces malheureux revenir dans la cellule. Ensuite une autre nouvelle s'est propagée, ils allaient tous nous fusiller pour le meurtre de l'officier allemand, ils ne choisiraient plus. Accroupi contre le mur, je voyais mon nom sur l'affiche collée à la gare, *Ivan Jeranek, paysan, Poselje*, l'oncle Štefan serait le premier à le lire et à l'annoncer à mes proches, je fis mes adieux à mon père et à ma mère, à Pepca, aux aimables personnes de Podgorsko aussi, aux arbres et aux bêtes, au vieux poirier et à la pelouse, au bois au-dessus du village et aux vaches dans l'étable.

Le troisième jour, un gars de Gorenja vas que je connaissais de vue m'a appelé. Il était sur un banc près de la fenêtre de la cellule, regarde, c'est Wallner ! Je me suis avancé vers lui et j'ai vu dans la cour un homme en uniforme noir et bottes cirées qui parlait à quelqu'un. C'est Wallner, a murmuré le gars, un type de la Gestapo. Si celui-là s'occupe de toi, tu es cuit. Mais c'est l'autre qui attira mon attention. Sa blouse blanche ouverte laissait voir son uniforme.

Celui-là, je le connais, ai-je dit.

Wallner ?

Non, le médecin. Il vient à Podgorsko.

C'est un misérable, a dit le gars de Gorenja vas, ils sont tous pareils. Wallner fit un geste de la main en direction de notre cellule, le médecin a tourné la tête, nous nous sommes écartés.

L'après-midi, j'ai été relâché. J'avais eu une sacrée chance. Je n'avais subi aucun interrogatoire. Un Slovène en uniforme de policier allemand est entré dans la cellule et a crié, Ivan Jeranek ! Je me suis levé, mes jambes étaient lourdes, j'avais l'impression qu'elles étaient en plomb. Il a dit, allons-y. Je l'ai suivi, des regards compatissants m'accompagnaient. Mais dans le couloir, dès qu'il a eu fermé la porte, il a ajouté, tu as de la chance, Jeranek. Tu es libre. J'ai été soulagé d'un grand poids, comme si j'avais traîné une poutre et qu'elle était tombée par terre. Si je regarde objectivement les choses, c'était juste qu'ils me relâchent, au fond, qu'est-ce que j'avais fait d'autre que dire qu'ils allaient acheter un nouveau piano. Mais ils auraient aussi bien pu me garder, quand ils avaient besoin d'otages, ils ne vérifiaient pas longtemps qui était coupable, c'est-à-dire qui avait des contacts et qui n'en avait pas. J'avais eu une sacrée chance. Je n'étais pas le seul, ils en avaient relâché d'autres. Ils en avaient relâché, ils en avaient fusillé. J'ai presque couru jusqu'à la gare où j'ai attendu le train de Ljubljana pendant environ deux heures en grelottant dans le froid de novembre, de froid, mais aussi de bonheur d'être sorti. Certains de la cellule avaient été fusillés dont ce gars de Gorenja vas qui, par la fenêtre, m'avait montré Wallner et le toubib qui venait au château. On a trouvé leur nom sur l'affiche rouge du sinistre *Bekanntmachung* qu'ils ont placardée en ville et dans les villages, il y en avait une aussi à la gare, chez nous, à Poselje.

Je suis rentré à la maison tout hébété. Pendant quelques jours, je n'ai parlé à personne. J'étais heureux d'être vivant, et terrorisé jusqu'aux os. C'est ce qu'ils voulaient, que ceux qui sortaient aient si peur qu'il ne leur vienne pas à l'idée de collaborer si peu que ce soit avec les bandits, comme ils appelaient les nôtres.

Au bout d'un moment, je suis reparti à Podgorsko, Joži est venue me chercher. Joži était la domestique du manoir, elle s'occupait de tout, de ce qu'ils mangeaient et buvaient, de ce qui poussait dans le jardin et dans les champs, elle s'occupait aussi de la vieille dame, surveillait la cuisine et les femmes de chambre, travaillait au jardin et se mêlait de tout. Elle a dit que madame regrettait mon absence, que personne ne savait prendre soin des chevaux aussi bien que moi. J'ai un peu hésité et ne suis monté que vers midi. Qu'ils ne pensent pas que j'accourais à leur appel comme un valet.

Et c'est vrai que Veronika a été plus aimable avec moi que jamais. Où étiez-vous, Ivan? a-t-elle dit. Elle m'a invité au manoir, c'était la première fois que je franchissais l'entrée principale, celle des maîtres et de leurs invités. Jusqu'alors j'avais toujours emprunté la porte latérale, pour aller dans la cuisine et la salle d'à côté, celle des travailleurs journaliers. J'avais déjà été dans la salle de chasse, parmi les têtes empaillées de cerfs et de sangliers. Un jour, M. Leo nous y avait invités après la chasse. Maintenant c'était elle, Veronika, qui m'invitait dans la salle à manger. Nous nous sommes assis à la table, Joži a apporté une bouteille de vin et Veronika m'en a versé un verre elle-même. Seulement à moi, elle, elle a grignoté quelques biscuits. J'étais en tenue de travail et c'était gênant d'être assis à cette table. Elle a affirmé que je lui avais manqué, que personne ne savait s'y prendre aussi bien que moi avec les chevaux. Elle m'a montré quelques peintures accrochées au mur, elle était sur l'une d'elles, il y a des années, a-t-elle dit, quand j'étais jeune.

Mais vous l'êtes encore! – en disant cela, je l'ai regardée dans les yeux.

Elle n'a pas détourné son regard, quelque chose est passé de ses yeux à ma poitrine, quelque chose de chaud, et mon cœur s'est mis à cogner. Ensuite, elle a souri, comme vous êtes aimable, Ivan, a-t-elle dit et elle s'est tournée vers la porte. À propos, quand donc aura lieu votre mariage, a-t-elle soudain demandé. Nous ne savons pas encore, certainement bientôt. Dites-le-moi à temps que je trouve quelque chose, vous m'avez dit qu'elle aimait le bleu, le clair ou le foncé ? Elle m'a accompagné dehors. Dans le vestibule, j'ai aperçu dans l'ombre un curieux animal empaillé. C'est un alligator, a-t-elle dit. Ma petite bête sauvage. Nous l'avions acheté quand j'étais à Ljubljana. Ensuite, il a mordu Leo et nous avons dû le faire piquer chez le vétérinaire. J'ai regardé longuement l'animal. Et mon cœur a battu longuement, pas à cause de la bête, mais à cause de sa proximité et de sa gentillesse. Quand même elle avait une autre manière d'être gentille avec moi qu'avec Janko, ce dimanche-là. Et qu'avec ses invités, qu'elle prenait par le bras pour entrer dans la maison.

Encore aujourd'hui, je ne sais pas si elle avait su que j'étais de ceux qui avaient été emprisonnés à Kranj ou si seulement elle avait remarqué mon absence. En tant que travailleur bien sûr, pour mes mains en or qui savaient tout faire et surtout brosser ses chevaux quand ils revenaient d'une chevauchée dans la neige.

Malgré son aimable invitation, j'ai alors regardé d'un autre œil mes visites au château. Dans cette cellule de la Gestapo, mes oreilles avaient entendu ce que ces officiers que personne n'avait invités dans notre pays faisaient des nôtres. Et mes yeux avaient vu comment ils les battaient avant de les jeter comme des bûches dans une cellule. Et le maître du château invitait ces officiers au manoir, il leur donnait à dîner, parfois ils allaient avec Leo au pavillon de chasse et tuaient un cerf. Comme ils tuaient quelquefois un de nos hommes contre le mur de la cour de la prison. Mes yeux avaient vu Wallner et le médecin qui venait au château. Ils avaient vu le mur humide que j'avais fixé en disant adieu à mes proches, au bois et aux champs, à tout. Pour moi, ce n'était plus seulement des visites, je me suis dit que j'allais noter les numéros des automobiles et les noms et que j'irais les porter à l'oncle Štefan à la gare. Mais la vie a continué, à la maison, il y avait beaucoup de travail et j'allais encore au domaine Podgorsko. Le soir, je rentrais chez moi fourbu, et j'écoutais mon père qui lisait *Slovenski dom* nous informer de ce qui se passait dans le monde. Que pouvait-il se passer, partout il y avait la guerre, en Afrique et en Russie. Parfois, il y avait un article sur les bandes communistes de nos régions. De plus en plus de bruits couraient là-dessus. L'aubergiste de Gorenja vas fut fusillé. Oncle Štefan me colla entre les mains un tract du Front de libération où il était écrit que l'aubergiste avait été exécuté parce que c'était un traître qui collaborait avec les occupants. Il était aussi écrit que le jour de la libération approchait et que tous les valets de l'occupant prendraient le même chemin. Moi, j'étais bon pour la mobilisation car les Allemands appelaient les hommes sous les drapeaux de plus en plus tôt, et souvent je pensais que je ferais ce que beaucoup de gars de chez nous faisaient. Quand ils recevaient leur feuille, au lieu de se rendre au centre de mobilisation indiqué, ils partaient dans le maquis et se joignaient aux nôtres. Personne ne savait ce qui était le plus dur, du front russe ou de la cache dans les bois ratissés par la Wehrmannschaft. Souvent je me demandais si Janko était toujours vivant et si un matin je le retrouverais devant ma porte en veste de cuir et casquette à étoile rouge. Dans ces moments-là, je souhaitais presque qu'il se manifeste, tout aurait été plus simple. L'inconnue n'était plus dans les parages. Seul le chef de gare était toujours sur le quai, son bâton sous le bras pour faire partir les trains de voyageurs. Au passage des longs convois qui fonçaient à toute allure, chargés de canons et de tanks, il sortait et levait la main vers sa casquette pour saluer le machiniste et le chauffeur. Un soir, je l'ai rencontré dans le village, il a haussé les sourcils comme s'il voulait me demander quelque chose.

Je suis allé à la liaison en août quarante-trois, un peu avant la capitulation de l'Italie.

C'était le matin où j'ai vu Veronika et son… compagnon près du bassin.

Je m'étais levé à l'aurore et étais parti vers Podgorsko. C'était la dernière grande fenaison, on appelait ça « les fauchailles », et alors on était toujours un peu tendus, il fallait tout faire en peu de temps, avant qu'un orage soudain ne détruise notre travail. Le jour précédent, nous avions fauché, ce matin-là, au premier soleil, il fallait retourner l'herbe. L'après-midi, je voulais travailler non loin de nos prairies, au pied du bois. La matinée était belle, aucun nuage dans le ciel, et tout indiquait que la journée s'écoulerait sans risque que la pluie ne vienne détruire les foins et que tout se terminerait bien. C'est pourquoi j'étais de bonne humeur, même si j'étais très tendu, me demandant tout au long du chemin si nous aurions assez d'ouvriers et comment j'organiserais leur temps pour que tout soit fait des deux côtés. Je suis allé dans le fenil en sifflotant pour prendre des outils, ensuite, je suis monté faire de la place pour le foin qu'on allait bientôt entreposer là.

C'est en sortant que je les ai aperçus.

Elle, Veronika. Et lui, l'officier allemand. Ils étaient au bord de l'eau et il lui tenait la main. Elle était tournée vers lui et le regardait droit dans les yeux. Comme elle m'avait regardé dans la salle à manger. Son regard avait alors pénétré ma poitrine, là où se trouve l'âme qui, émue, fait battre le cœur. À ce moment-là aussi ça cognait, mon cœur cognait comme un tambour dans ma poitrine, puis dans ma tête où je sentais le sang frapper dans mes tempes. C'était donc ça, ces visites. Hier soir, les automobiles roulaient vers le manoir, la nuit elles partaient, il n'y en avait plus devant le château ou dans la rue du bas. Donc l'Allemand avait dormi au manoir de Zarnik. Avec elle ? Avec sa femme ? Sans doute qu'elle allait le raccompagner. Et où était son mari ? Probablement à Ljubljana. Je me dis qu'il faudrait lui raconter ce qui se passait dans sa maison. Je me glissai par l'échelle dans le fenil et là je m'assis sur le plancher. J'étais complètement abasourdi par cette découverte. Je me mis à trembler. Tout était clair. Et pas seulement qu'elle était prête à rouler à moto avec Janko et à accepter ses mains sur son corps. Après la longue nuit qu'elle avait passée avec un Allemand, dès l'aube, elle se promenait avec lui près du bassin.

Putain, ai-je dit presque à voix haute, putain allemande.

Sans bruit, je suis allé jusqu'au mur de bois et je les ai regardés à travers une fente. Maintenant ils marchaient au bord de l'eau, tournés vers moi. Je voyais distinctement le visage du médecin. C'était lui qui traînait au manoir en toute occasion. Il buvait son coup avec Leo dans la salle de chasse. Il apportait des fleurs et des bouteilles de vin. C'était lui qui, la blouse ouverte, se trouvait dans la cour de la prison de la Gestapo à Kranj et qui discutait avec Wallner. Le gars de Gorenja vas avait dit, celui qui tombe dans les mains de ce Wallner aux bottes cirées est cuit. Ma fureur augmentait : elle ne couche pas seulement avec des Allemands, mais avec la Gestapo.

Toute la matinée, j'ai mis le foin en tas. Je regardais vers le manoir, parfois entre le fauchage et la rentrée du foin, c'était elle qui nous apportait le casse-croûte, l'eau et l'eau-de-vie. L'eau pour la soif, l'eau-de-vie pour la force. Pas cette fois. Elle n'est pas venue. Bien sûr, après une pareille nuit. C'est Joži qui est venue. Je lui ai demandé qui était le toubib qui venait au château. Elle a dit, ah c'est un homme bien, il était sur le front russe. J'ai pensé, je me fiche qu'il ait été sur le front russe, dommage qu'on ne l'ait pas tué. J'ai demandé comment il s'appelait. Horst Hubermayer. Il est bavarois. Je savais tout.

Le soir je suis allé à la liaison et j'ai dit ce que je savais.

L'oncle était assis à son bureau, penché sur des papiers,

il renseignait quelqu'un au téléphone à propos du train de marchandises qui venait de passer. Il a levé les yeux et m'a fait signe d'attendre qu'il ait fini. Ensuite, il a déposé le récepteur et, sans un mot, a attendu que je parle. J'ai dit ce que j'avais vu. Oui bon, a-t-il dit, l'air endormi, rien de spécial. Je me suis emporté, comment ça, rien de spécial ? Cet officier Horst Hubermayer, ce Bavarois est un hitlérien qui a des liens avec la Gestapo. Je l'ai vu dans la cour de la prison qui discutait avec Wallner. Le nom de Wallner l'a réveillé. Il s'est levé et s'est mis à marcher de long en large. Tu es sûr ? a-t-il demandé. Sûr et certain. Je vais faire suivre l'information et toi, tiens ta langue, tu as compris ? Ne te fais pas de souci, ai-je dit fermement, je sais de quoi il s'agit. Je ne savais pas précisément de quoi, mais j'avais vu qu'il s'agissait de quelque chose à la manière dont le chef de gare s'était levé et avait marché dans la pièce en entendant parler de Wallner. J'allais partir quand une idée m'a traversé. Je voudrais parler avec Janko, ai-je dit. Ça va être difficile, Janko est dans un bataillon.

Je vais les rejoindre, ai-je dit.

Il m'a regardé un moment. Tu irais dans le maquis ? Oui, le plus tôt possible. Bon, va chez toi et fais comme si de rien n'était. Continue d'aller au château de Zarnik. Quand il sera temps, les nôtres viendront te chercher. Le téléphone a sonné, il a décroché. Va maintenant, a-t-il dit, le train arrive. Encore quelque chose, j'ai dit. Il a pris sa casquette et son bâton et s'est dirigé vers le quai. Je l'ai suivi. Hubermayer, vous allez le liquider ? Une locomotive sifflait au loin, le train arrivait. Ce n'est pas mon affaire, a-t-il dit tout bas, un peu nerveux, il voulait se débarrasser de moi. Le train s'est arrêté en crissant. Quelques voyageurs tardifs sont descendus pendant que nous parlions. En quittant le quai, je l'ai vu discuter avec le machiniste. Ensuite, il a reculé de quelques pas et a levé son bâton avec un disque au sommet, sa fameuse pelle, que j'avais regardée pendant toute mon enfance. Ce n'était plus l'oncle Štefan, c'était un homme puissant qui décidait des entrées et des sorties, qui avait la maîtrise de la grande locomotive et de la file de lourds wagons derrière elle. La locomotive a soufflé bruyamment, les roues ont glissé sur les rails et se sont mises à tourner, le train s'est ébranlé. Je l'ai vu s'éloigner de plus en plus vite, avec ses fenêtres éclairées dans la brume, il a disparu à un virage et a reparu derrière la colline, ensuite il a foncé, j'ai entendu les rails vrombir, le train a foncé comme si plus rien ne pouvait l'arrêter. Il fonçait sur Veronika, il allait l'écraser.

En janvier quarante-quatre, je suis retourné au château. Dans une vieille capote autrichienne que j'avais prise à mon père et avec une carabine italienne que m'avait donnée Janko.

L'hiver était froid, le détachement campait au-dessus du pavillon de chasse de Zarnik. Le commissaire du bataillon Kostja avait choisi vingt hommes du détachement de Janko pour l'action qui devait avoir lieu au manoir. Dix qui garderaient les accès et installeraient une embuscade sur la route. Le commandant Janko dirigerait la défense, Kostja irait au château avec les dix autres et ferait ce qu'il y avait à faire. Objectif de l'action : couper la liaison entre les traîtres et la centrale de l'occupant. Démasquer le réseau des traîtres. On réquisitionnerait aussi. On n'avait pas à en savoir plus, Kostja et les deux gars des renseignements qui s'étaient joints à nous, l'un s'appelait Peter, savaient le reste. On sait tous que l'industriel Zarnik est un oppresseur du peuple laborieux, qu'il exploite les ouvriers à l'usine, a récapitulé Peter, maintenant on sait aussi qu'il est un agent de l'occupant. On l'a établi après une longue collecte de renseignements. On a des gens parmi leur personnel. Notre informateur, a continué Peter, nous a signalé, fin août, que sa femme rencontrait le gestapiste Hubermayer.

Il a regardé dans ma direction. J'ai eu l'impression que tous les yeux étaient fixés sur moi. Pourtant ils ne l'étaient pas. J'étais soulagé. Je n'avais jamais vu ce Peter, mais lui savait que j'étais leur informateur. Notre mouvement était plein de secrets, mais lui savait que j'avais fourni ce renseignement, peut-être aussi Janko, mais Janko ne m'a jamais rien dit ni alors ni plus tard. On appelait ça «la conspiration». On ne savait rien les uns des autres, mais la direction savait tout, les gars des renseignements aussi savaient tout. C'étaient des gens spéciaux, dangereux, quand ils arrivaient dans un bataillon, la gêne s'installait. Ils pouvaient toujours soupçonner l'un d'entre nous. Ils avaient démasqué, interrogé et liquidé le traître Milan. Devant le détachement tout entier, il avait dit qu'il nous aimait. Avant qu'on le noie car on ne pouvait pas le fusiller. J'ai un peu frissonné quand j'ai entendu les mots clairs de l'officier des renseignements Peter et que, à son regard, j'ai compris que c'était moi qui avais en quelque sorte permis de déclencher cette action. Maintenant j'étais soudain des leurs, un informateur. Un espion. *Der größte Schuft, Denunziant.* Quand j'avais informé Štefan, j'avais pensé que ça se passerait sans moi, quoi qu'il se produise. Pour Hubermayer. Je n'avais pas pensé qu'il pouvait arriver quelque chose à Veronika. Si, dans ma colère contre le médecin, contre Veronika, contre tout le monde, j'avais pensé à quelque chose. Maintenant j'avais envie de dire que Hubermayer n'était peut-être pas un gestapiste, que je n'avais pas donné ce renseignement, que j'avais dit à oncle Štefan que c'était un médecin mobilisé qui avait été sur le front russe. Le gestapiste était Wallner, mais c'est vrai qu'ils discutaient ensemble. Dans la cour de la prison.

Avec le gestapiste Hubermayer, a continué le camarade Peter, qui a déjà assassiné nos frères slaves en Russie. On peut bien imaginer que sa maîtresse lui a chuchoté des choses au lit. Les combattants ont ricané. Lui, c'est un agent, elle une putain de la Gestapo. Nous les interrogerons et nous verrons ce que les deux traîtres à la nation slovène ont porté à la connaissance de l'occupant. J'avais envie d'avancer vers

Janko et de lui dire que je préférais ne pas y aller, là-bas tout le monde me connaissait. Mais j'aurais eu l'air d'avoir peur de l'action, peut-être même d'éprouver de la sympathie pour des traîtres, des agents de la Gestapo. Peter avait dit qu'ils avaient effectué une enquête, donc mon information sur Hubermayer n'avait pas été décisive. En descendant la côte boisée dans la haute neige, je me suis consolé à cette idée. J'ai dit à Janko que j'aimerais être de garde. Bien, a dit Janko, tu viens avec moi. En entendant ça, le commissaire Kostja a ri, tu ne veux pas être avec ton patron, n'est-ce pas ? Je préfère être de garde, ai-je dit sèchement. Mais nous savions tous les deux que c'était vrai, je ne voulais pas être présent, pour moi, ce n'étaient pas de mauvaises personnes et par ailleurs je ne savais pas de quoi ils étaient coupables. Aujourd'hui encore, je ne le sais pas. Peter et Kostja le savaient et peut-être aussi Janko. Lui pouvait comprendre, moi ce que je ne voulais pas, c'est que les combattants voient ma faiblesse ou ma compassion pour l'ennemi. Si par exemple madame ou lui m'avait dit quelque chose, je n'aurais probablement pas pu m'écrier qu'ils ne m'adressent pas la parole et comme ils n'avaient pas été méchants, du moins envers moi, ce qu'ils avaient fait au peuple slovène et aux travailleurs, ça, c'était autre chose, le commissaire le savait bien.

C'est ainsi que je me suis retrouvé devant le manoir. Jamais je n'aurais pu imaginer que je m'y tiendrais un jour au portail, un fusil à la main. Les nôtres sont entrés, on entendait des éclats de voix et des ordres, des bruits de pas dans l'escalier de bois, les questions effrayées des femmes de chambre et du personnel qui avaient été chassés dans la cuisine. Ensuite, les lumières se sont allumées en haut puis éteintes. Au bout d'un certain temps, tout s'est calmé, le silence a régné, des voix isolées sont arrivées de la cave où les nôtres se payaient du salami et du fromage, du vin aussi. Je le sais parce que Joži s'est retrouvée dans la cour, je ne sais pas si elle voulait sortir chercher de l'aide ou si elle errait comme une oie perdue de peur. J'ai pointé mon fusil sur elle, j'ai dit, tu ne vas nulle part. Elle m'a regardé, les yeux écarquillés, et a crié, mais c'est toi Ivan ! Elle était tout énervée. Elle voulait savoir ce qui se passait. Ensuite elle a tenu des propos confus, elle voulait premièrement que j'entre et que j'explique, deuxièmement, elle a dit qu'elle allait m'apporter aussi du fromage et du salami, ensuite elle s'est presque mise à hurler, mais vous n'allez rien leur faire ! J'ai eu peur qu'on l'entende, j'étais de garde, ce n'était pas une plaisanterie mais une vraie responsabilité, j'ai sifflé qu'elle décampe, qu'elle reparte tout de suite d'où elle venait.

Elle a bafouillé quelque chose, est repartie en courant, a trébuché, elle est tombée dans la neige puis elle a disparu dans la maison.

Après cet incident, le temps s'est fait long. Je tapais du pied dans la neige, pas seulement à cause du froid, mais aussi parce que j'avais envie que ça se termine, je voulais partir de là. De cet endroit dont je connaissais chaque buisson, la grand-porte, la clôture, les chevaux dans l'écurie. Et aussi tous les gens qui étaient enfermés dans le manoir. Je ne savais pas ce qu'ils avaient l'intention d'en faire. Ils allaient peut-être interroger Zarnik, ils cherchaient peut-être des documents. J'espérais qu'ils n'effraieraient pas trop Veronika. Je ne lui souhaitais quand même pas ça, je ne lui souhaitais rien de mal, même si je lui en voulais depuis le matin où je l'avais vue près du bassin. J'ai jeté un coup d'œil vers la route du bas où Janko était en embuscade avec quelques combattants. J'avais l'impression que j'allais entendre à tout moment le grondement des voitures allemandes. Ou bien que ça aller claquer, ça se passait souvent comme ça, d'abord le silence et soudain des coups de feu. Et la fuite. Quelquefois aussi le combat. Mais dans ce cas, ç'aurait été la fuite, on était presque dans la vallée. Ici on ne pouvait pas engager le combat. De la maison, on entendit de nouveau le claquement des pas dans l'escalier et le couloir, parfois un ordre retentissant, des pleurs et les conversations bruyantes des femmes, je pense que c'était Fani, la cuisinière. Ensuite, ils ont commencé à éteindre les lumières, on aurait dit que la façade fermait les yeux l'un après l'autre. Quelques minutes plus tard, le bâtiment était dans l'obscurité.

La lumière ne brillait plus qu'à une seule fenêtre, ils avaient visiblement oublié d'éteindre.

Les nôtres ont franchi la porte, chargés de gros sacs à dos. Ils les ont placés sur le sol couvert de neige dans la cour, je savais que des gardes allaient les prendre. J'étais soulagé, l'action tirait à sa fin. J'étais soulagé aussi parce que je pensais qu'il s'agissait d'une simple réquisition. Mais au même moment, les deux châtelains, Veronika et Leo, sont apparus à la porte suivis du commissaire Kostja. Ils portaient des vêtements d'hiver et des brodequins. Elle avait un bonnet de laine sur la tête. Même si la maison était dans l'ombre, j'ai vu distinctement son visage éclairé par le rayon de lune. Elle regardait devant elle, j'ai eu peur qu'elle lève la tête et me regarde dans les yeux. J'avoue que mon cœur s'est serré. À ce moment-là, j'ai su qu'ils venaient avec nous et que ça ne pouvait pas bien finir. Leo a tourné les yeux vers moi, j'ai reculé d'un pas dans l'ombre contre le mur. La nuit était claire, presque argentée. Personne ne parlait. J'aurais voulu ne pas être là. Si quelques heures plus tôt j'avais parlé à Janko, je serais peut-être resté dans le bataillon et ça se serait passé sans moi. Mais je ne l'avais pas fait et tout se passait en ma présence. Quelqu'un a couru dehors et a descendu la rue, on a attendu qu'il amène les gardes et on est tous partis en montagne.

C'est alors qu'on a entendu un chant venant du manoir.

C'était quelque chose de vraiment bizarre, quelque chose qu'il est difficile d'oublier. On était tous là dans le noir à attendre en silence, le commissaire faisait les cent pas et regardait l'heure, Veronika tremblait de froid ou peut-être de peur. Leo l'a prise par les épaules et l'a frottée dans le dos de ses mains gantées, comme pour la réchauffer. Elle s'est arrêtée de trembler et l'a regardé avec reconnaissance et en même temps avec inquiétude et frayeur. C'est alors que, dans ce silence, on a entendu un chant derrière les fenêtres fermées. Tout le monde a levé les yeux vers la fenêtre où brillait la lumière. C'était une voix de femme qui chantait une chanson monotone, on ne comprenait pas les paroles, on entendait seulement la répétition monotone de la mélodie. C'est alors que je me suis rappelé que c'était la fenêtre de la vieille dame. Souvent pendant l'été, je l'avais vue assise là, depuis qu'elle ne pouvait plus marcher, elle s'asseyait à la fenêtre, quelquefois aussi elle fredonnait à voix basse et parlait à quelqu'un dans la chambre. J'ai vu que Veronika portait les mains à ses yeux, de nouveau elle s'est mise à trembler, peut-être qu'elle pleurait. Kostja s'est agité, il a appelé un gars et l'a envoyé dans la maison. Au même moment, des combattants sont arrivés en courant depuis l'embuscade dirigée par Janko. Le gars qui avait l'intention de monter s'est arrêté. Kostja, à contrecœur, a fait un signe de la main, laissons ça. On a jeté sur nos épaules les sacs à dos qui restaient et on est partis en direction du bois.

Encore aujourd'hui, j'ai l'impression d'entendre la vieille dame du château. Sa fille est entourée de gardes dans la cour, juste devant l'entrée, et elle chante là-haut, comme si elle ne savait rien ou comme si elle était un peu folle. C'était un peu fou d'entendre tout ça, c'était tellement bizarre.

Plus tard je l'ai revue une fois. De nouveau à une fenêtre. C'était à Ljubljana en mai quarante-cinq, le jour où le maréchal a parlé. Tous les gens de notre coin s'étaient rassemblés dans une rue de banlieue, je crois que c'était à Moste, la ville est grande et je la connais mal. Quand le cortège précédé de la fanfare et des drapeaux s'est ébranlé, j'ai jeté un coup d'œil vers les fenêtres d'où les gens de la ville nous faisaient des signes enthousiastes. Une vieille dame était assise à l'une des fenêtres ouvertes d'une vieille maison dont le crépi tombait. Je l'ai remarquée car c'était la seule fenêtre qui n'était pas décorée de fleurs de mai et de drapeaux. Je ne l'ai pas reconnue, elle faisait vraiment âgée, une vraie vieille avec des cheveux rares, pas lavés. Elle aussi a regardé dans ma direction car je m'étais arrêté. J'ai levé la main pour lui faire signe, mais je l'ai tout de suite baissée, ça n'avait pas de sens. Je ne me suis pas demandé ce qu'elle faisait là, on était heureux, de bonne humeur, la fanfare jouait, on allait sur la place où le maréchal allait parler. La vie continue, certains restent derrière.

On s'est rangés en colonne et on s'est attaqués à la montagne enneigée. Un étroit chemin était tracé car on avait passé la nuit précédente au pavillon de chasse, on y était aussi restés le jour, et le soir on était redescendus au manoir dans une neige épaisse. On est repartis par le même chemin, et au bout d'une heure on s'est de nouveau arrêtés au pavillon de chasse de Zarnik. Comme j'étais déjà de garde en bas, Janko ne m'a envoyé nulle part. Les gardes étaient disposés plus bas, il n'y avait presque personne en haut, d'habitude on se retirait de l'autre côté quand on s'était reposés, qu'on avait mangé dans la cabane et qu'on s'était épouillés, par temps chaud, on y lavait même notre linge dans un ruisseau proche, au cœur du bois. Le commissaire Kostja, l'officier de renseignements Peter et quelques autres ont emmené les châtelains au pavillon. Janko, moi et le gars de Primorje qui est tombé quelques jours plus tard lors d'une traque, on est restés dehors.

J'étais à quelques mètres du pavillon de chasse. J'entendais chaque mot. Ils ont d'abord interrogé le marchand de chevaux qu'on avait trouvé le soir dans la cuisine du château. Les gars des renseignements supposaient qu'il faisait la liaison entre Zarnik et les gestapistes de Kranj. Quelqu'un lui a ordonné de retourner ses poches et de vider son sac à dos. On a entendu le bruit des objets qui tombaient sur la table, une boucle en métal ou quelque chose du même genre, des pièces. Ensuite il y a eu un moment de silence. Il n'y a rien, a dit quelqu'un. Ensuite, Kostja a pris les choses en main. Que faisait-il au château ? Qui l'avait envoyé ? Depuis combien de temps connaissait-il Zarnik ? Il répondit d'une voix effrayée et balbutiante qu'il était venu voir un cheval blessé, ils avaient parlé d'un nouvel achat ou d'une vente. Zarnik a confirmé. Avoue que tu es venu pour la liaison, a hurlé Kostja. Quelle liaison ? a gémi l'homme, alors une gifle est tombée. Et encore une. Pour la liaison avec la Gestapo. A suivi un coup sourd. On a entendu des sanglots et des gémissements. Regardez, a dit quelqu'un, il s'est pissé dessus. Même si tu chies, a dit le gars des renseignements, ça ne te servira à rien. Laisse-le Peter, a dit Kostja. Ensuite Zarnik a de nouveau expliqué longuement quelque chose sur les chevaux. Il a dit que Veronika les aimait, elle avait été bouleversée quand l'un d'entre eux s'était cassé la jambe, il fallait l'abattre, c'est pourquoi ils avaient tout de suite appelé ce monsieur pour commander un nouveau cheval, peut-être un lipizzan. Mais il va encore jacasser longtemps sur les chevaux, s'est exclamé le gars des renseignements nommé Peter. Arrête de jacasser sur les chevaux et dis plutôt quels liens tu as avec la Gestapo. Zarnik, d'une voix basse et posée – il parlait toujours comme ça quand il commandait un nouveau travail –, a dit qu'il espérait qu'ils n'avaient pas oublié la nourriture qu'il fournissait au pavillon de chasse, les vêtements et la machine à ronéoter qu'il avait achetée en secret, avec difficulté, et qu'ils avaient réceptionnée dans sa cour. C'est un bon stratagème, dit Kostja, tu nous livres une machine pour mieux cacher ta collaboration avec la Gestapo. Nous savons, a dit Peter, que ce soir-là le gestapiste Hubermayer est venu au manoir, il a vu ce qui se passait et il a fait semblant de ne pas voir. C'est-à-dire que lui aussi était au courant du stratagème.

C'est alors que Veronika est intervenue. Monsieur Peter,

a-t-elle dit, M. Horst Hubermayer n'est absolument pas de la Gestapo, c'est un médecin. Le silence s'est installé quelques instants. Ça m'a paru courageux qu'elle prenne la parole à ce moment-là. Car elle n'était encore soupçonnée de rien. Visiblement elle voulait protéger son mari, c'était plus qu'évident. Et elle voulait utiliser le silence qui régnait après cette intervention surprenante pour détendre un peu l'atmosphère. Vous êtes Peter, a-t-elle dit d'une voix agréable, je l'imaginais qui souriait aimablement. Son sourire et sa voix agréable étaient désarmants. Mon père aussi s'appelait Peter, a-t-elle dit tout bas. Je me souvenais qu'autrefois quand je parlais avec elle, mes genoux fléchissaient en entendant sa voix et en voyant son sourire. À cause de la chaleur que dégageait cette femme, de ça, de sa féminité. Qu'est-ce que j'ai à voir avec ton père, putain de la Gestapo ? s'est écrié Peter. Je pensais... a-t-elle dit. Tu aurais dû penser avant, putain, hurla Peter, quand tu putassais avec les gestapistes... Des coups sont tombés, sur elle de toute évidence, mais elle n'a même pas poussé un gémissement. Le silence s'est fait, quelqu'un a poussé un bruyant soupir. Voyons, a dit alors Kostja, mettons un peu d'ordre. Nous allons parler de tout ça, nous avons le temps, au moins jusqu'au matin. Toi, a-t-il dit à quelqu'un, dégage. Fais attention à ton clapet. Il s'adressait visiblement au marchand de chevaux. Si tu dis ne serait-ce qu'un mot sur l'endroit où tu étais, nous te trouverons et nous te tuerons comme un chien. Peter a ajouté, tu sais que nous trouvons tout le monde. Pas un mot, je le jure, pas un mot, a répété le marchand en sanglotant comme un enfant, à personne. On a ouvert la porte et l'homme, la terreur dans les yeux, a atterri dans la neige. Janko a éclaté de rire, c'est ça, a-t-il dit, tu peux être content. Mais je suis content, vraiment content, a balbutié le marchand de chevaux. Janko s'est tourné vers moi. Accompagne-le jusqu'au chemin, là-bas donne-lui un coup de pied dans le cul pour qu'il aille plus vite.

Allons-y, j'ai dit, et nous sommes allés à flanc de colline d'où partait un chemin déjà foulé. Il ne restait que nos traces vers le haut car, selon une vieille habitude, nous avions traîné des branches derrière nous pour effacer nos pas. Effrayé, il se retournait tout le temps et trébuchait. Il pensait probablement que j'allais lui tirer dans le dos. Nous ne tuions jamais d'innocents, seulement les espions et les traîtres. Celui-là s'était retrouvé à cet endroit par hasard et il avait beaucoup de chance qu'on le laisse partir. En fait encore aujourd'hui, je ne comprends pas pourquoi Kostja a pris cette décision. Peut-être était-il des nôtres, et c'est peut-être pourquoi il était au château avant nous. Et ensuite après cet apparent interrogatoire et même après les gifles, il fallait le garder dans le plus grand secret. S'il était des nôtres, c'était un bon acteur, aucun des participants à l'action n'aurait pu savoir qu'il collaborait avec nous. S'il n'était pas des nôtres, il a eu une chance incroyable. Quand nous sommes arrivés à la carrière enneigée au-dessus de la route, je lui ai donné un coup de crosse dans les côtes et lui ai ordonné de déguerpir. Je l'ai vu détaler à toute allure, il est tombé en chemin, a roulé, s'est relevé tout mouillé et blanc de neige. Il était déjà très loin qu'il continuait à tourner la tête. J'ai cassé une grande branche de sapin et l'ai traînée derrière moi en repartant vers le pavillon de chasse de Zarnik. De loin, j'ai aperçu les dents blanches de Janko et quand je me suis approché, il a chuchoté, dédaigneux, tu lui as donné un coup de pied dans le cul ? J'ai trouvé bizarre qu'il chuchote. Nous étions très haut, on apercevait à peine la lumière dans la vallée, on était entourés d'un bois sûr et d'une neige épaisse, il n'y avait aucune raison de chuchoter. Janko a fait une grimace et a secoué la main comme s'il la retirait de l'eau bouillante. Ça va mal là-dedans, a-t-il murmuré. C'est seulement à ce moment-là que j'ai vu le gars du Primorje appuyé contre un arbre qui se bouchait les oreilles.

C'est alors que j'ai entendu un coup sourd et le cri de Zarnik suivi d'un long gémissement. Il y a eu du tapage, comme si on renversait une chaise, des pas ici et là, des halètements, des coups, un corps qui se cognait contre le mur. Je vais te casser les côtes, a dit Peter hors d'haleine, toutes les côtes.

J'ai entendu les sanglots de Veronika. S'il vous plaît, balbutiait-elle tout bas, laissez-le… Que doit-il dire, que doit-il dire ?

Quelqu'un va-t-il faire taire cette putain allemande ? a dit rageusement le commissaire Kostja. Comment l'interroger si cette bonne femme se lamente tout le temps ? Mettez-la dehors. La porte s'est ouverte et dans une faible lueur j'ai vu la chaise renversée d'où Leo était tombé. Il était allongé le long du mur, près de lui se tenait Peter qui l'a ramené au milieu de la pièce. Il avait le visage en sang, seul un de ses yeux clignait, de la salive sanglante bouillonnait entre ses lèvres.

Le deuxième gars des renseignements, un jeune homme brun aux manches retroussées, a tordu le bras de Veronika dans le dos et l'a poussée par la porte. Gardez-la, a-t-il dit, nous allons d'abord nous occuper de ce mouchard de gestapiste. Ensuite, ce sera son tour. Il s'est tenu un moment à la porte, les jambes écartées. Et lui, qu'est-ce qu'il a ? Il regardait le gars du Primorje appuyé contre un arbre, les mains sur ses oreilles. Une petite âme délicate, n'est-ce pas ? a-t-il dit en se tournant vers Janko, envoie-le monter la garde en bas, et qu'il ne se pisse pas dessus lui aussi. Il est sorti, a nettoyé ses mains tachées de sang dans la neige. Il s'est aussi jeté de la neige sur le visage et s'est frictionné, il avait chaud. Ensuite il est rentré et a fermé la porte. Veronika était dans la neige et regardait devant elle. J'ai nettoyé le banc devant la maison et jeté une couverture sur elle. Elle m'a regardé avec reconnaissance. C'est seulement alors qu'elle m'a reconnu. Je m'attendais à ce qu'elle dise, Ivan, qu'est-ce que c'est que tout ça? Peut-être même, Ivan tu es des nôtres, aide-moi! Mais elle n'a rien dit, elle s'est assise sur le banc, ses épaules tremblaient.

À l'intérieur, ça continuait. Tu connais Wallner? Tu connais Remškar? Depuis quand? Tu savais que Remškar était un espion? On l'a liquidé, toi aussi on te liquidera si tu ne dis rien. Sais-tu qu'il travaillait pour Wallner? Zarnik a bredouillé. Qui est Hubermayer? Était-il la liaison entre toi et Wallner? Les coups pleuvaient. Je ne sais pas combien de temps ça a duré. Je n'avais jamais entendu parler de Remškar. D'autres noms sont tombés, eux savaient de quoi ils parlaient. Des coups sourds pleuvaient, les cris de l'interrogatoire coupaient la nuit. J'avais mis moins d'une heure pour emmener le marchand de chevaux dans la vallée et quand je suis revenu, c'était l'abattoir. Je ne sais plus combien de temps ça a encore duré avant qu'ils se fatiguent. J'ai entendu Kostja dire, maintenant nous allons demander à la putain ce qui s'est passé à Berlin.

Veronika a entendu. Elle m'a regardé, effrayée et suppliante. Tout comme Joži quand je montais la garde devant l'entrée. Avec un regard qui pensait que moi je pourrais l'aider ou au moins lui expliquer.

Moi, j'ai marché dans la neige et je suis allé regarder la vallée. Quelques rares lumières clignotaient en bas. Il m'a semblé qu'il y en avait déjà beaucoup. Dans les fermes, les gens se levaient et buvaient du lait chaud, ils allaient à l'étable, bientôt ce serait le matin. Janko a jeté une couverture sur le banc à côté de Veronika et s'est assis près d'elle. Il a enlevé ses gants, a pris ses mains dans les siennes et a soufflé dessus pour les réchauffer. Il l'a prise par les épaules. Moi, je les ai regardés, étonné. Qu'est-ce que c'est que ça? Il lui a parlé tout bas, il avait l'air de lui dire que tout irait bien. Elle a hoché la tête. La main de Janko a glissé sur sa hanche. Il a continué à parler, j'ai pensé qu'il allait en entendre de Kostja si la porte s'ouvrait, j'ai pensé que, moins encore qu'avec Kostja, il n'était possible de plaisanter avec Peter, et que celui-ci serait furieux s'il voyait comment Janko se comportait avec la suspecte. Mais il ne s'est rien produit de tel.

À l'intérieur, ça avait recommencé. À chaque coup et à chaque cri, Veronika tremblait. J'avais vécu, vu et entendu bien des choses pendant ces mois où on s'était battus dans les montagnes de Carniole, mais ça je ne pouvais le supporter. Comme, à l'évidence, le gars du Primorje qui, appuyé contre un arbre, se bouchait les oreilles et qui a demandé qu'on l'envoie monter la garde loin de là. Moi aussi j'aurais aimé être loin de là. J'étais mal, ces gens étaient quand même presque des familiers. J'aurais préféré fuir, partir par le chemin où j'avais emmené le marchand de chevaux et m'allonger dans le foin chez moi. Je n'ai pas fui, mais je suis quand même parti de l'autre côté de la plaine enneigée, le long du chalet, assez loin pour ne plus rien entendre. Que ça se passe sans moi. J'ai cassé quelques branches de sapin, je me suis assis dessus et me suis appuyé contre un arbre. Je me suis assoupi, j'étais fatigué. Quand je me suis réveillé, j'ai cru que j'avais dormi quelques minutes. J'ai regardé ma montre et j'ai vu qu'il s'était écoulé deux bonnes heures.

Quand je suis revenu au pavillon, dans la première lueur du matin, ils se préparaient à partir. Personne n'avait remarqué combien de temps j'avais été absent. On était fatigués comme des chiens de chasse après une longue traque, on n'avait pas dormi de la nuit. Kostja et Janko se sont un peu chamaillés, Kostja disait que le mieux serait de passer la journée dans les environs et de bouger à la tombée de la nuit. Janko a dit que la Wehrmannschaft allait sans doute nous poursuivre, ils nous chercheraient d'abord ici. Il fallait monter tout de suite et traverser le ravin jusqu'au camp du bataillon. Kostja a dit, en route, et on est partis. Je n'ai pas osé demander où étaient les deux suspects. J'espérais qu'ils les avaient chassés dans la vallée comme le marchand de chevaux. J'avais tout le temps son visage devant moi. Quand elle était sortie et que j'avais essuyé le banc pour qu'elle s'assoie. La lumière du pavillon tombait sur son visage, ses cheveux blonds sortaient de son bonnet, elle m'avait remercié, elle m'avait reconnu et regardé comme si je pouvais faire quelque chose pour elle. Je n'ai pas su ce qui s'était passé ensuite. Avant que je parte dans le bois, elle s'était encore tournée vers moi, il m'a semblé qu'elle allait dire, j'ai entendu dire que tu allais te marier, Ivan. La dernière fois que je l'ai vue, elle était assise sur le banc avec Janko. J'avais envie de lui demander ce qui s'était passé ensuite. Mais on haletait dans la montagne et la fatigue obscurcissait mon regard. J'avais le visage en sang de Leo devant les yeux. S'il s'était traîné comme ça chez lui, il réfléchirait sans doute à deux fois avant d'accueillir un officier allemand. Quand on est arrivés au sommet et que la plaine enneigée et baignée par le soleil s'est ouverte devant nous, je me suis appuyé sur un arbre à côté de Janko qui était accroupi et qui fouillait dans son sac à dos. Il m'a regardé et même si ses yeux restaient à peine ouverts, il m'a fait un clin d'œil.

Ce n'était pas la peine de l'emmener à moto, a-t-il plaisanté cyniquement.

Un frisson glacé m'a parcouru le dos.

Tu n'as quand même pas… la pauvre femme, ai-je haleté.

Ça lui a plu, a-t-il dit.

Je me suis pressé une boule de neige sur le visage pour étouffer le bouillonnement brûlant qui venait de ma poitrine. Je ne voulais pas comprendre.

Et où sont-ils maintenant? ai-je demandé d'une voix étranglée.

Demande à Bogdan, a dit Janko avec une intonation bizarre et il s'est levé, sa gourde à la main, c'est lui qui a été le dernier avec elle.

Quoi, le dernier, quoi le dernier, quoi le dernier? ai-je hurlé. C'est-à-dire que les autres aussi, d'abord Janko puis les autres, l'avaient… elle… Veronika. Le dernier a été Bogdan, le cantonnier, celui qui avait de petits yeux et des mains comme des pelles. Janko a tenté de sourire, mais sa voix s'est un peu étranglée, demande à Bogdan. Qu'est-ce que je dois lui demander, j'ai dit, j'ai gémi, soudain j'ai haï son sourire, sa voix et je me suis jeté sur lui. Dans mon élan, je l'ai renversé dans la neige, je l'ai frappé et je l'ai griffé au visage, je me suis mis à lui serrer le cou, les yeux lui sortaient de la tête. Je l'étranglais, de sa gorge sortait un son guttural, comme s'il voulait appeler à l'aide. J'ai entendu Kostja hurler, vous êtes devenus fous ? Les combattants ont vite foulé la neige jusqu'à nous, des mains m'ont saisi et séparé de Janko. Deux gars m'ont tordu les mains dans le dos, ils m'ont plaqué dans la neige, quelqu'un s'est assis sur moi, sur ma tête, et a écrasé mon visage dans la neige, je manquais d'air, j'ai senti qu'on m'arrachait mon fusil de l'épaule et qu'on débouclait le ceinturon qui portait mon revolver. J'ai entendu Kostja demander, est-il armé ? La pression du corps sur moi s'est relâchée, j'ai levé la tête de la neige. Bon, a dit Kostja, tu es aux arrêts. Tu as attaqué un camarade pendant un exercice de combat. Ils décideront de ton sort au bataillon. Janko et moi nous sommes levés.

Du diable, a haleté Janko, maudit idiot de paysan, tu es devenu fou ? Quand il a vu que les canons des fusils étaient pointés sur moi, il a essayé de calmer le jeu, c'était une bagarre amicale, a-t-il dit, en tentant de sourire de ses lèvres en sang.

Pour ce genre de bagarre amicale, a dit Kostja, on a droit au treizième bataillon.

Je savais ce qu'était le treizième bataillon, une balle dans le dos.

Ils ne m'ont pas rendu mes armes. J'ai marché au milieu de la colonne, Bogdan, son fusil pointé sur moi, me suivait, quand je m'arrêtais, il m'en donnait un coup dans les côtes. Vers midi, on est arrivés au camp du bataillon, sous un promontoire rocheux. Je ne savais toujours pas si, à la fin, ils avaient libéré Veronika. Ni ce qu'il en était de Leo qu'ils avaient terriblement battu. Je ne sais pas pourquoi j'espérais qu'il n'avait reçu qu'une leçon, une terrible leçon et que maintenant on pansait ses blessures au manoir.

J'ai ouvert une boîte de conserve, l'ai engloutie, je me suis allongé sous la tente et me suis endormi immédiatement.

Quand je me suis réveillé, il faisait nuit. Quelqu'un ronflait à côté de moi. Je l'ai secoué, il s'est arrêté un instant, ensuite il a repris de plus belle. Finalement, j'ai tâté son visage dans l'obscurité et lui ai pressé le nez. Il a gémi et s'est dressé sur les coudes. J'ai craqué une allumette, c'était Bogdan, qui gémissait, effrayé, ses petits yeux ont clignoté. Sois maudit, a-t-il dit quand il m'a reconnu, je dors et toi tu me réveilles.

Bogdan, je chuchotais, que s'est-il passé au pavillon de chasse ?

Je ne parle pas avec toi, a-t-il glapi.

Ils étaient tous furieux contre moi parce que je m'étais jeté sur Janko et que je l'avais quasiment étranglé. Au bout d'un certain temps, il a ajouté, tu sais que tu vas dérouiller.

C'est possible, j'ai dit. Mais vous… l'agent de la Gestapo… vous l'avez renvoyé dans la vallée ? Comme le marchand de chevaux ?

Il est resté un moment silencieux. Bogdan était un peu lent d'esprit. Il devait se demander comment il se faisait que j'ignorais ce qui s'était passé alors que je participais à l'action. Ensuite, son cerveau lent a pensé, tu étais… de garde… au pavillon ?

J'ai menti, oui. Je ne pouvais pas dire que je m'étais presque senti mal. Que je m'étais pour ainsi dire caché loin du pavillon.

Tu ne sais pas ce qui s'est passé ?

Non.

Il a criaillé, a-t-il dit. Peter a vu rouge quand la crapule n'a rien voulu dire. Une fois il l'a trop frappé et il ne s'est plus réveillé. On l'a arrosé et frotté avec de la neige, mais il était déjà de l'autre côté.

Et elle ?

Avec elle, on s'est un peu amusés.

Qui ?

D'abord Janko, ensuite les autres.

Toi aussi ?

Il n'a pas répondu. Il a dit qu'on ne pouvait pas la laisser partir après ce qui s'était passé.

Maintenant, arrête de poser des questions, a-t-il dit. Prépare-toi plutôt car demain tu devras répondre aux questions. Devant le conseil de guerre.

Je n'ai plus posé de questions. Je ne voulais pas savoir comment ils l'avaient supprimée maintenant que je savais comment était mort son mari. Je savais qu'ils ne l'avaient pas fusillée car nous étions en position. En cours de retraite. Alors on ne tire pas.

Je n'ai pas dormi de la nuit. J'ai écouté les ronflements de Bogdan et tremblé en pensant à ce qui s'était passé avec Veronika. Ce n'était pas ce que je voulais quand j'avais dit ce que j'avais dit au chef de gare. Ce que je pressentais des paroles de Bogdan, même si je ne connaissais pas le détail, dépassait ma raison. Déjà ce que m'avait dit Janko, c'était trop. À la fin, je les avais vus assis sur le banc, il avait pressé sa main sur sa hanche. Il a dit qu'il n'avait pas eu besoin de l'emmener à moto. Mais, s'il l'avait emmenée à moto et si ça s'était passé, ç'aurait été tout à fait différent. Mais ça… J'étais devenu fou, je l'avais attaqué, je lui avais serré le cou. Cette nuit-là, je n'ai pas dormi. Mes idées bondissaient de Janko à Veronika, à ce Bogdan qui ronflait à côté de moi et inversement. Et au jugement qui m'attendait le lendemain.

En tout cas, il n'y a pas eu de jugement. Le jour n'était pas encore levé qu'un tir isolé nous a mis sur pied. Il y a eu un moment de silence, ensuite quelques rafales ont crépité.

Nous étions tous devant les tentes quand un garde a accouru en criant, les Boches.

Tout le jour, on a rampé sur le versant, on est descendus dans un ravin que je ne connaissais pas. Là on s'est un peu reposés le long du torrent gelé. Il n'a pas fallu longtemps pour que ça pète de nouveau. Les tirs venaient de la direction qu'on attendait le moins, d'en haut. L'avant-garde qui était déjà en route s'est heurtée à la Wehrmannschaft, je les ai vus, j'ai vu leurs silhouettes furtives entre les arbres de l'autre côté du ravin. C'était tout vert à cause de leur uniforme et visiblement ça n'avait aucun sens de risquer une attaque. On est redescendus à l'endroit d'où on venait, on a enjambé les rochers, et on est tombés dans des crevasses gelées. On a entraîné nos gardes dans notre fuite, et au bout de dix, peut-être vingt minutes, quand le silence s'est réinstallé, on a pris le raidillon entre les sapins enneigés. Du sommet on est ensuite redescendus sur les fesses dans un autre ravin et on a remonté. Ce n'était pas possible que l'embuscade soit là aussi, si on descendait, ça signifiait qu'on devait quitter la route, ce qui aurait été la même chose que de se laisser tirer dessus en bas. Donc on a rampé vers le haut, essoufflés, mouillés, abattus, on avait l'impression qu'on allait devenir fous. C'est seulement le soir qu'on s'est retrouvés sous le promontoire rocheux. Dessous il y avait un peu de neige et des débris rocheux presque secs. Kostja a envoyé des patrouilles, toutes sont revenues avec de bonnes nouvelles, il n'y avait pas de verts à proximité, on est partis dans l'autre direction. On a installé un camp, Janko a dit qu'on resterait là quelques jours, si on avait de la chance, c'était un bon endroit, ouvert et sûr en même temps. Il trouvait raisonnable qu'on se soit déplacés aussi haut. Même si cet hiver-là on avait parcouru les pentes boisées avec assurance et même si on descendait dans les villages, il était clair qu'après l'action au manoir Podgorsko, ils allaient essayer de nous trouver et de nous encercler. Ici, en haut, ce serait très difficile. Les types de la Wehrmannschaft n'étaient pas des diables de soldats, en général, c'était des hommes âgés de chez nous ou de Carinthie. Ceux qui savaient vraiment faire le coup de feu étaient en Italie ou en Russie. Kostja avait sans doute lu les dernières nouvelles sur l'avancée de l'Armée rouge et le repli des Allemands en Italie. Mais quand ils mobilisaient un grand nombre d'hommes de la Wehrmannschaft, ce n'était pas une plaisanterie, leurs fusils ne tuaient pas moins que les armes des SS. En plus, ils ne laissaient rien au hasard, quand ils partaient pour un coup de main, ils traînaient leurs mitrailleuses lourdes et leurs mortiers.

La paix régnait sous le promontoire de pierre.

Moi je me tourmentais toujours en me demandant quand ils m'interrogeraient, ils allaient en avoir tout le loisir. Mais Janko vint me trouver, souriant, il me tapa sur l'épaule en disant, alors Jerko, tu as peur ? Je savais ce qu'il voulait dire. Il ne parlait pas des Allemands mais de l'interrogatoire pour rébellion pendant l'action. Pour attaque d'un camarade au combat. N'aie pas peur, a-t-il dit avant que je réponde, amicalement, comme autrefois, il a souri, tout est arrangé, j'ai dit à Kostja et au commandant du bataillon que c'était moi qui avais frappé le premier. Et que toi tu es un paysan cabochard et que tu as répondu.

Je ne sais pas si je l'ai remercié. J'ai été soulagé. Et l'instant d'après, j'ai dormi. De soulagement, j'ai oublié Veronika et tout ce qui s'était passé au pavillon de chasse. Quand la vie est en jeu, c'est la priorité, plus rien n'a d'importance. Et ma vie avait été en jeu deux fois, là-haut, j'aurais pu être fauché par les tirs des chasseurs boches. Comme le gars du Primorje dont le corps gisait sous une épaisse couche de neige, ils auraient pu me faucher moi aussi, ou Janko, car nous étions comme des bêtes sauvages qu'ils chassaient et eux comme des rabatteurs et des traqueurs sans pitié. Et si ce n'était pas eux, ç'aurait pu être les nôtres, ce qui était encore plus vraisemblable. Janko m'avait sauvé. Non seulement de l'interrogatoire mais aussi très certainement de la condamnation. Avec cette retraite habile dans les montagnes et les gorges qu'il connaissait bien, il nous avait tous sauvés. Il m'avait sauvé deux fois. Plus tard, nous n'avons plus jamais parlé de ça. Ni de ce qui s'était passé au pavillon de chasse ni du fait que son mensonge m'avait sans doute sauvé la vie. Pour les affaires de ce genre, on se retrouvait alors au treizième bataillon, ça, tout le monde le savait. Il a beaucoup fait pour moi. Même si la Wehrmannschaft nous harcelait, après ses paroles, je me suis complètement calmé, je me suis traîné sur des branches de sapin sous la tente, à côté du grand corps chaud de Bogdan qui tressautait en ronflant et je me suis immédiatement endormi.

Mais c'est justement cette nuit-là, sous l'escarpement rocheux qu'a eu lieu, pour la première fois, une apparition qui ne m'a plus jamais lâché. Bien des années après la guerre, elle venait à moi vers quatre heures du matin, à cette heure étrange où la nuit n'est pas finie et où le jour n'est pas levé. C'est alors qu'elle se montrait dans mon sommeil sur les branches de sapin sous le promontoire rocheux. Maintenant encore elle vient, maintenant encore je m'allonge sur les branches de sapin, Bogdan n'est plus là, je regarde vers la vallée comme cette nuit-là. D'abord loin en bas, j'ai aperçu une masse de plumes entassées au sommet du sapin. La nuit était claire, la lune presque pleine illuminait le paysage à mes pieds. Bogdan n'était plus là, lui qui un peu plus tôt ronflait à mes côtés, ni Janko, ni le commissaire Kostja ni les autres camarades, je me suis dit qu'ils étaient partis et qu'ils m'avaient laissé seul au sommet où il n'y avait plus d'arbres, rien que des pierres enneigées, de la glace, le froid. Ensuite, de cet amas plumeux sont sorties des ailes, c'était un grand oiseau qui déployait ses membres, ses pattes semblaient grandes comme des pelles. Il les a agitées et s'est élevé. Pendant un moment il a tourné au-dessus du bois, ensuite j'ai vu qu'il me remarquait. C'était étrange car il était très bas au-dessus du bois, et je voyais ses yeux et ses paupières qui clignaient au milieu de sa tête qui était une sorte de croisement entre une tête d'oiseau et une de rat. Son bec garni de dents de rat était grand, acéré, je savais depuis mon enfance, je savais que c'était avec lui qu'il arrachait la chair des agneaux perdus. Je me disais que les aigles et les buses avaient des becs recourbés et cet oiseau en avait un tout droit avec de petites dents pointues sur les bords. Je me rappelais parfaitement où j'avais vu ce genre de bec : au mur dans l'entrée du manoir où se trouvait l'alligator empaillé. Cette tête qui avait l'air d'être un croisement entre celle d'un oiseau et celle d'un rat était une tête d'alligator recouverte d'une peau épaisse, décrépite, rêche, elle se tournait de tous les côtés, ensuite elle se tournait vers moi et s'approchait à grands coups d'ailes. Je courais, sous moi un large plateau rocheux s'ouvrait, fiévreusement je cherchais du regard où je pourrais me cacher, dans quelle grotte ou quel trou sous un rocher. Le grand animal emplumé tournait au-dessus de moi. Je courais longtemps, on aurait dit que cette fuite allait durer éternellement, ensuite, je m'empêtrais dans une végétation drue entre des pierres et je tombais. J'étais allongé sur le dos comme un mouton avant l'abattage, comme un agneau à qui un oiseau allait arracher des morceaux de chair, les dévorer et les porter à ses petits. Alors je ne pensais plus à rien. Je criais, pas moi, pas moi. Je disais en vitesse, en bas, il y a deux morts, là en bas. Je faisais un geste en direction de la lisière du bois, là-bas sont allongés Leo et Vero, leur corps est en sang. Leur chair est encore chaude, vas-y, arrache, avale. L'oiseau tournait la tête, sa tête de rat, d'oiseau, d'alligator et faisait encore une fois un tour, puis il partait dans la direction que je lui avais indiquée. Un cri s'échappait de ma gorge, je prononçais des mots inintelligibles, sous le ciel étoilé, mon âme avait envie de hurler des mots de joie parce que l'oiseau s'éloignait mais elle ne pouvait prononcer un mot car c'était aussi des mots de douleur. À cause d'elle, Vero, qui était couchée là, ses cheveux blonds, son bonnet qui traînait dans la neige, je voyais distinctement son visage, ses yeux vides et ouverts qui me regardaient.

En me réveillant, j'ai regardé hors de la tente et j'ai vu la lumière argentée de la lune baigner les rochers, le bois et notre camp. Une silhouette en manteau était appuyée sur le rocher, c'était le garde à qui les branches tombaient sur les yeux. Bogdan ronflait toujours.

Comme des bavardages sur la disparition des deux châtelains se répandaient dans les villages voisins, le commissaire Kostja a écrit un communiqué sur leur exécution. Pour qu'on sache, a-t-il dit quand il nous l'a lu, et pour qu'on se souvienne. Ils avaient été accusés de collaboration avec l'occupant, ils travaillaient pour la Gestapo grâce à des contacts, notamment pour Wallner, le vampire, de sinistre réputation, du peuple slovène. Sous couvert de rendez-vous d'affaires, Zarnik invitait sous son toit les pires criminels, et sa femme l'aidait. Personne ne devait être trompé par les bavardages selon lesquels ils aidaient le combat pour la libération, car ce n'était qu'un prétexte pour couvrir leurs agissements de traîtres. Les masques étaient tombés et le tribunal populaire avait jugé.

On a ronéoté le tract dans une section clandestine sur la machine que nous avait procurée Zarnik. On peut se demander combien de personnes l'ont eu en main car, encore longtemps après la guerre, le bruit qu'on avait tué de braves gens innocents nous revenait encore aux oreilles. C'est ce qu'ils disaient, de braves gens innocents qui s'occupaient bien de leur personnel. Et qui avaient aidé les partisans. Et aussi des commérages, on disait qu'ils étaient encore enfermés dans les bois de Kočevje et qu'ils allaient revenir. Un informateur, car après la guerre, nous avons conservé et développé notre réseau d'informateurs, a rapporté que tout le monde les aimait particulièrement.

En quarante-quatre, un ouvrier forestier de Jasna aurait trouvé dans les bois près du pavillon de chasse de Zarnik une tête de femme, avec des cheveux blonds, en décomposition, qu'un renard avait sans doute déterrée d'une tombe peu profonde et transportée là. Les gens de ces contrées aiment particulièrement ce genre d'histoire, plus elles sont affreuses et terrifiantes, plus ils aiment les colporter. Pendant la guerre, on a raconté bien des choses, mais plus tard on a oublié, cependant les bavardages sur cette tête de femme ne se sont pas arrêtés après la libération. En quarante-six, pendant plusieurs mois, on a cherché ce forestier à Jasna, mais on n'a trouvé personne. C'est pourquoi on a arrêté un valet de Gorenja vas qui était toujours soûl et qui avait parlé de cette affaire à l'auberge. Lui non plus ne connaissait pas ce forestier. Donc il mentait. Après un court procès, il a été condamné à deux ans pour propagande mensongère. Je ne l'ai plus vu. Je ne l'avais pas cru non plus. Peu à peu, j'ai oublié ces cancans, il y avait beaucoup de travail, tout était à reconstruire.

Au bout de quelques années, assez bêtement, Bogdan a de nouveau remué tout ça, ce qui a provoqué qu'on reparle largement de ces événements. En septembre cinquante-quatre, à l'époque où on était dispersés de tous les côtés et où on ne se retrouvait que pour les commémorations, on est allés en train à Ostrožno. Là-bas, le maréchal a parlé comme à Ljubljana en quarante-cinq. C'était un discours ferme, la foule était enthousiaste, ensuite on a mangé du goulash dans des chaudrons, bu du vin et évoqué des souvenirs. Sur le chemin du retour, Bogdan est monté dans le train, une dame-jeanne de vin dans ses énormes mains, il s'est vanté de ses décorations. Finalement, il s'est assis au milieu d'une troupe de jeunes gens de nos régions, je le voyais raconter et eux l'écoutaient les yeux écarquillés. Longtemps après la guerre, ce genre de scènes s'est reproduit, tout le monde voulait savoir comment on s'était battus et ce qu'on avait enduré. Tout ça aurait été bien beau si Bogdan n'avait pas bu autant et dégoisé tout ce qui lui passait par la tête. Quelques jours plus tard, un homme de Ljubljana est venu chez moi, il m'a montré sa carte de l'Ozna et a dit qu'il était envoyé par le camarade Peter. Il espérait que je savais qui était le camarade Peter. Bien sûr, je le sais, je le connais depuis la lutte. On connaît tous le camarade Peter. Il a demandé si je connaissais aussi le camarade Bogdan, un employé de la voirie. Comment pourrais-je ne pas le connaître, ai-je plaisanté, il a ronflé à côté de moi pendant des nuits. C'est parce que, a dit le gars de l'Ozna, le camarade Peter a dit qu'il valait mieux que son camarade de combat parle avec lui avant qu'on prenne les choses en main.

Il s'est avéré que dans ce train Bogdan avait dit aux jeunes gens que pendant l'hiver quarante-quatre, il avait reçu l'ordre d'enterrer une femme qui avait été exécutée. Dans le bois, il y avait beaucoup de neige, et la terre était gelée, il n'avait pas eu le temps de creuser une fosse assez longue. C'est pourquoi il avait cassé les jambes de la femme et alors l'affaire avait été vite réglée.

Peter ordonnait que j'aille voir Bogdan et que je lui explique qu'il n'est pas bon de raconter des bêtises et de délirer et que c'est mieux de fermer sa gueule. Je suis allé chez lui et je le lui ai dit. Il m'a regardé en clignant de ses petits yeux. Il a posé ses grandes mains sur la table et j'ai eu l'impression qu'elles tremblaient un peu. Possible aussi que ce soit parce qu'il n'y avait pas de verre sur la table. Je lui ai dit qu'en plus de fermer sa gueule, ce serait bien qu'il boive moins. Ah ça non, a-t-il lâché. On en a trop enduré dans ces maudites forêts. C'est tout ce qu'il a dit. Je ne lui ai pas demandé si ce qu'il avait déblatéré dans le train était vrai. Peut-être que je ne voulais pas entendre la réponse.

La nuit où j'ai appris ces bavardages, j'ai de nouveau rêvé de cet oiseau noir qui faisait des cercles au-dessus de ma tête alors que moi j'étais sur un plateau rocheux, c'est aussi ce que j'avais rêvé lorsque, après l'action à Podgorsko, j'avais dormi près du grand corps chaud de Bogdan.

C'est possible qu'on se soit un peu gourés, comme m'a dit le camarade Janko Kralj, il y a quinze jours, quand je lui ai rendu visite à Ljubljana. On n'avait pas assez de preuves solides, c'est vrai. Mais il faut comprendre qu'on était jeunes et rendus fous par les combats incessants, ils nous pourchassaient comme des bêtes sauvages, comme le disait aussi le camarade Janko, et on devait parfois tailler dans le vif impitoyablement. Il avait raison. Mon fils Janko qui porte le nom de mon ami comprendra lorsqu'un jour je lui raconterai ça. Qu'on savait et qu'on devait tailler dans le vif. Pas ce qui s'est passé avec les châtelains au pavillon de chasse, ça, il ne doit pas le savoir. Il suffit qu'il sache ce qui est dans les livres que j'ai sur une étagère, qu'ils ont été exécutés. Qu'il sache qu'on vivait tout le temps entre la vie et la mort, tout le temps à une heure où on ne savait pas si c'était la nuit ou le jour. Quand d'un côté pend un quartier de lune et que de l'autre, le soleil se lève. Quand j'étais jeune à pareille heure, je partais faucher et je regardais dans le ciel d'où les nuages arrivaient. Alors, il comprendra aussi, mon fils, pourquoi j'ai cette croûte, comme il dit, sur le mur et pourquoi je m'assieds parfois seul, un verre à la main, au milieu de mes camarades qui ne sont plus. Comme Janko qu'on a enterré aujourd'hui et dont le petit corps repose dans un cercueil, dans cette terre à jamais froide.

LITTÉRATURE ÉTRANGÈRE

Aux Éditions Phébus

(extrait du catalogue)

GUILLERMO ARRIAGA

(Mexique)

L'Escadron Guillotine, roman
(également en Libretto)

Un doux parfum de mort, roman
(également en Libretto)

Le Bison de la nuit, roman

Mexico, quartier Sud, roman

HERMAN BANG

(Danemark)

Mikaël, roman

Les Quatre Diables, roman
(en Libretto)

Ida Brandt, roman
Préface de Jens Christian Grøndahl

OYA BAYDAR

(Turquie)

Parole perdue, roman

NEIL BISSOONDATH

(Canada)

Retour à Casaquemada, roman
(également en Libretto)

L'Innocence de l'âge, roman
Tous ces mondes en elle, roman
La Clameur des ténèbres, roman
Cartes postales de l'enfer, roman

MICHAEL BRACEWELL
(Royaume-Uni)
Un éternel jeune homme, roman
Divines Amours, roman

JOANNA CANNAN
(Royaume-Uni)
Désillusion, roman

STEVEN CARROLL
(Australie)
De l'art de conduire sa machine, roman
Un long adieu, roman
Le Temps qu'il nous a fallu, roman
Prix Commonwealth Writers Prize 2009

VÍCTOR CATALÀ
(Catalogne)
Solitude, roman

FRANCISCO COLOANE
(Chili)
Réunies en un volume :
Tierra del Fuego, nouvelles
(également en Libretto)
Cap Horn, nouvelles
(également en Libretto)
Le Golfe des Peines, nouvelles
suivies de :
L'Écriture narrative de F. Coloane :
éléments d'un discours écologique

ELIZABETH CRANE

(États-Unis)

Feu occulte, nouvelles

Bonté divine, roman

Banana Love, nouvelles

Une famille heureuse, roman

LYDIA DAVIS

(États-Unis)

C'est fini, roman

Ce qu'elle savait, nouvelles

Kafka aux fourneaux, nouvelles

IGNACIO DEL VALLE

(Espagne)

Empereurs des ténèbres, roman
(également en Libretto)

Les Démons de Berlin, roman

MARGARET DRABBLE

(Royaume-Uni)

La Sorcière d'Exmoor, roman
(également en Libretto)

La Phalène, roman

La Voie radieuse, roman
(également en Libretto)

La Mer toujours recommencée, roman

MANSOUR EL SOUWAIM

(Soudan)

Souvenirs d'un enfant des rues, roman

ZABEL ESSAYAN

(Arménie)

Dans les ruines
Les massacres d'Adana, 1909

HUGO HAMILTON

(Irlande)

Sang impur, roman
Prix Femina étranger 2004

Je ne suis pas d'ici, roman

Comme personne, roman

Triste flic, roman

Le Marin de Dublin, roman

Déjanté, roman

Berlin sous la Baltique, roman
(également en Libretto)

DRAGO JANČAR

(Slovénie)

Cette nuit, je l'ai vue, roman

KATRINA KITTLE

(États-Unis)

Le Garçon d'à côté, roman

VICTORIA LANCELOTTA

(États-Unis)

En ce bas monde, nouvelles

Loin, roman

Cœurs blessés, roman

THOMAS EDWARD LAWRENCE

(Royaume-Uni)

Les Sept Piliers de la sagesse
(version intégrale d'Oxford)

JOSEPH SHERIDAN LE FANU

(Irlande)

Désir de mort, roman

Les Mystères de Morley Court, roman
(également en Libretto)

La Main de Wylder, roman

LAURIE LEE

(Irlande)

Rosie ou le goût du cidre, roman
(également en Libretto)

Un beau matin d'été, roman
(également en Libretto)

Instants de guerre
(en Libretto)

KLAUS MANN

(Allemagne)

Contre la barbarie, 1925-1948, essais
Préface de Michel Crépu

Point de rencontre à l'infini, roman
Préface de Pierre Assouline

Aujourd'hui et demain
L'Esprit européen, 1925-1949, essais

Speed, nouvelles
(en Libretto)

Alexandre, roman de l'utopie
suivi de *Ludwig*, nouvelle sur la mort
du roi Louis II de Bavière

BENJAMIN MARKOVITS

(États-Unis)

De l'autre côté de l'hiver, roman

ANA MARÍA MATUTE

(Espagne)

Prix Cervantes 2010 pour l'ensemble de son œuvre

Paradis inhabité, roman

La Tour de guet, roman

(en Libretto)

ALEX MILLER

(Australie)

Lovesong, roman

Autumn Laing, roman

NADIFA MOHAMED

(Somalie)

Black Mamba Boy, roman
(également en Libretto)

JOSEPH O'CONNOR

(Irlande)

Desperados, roman
(également en Libretto)

Inishowen, roman
(également en Libretto)

Les Bons Chrétiens, nouvelles
avec une préface de Hugo Hamilton
(également en Libretto)

Le Dernier des Iroquois, roman

L'Étoile des mers, roman

Redemption Falls, roman

Muse, roman

BENGT OHLSSON

(Finlande)

Syster, roman

Kolka, roman

JULIE OTSUKA

(États-Unis)

Quand l'empereur était un dieu, récit

Certaines n'avaient jamais vu la mer, roman
Prix Femina étranger 2012

BORIS PAHOR

(Slovénie)

Printemps difficile, roman

Jours obscurs, roman

Dans le labyrinthe, roman

L'Appel du navire, roman

DOROTHY PARKER

(États-Unis)

Hymnes à la haine, poèmes
avec une préface de Benoîte Groult
(en Libretto)

ROY PARVIN

(États-Unis)

La Forêt sous la neige, nouvelles

La Petite-Fille de Menno, nouvelle
(en Libretto)

THOMAS RAIN CROWE

(États-Unis)

Ma vie dans les Appalaches, roman

NINA REVOYR

(États-Unis)

Southland, roman

Si loin de vous, roman

UGO RICCARELLI

(Italie)

L'Ange de Coppi

KEITH RIDGWAY

(Irlande)

Mauvaise pente, roman
Prix Femina étranger 2001
Prix du Premier Roman étranger 2001

En temps normal, nouvelles

Puzzle, roman

Animals, roman

RAX RINNEKANGAS

(Finlande)

La lune s'enfuit, roman

Le Juif égaré, roman

CRISTINA RIVERA GARZA

(Mexique)

Personne ne me verra pleurer, roman
Prix Roger Caillois 2013

LEON ROOKE

(Canada)

Gentil bébé, roman

En chute libre, roman
Préface de Russell Banks

Le mieux est l'ennemi du chien, nouvelles

KAREL SCHOEMAN

(Afrique du Sud)

En étrange pays, roman

Cette vie, roman
Prix du Meilleur Livre étranger Hyatt Madeleine 2009

La Saison des adieux, roman

Retour au pays bien-aimé, roman

ANNEMARIE SCHWARZENBACH

(Allemagne)

Les Amis de Bernhard, roman

ELIF SHAFAK

(Turquie)

La Bâtarde d'Istanbul, roman

Bonbon Palace, roman

Lait noir, récit

Soufi, mon amour, roman

Crime d'honneur, roman
Prix Relais 2013

AMANDA SMYTH

(Royaume-Uni)

Black Rock, roman
Prix du Premier Roman étranger 2010

MONTE SCHULZ

(États-Unis)

Sur l'autre rive du Jourdain, roman

MEŠA SELIMOVIĆ

(Serbie)

L'Île, roman

WILLIAM TREVOR

(Irlande)

En lisant Tourgueniev, roman
(également en Libretto)

Le Silence du jardin, roman

Le Voyage de Felicia, roman
Prix Whitbread 1994; Sunday Express Award, 1994

Mourir l'été, roman

Mauvaises nouvelles, nouvelles

Très mauvaises nouvelles, nouvelles

Les anges dînent au Ritz, nouvelles

Hôtel de la Lune oisive, nouvelles

Cet été-là, roman

HITONARI TSUJI

(Japon)

La Promesse du lendemain, nouvelles

Pianissimo pianissimo, roman

ZOË WICOMB

(Afrique du Sud)

Des vies sans couleur, roman

JINCY WILLETT

(États-Unis)

Gloire, honneur et mauvais temps, roman

Cet ouvrage
a été mis en pages par In Folio,
reproduit et achevé d'imprimer
en octobre 2014
dans les ateliers de Normandie Roto Impression s.a.s.
61250 Lonrai
N° d'imprimeur : 1404205

Imprimé en France

Dépôt légal : janvier 2014